南十字星座

三民叢刊 56

呂大明 著

三民書局印行

代序：她說她是一炷香

——在呂大明佛香式散文中的開悟

祖慰

旅居在香水王國巴黎的女作家呂大明，在她的第八部散文集《南十字星座》中的〈花樣年華，寂寞斗室〉篇裏自述：「我嚮往着一段情，將大自然、玄學與人間的絕美都焚成一炷情感的香火……」

巴黎人說，香水是「來自虛空的聖釀」，呂大明的線香散文是什麼呢？

我讀這部散文集時正值我在採訪來巴黎弘法的當代高僧星雲大師，我順此請教過他關於燒香的問題。我問：「天主教徒在巴黎聖母院點一支燭，是為了求主用光明照亮點燭人的心願；那佛教徒禮佛時點一炷香有何典故呢？」星雲說：「出家人坐禪時點一炷香，導引打坐者入定入慧，在飄渺而芬芳中易得開悟；至於信徒在佛前敬香，那是燃一炷心香，在藍色的裊裊的心煙中，卽心卽佛，佛我對話，從『迷卽佛衆生』，到『悟卽衆生佛』。」

原來呂大明的散文是將自己的心點燃的禮佛之香。佛是她的讀者。我讀我亦成佛。佛陀，覺者也；我在佛香式的散文裏不斷獲得文學的正覺……

將自己的心點燃的禮佛之香

呂大明在散文裏多次旁徵博引印象主義。

她的筆端也不斷湧出色彩殊異的印象主義文字。

她在〈謫凡記〉裏用這般「印象」去彩繪黎明：「午夜的星光之火殘燼將息，黎明的曙光已透進窗櫺，鳥兒將『啾』字拉得長長的……空氣是薰透了的草葉香氣。淡淡的流雲勾勒着花朶般的紋縷。天邊宛如一塊混濁的紫水晶。光緩緩舒展，在一片紫色中又點染了輝耀的朱紅，漸漸蕩漾開去，化紅紫為金，於是，清晨一路灑着金波向我走來。」她又用莫內式的彩筆繪出黃昏：「夕陽逐漸沉落，在星光尚未撚亮天宇之前，一位穿灰袍的天僧走來，將一卷昏黃的畫軸徐徐捲起，插上黃昏的門閂，撒開漸漸加深的灰色僧袍，把田野山川抱進懷裏，剎那間，主造的萬物，神奇地化為實有的空無……沒有多久，星花灑上天宇的四壁，撚亮了朦朧的穹蒼。我為美好的一天而感謝上主，我的天堂沒有失落。」

一炷將大自然、玄學和美焚燒的具有印象主義色彩的芬芳之香，使我浮想聯翩——

印象主義是一個特別的藝術流派：它刻意捕捉繪畫色彩在自然光下的瞬間變化，開拓了新的視覺領域，以此作為獨立的藝術價值；也就是說，它闡明藝術的真諦是「怎樣表達」，而不是「表達什麼」。我去過莫內的故居，他挖了一個水池培植了睡蓮，他畫下了一幅又一幅不同天光下的睡蓮，不表達任何形而上語義，他所顯示的只是「怎樣表達」在睡蓮這個視覺體上的光和色的關係，以此確立印象派的藝術價值。

筆端湧現印象主義文字

在呂大明的「佛香式散文」中禪定，讓冥思上溯回歸，歸到藝術的源頭觀照藝術的本相是什麼。我的冥思飛落到我去過的法國南部蒙蒂尼亞的〈拉斯科洞窟壁畫〉。距今兩萬年左右的舊石器時代的法國先民克羅馬農人用動物油調着紅土及其他色的礦物顏料，畫下了赤鹿、黑野牛及白野馬等。這些原始藝術只留下了「怎樣表達」，而不會有深奧的形而上的「表達了什麼」。見多了獵物的獵手，記住了形象，信手畫了出來，被同伴看到覺得很有趣，也仿傚而畫，從此萌生原始繪畫。那些畫得最像的最生動的人成了第一批原始藝術家。

由此而產生了人類的欣賞肌理：你畫野獸，我畫野獸，我們共同想表達，但是你畫得比我像（卽你的「怎樣表達」超過了我），我對你畫的（作品）表示佩服和讚美。所謂欣賞，就是欣賞「難能可貴」。

我的冥思又駕着「佛香」飛到公元前十一世紀的周邑，聽到了一位青年在唱〈關雎〉：「關關雎鳩，在河之洲，窈窕淑女，君子好逑……」這是我國由文字記錄下來的最古老的詩篇，居《詩經》三百首之冠。這首詩傳達了什麼形而上的愛情理念了嗎？否。載了什麼「道」，言了什麼「志」？否。只是表達了人人欲表達的男女情愛。它為什麼會被傳誦及被孔子收入《詩經》？因為它在「怎樣表達」上高明：用四言押韻的格律，用形象裏動的雎鳩雌雄和鳴之聲「關關」比興，用複沓吟唱的結構，描繪男子、思慕和慶婚的情感過程。這裏又印證了人類共同的欣賞肌理：凡超越了欣賞者表達能力的「難能可貴」的高明表達，就是藝術的可欣賞之處。

卽使到了現代——我的冥思飛到巴黎歌劇院，那裏正在上演莫札特的〈魔笛〉。那些買了昂貴的戲票的看戲者，絕大部分已熟知〈魔笛〉的劇情（卽已了然「表達了什麼」），到此就是要欣賞世界著名的戲劇男高音多明哥如何演唱王子塔米諾的詠嘆調（卽欣賞「怎樣表達」）。在這裏看歌劇的並不是都想去演歌劇，但是他們都對歌劇有興趣。他們其中有不少人多次看過歌劇，要使這些人產生美感衝動，必須是這次的演出水平高於他往常看過的，鑑於上述，欣賞肌理的現代表述是：能引發觀賞者的興趣的，而其在「怎樣表達」上又高出觀賞者在這方面的審美經驗的藝術活動，才是有「難能可貴」的欣賞價值的。

開悟之一：「怎樣表達」才是藝術的主價值；「表達了什麼」是藝術作為符號所表現出來的附加價值。現代藝術的危險是將附加價值異化為主價值。

呂大明說她是一炷香，她的「佛香」裏飄忽着大自然和人間的絕美，屬於人的本體論方面的關注，當然能引發人們永恒而普遍的興趣，而她慘淡經營的不是表達與衆不同的理念，而是與衆不同的「怎樣表達」：綸音天語似的散文言語；莊子式的散文「場結構」；由唯美想像力所過濾、提純的人間淨土似的散文意境……

讓冥思回歸藝術的源頭

呂大明確實在追求「絕美」。

她在〈美的印象〉裏釀成這麼多令人微醺的美的瓊漿：

在落梅時節，半醉斜坐在雕鞍上，騎過梅花紛飛的三月……單簧管吹出低沉柔美的音調，美得像是生命中最後一個夏季……星光像蠟炬那樣流淌……登高壯闊天地間，山巒蜿蜒起伏穿進雲海，一隻孤鷹也以縱覽天地的姿態，停在山岩上。讓我也隨暮靄中的歸鳥，化成殘墨淡淡……

岩石也像一部書是可以用來閱讀的……我也願意是一塊石，承受宇宙造化恣意琢磨，承受風鐫水蝕與大自然命運的箭矢。「沉默」是石的樂章……

我愛秋天。我從浩瀚的秋空，縱橫西東的流雲，秋收過後略帶蒼涼的野地，低嘎迸裂似的雁鳴，空際上流瀉的如霜月華……我啜飲着智慧之杯，於是驟然間揮灑的思潮凝成佳妙的詞句……走在落着秋霧的河畔，看到河對岸的城樓像輕煙似遁入霧中。走在暮色籠罩的秋日黃昏下，去看每張臉，每張臉看起來都是一樣的，每張臉都是朦朧的，隱藏起憂與喜，隱藏起年歲與凋零，隱藏起人生狂飈巨浪中奔馳的痕跡，每張臉都寫着秋的寧靜……

美，從古希臘的維納斯那裏，或許更早更早的原始先人的岩畫中，她就是藝術之魂。然而，到了現代，當我們讀波特萊爾的〈惡之華〉，當我們看畢加索的〈亞威農少女〉，當我們聽斯特拉夫斯基的〈春之祭〉……美被當作過時、陳腐的幽靈而被驅逐，時興一種「審醜」的藝術語言。

這種轉換是合乎藝術邏輯的。現代語言學之父索緒爾就指出過，藝術語言的代碼不同於日常語言。日常語言是逐步完善，使其表達得準確、清晰和經濟。藝術語言的約定規則是不停地自我破壞（即創新）。當一種新藝術語言被大眾熟知，立即由雅而沉降到俗。藝術家馬上就得揚棄俗語言，破壞俗語言，而追求一種不為眾人一目了然的、更精致朦朧的新的語言，而確立藝術的新價值。正是這種「不停顛覆自己」的藝術創新邏輯，到上個世紀下半葉，所謂現代主義藝術家，開始顛覆用了幾萬年的美的語言了，換了種種使人驚攣的「審醜」語言。從符號學的角度看，在藝術「表達了什麼」的領域裏，無疑是開拓了新邊疆。

唯美散文是現代讀者之必須

但是，人類需要美不是一時的而是本體的、永恒的。當代著名的德國哲學家伽達默在《美的現實性》中論道：「人們要在現實的一切無秩序的結構中，在所有不完滿、惡運、偏激、片面、災難性的迷悟中，必然導致對非現實的藝術中美的夢幻的追求。這是人求完美的本體論的功能，它填充着理想和現實間的鴻溝。」這種人的處境的不完滿而追求藝術中美的補償的人的存在主體性，就像柏拉圖說的男求女、女求男的神話——人本是球形體，因反叛大神宙斯而被宙斯劈成兩半而成男和女，從此，這一半永遠渴求另一半。人被「存在」這個大神將人性的體驗劈成兩半——現實的不完滿和藝術中的完美，為了成其為完全的人，現實中的人永遠渴求藝術美的另一半。

這就能解釋，為什麼呂大明的唯美的散文仍然成為現代讀者的必須。她的每篇純文學的綸音天語般美的散文都被各報刊悅納，她的書比其他純文學書要好銷得多，個中奧妙是她滿足了人性的本體論上的覓求。

倒是「審醜」的藝術品會遇到人的本體性的拒斥。一些使人產生「驚攣」的超現實主義作品，雖經現代藝術家誘導，甚至造成不欣賞現代藝術卽是缺乏現代文化的文化心理氛圍，人們一時可以理性地接受，但是，人類的追求美的感官以及人的存在迫使人向藝術索取完美的「另一半」求愛似的「精神本能」（卽本體），會抵抗那些奇醜作品及審醜高論。這就能解釋為什麼古典音樂仍享有那麼多聽衆，而慘淡經營大半個世紀的自勛伯格之後的現代主義嚴肅音樂仍無大衆知音，只有極少圈內之人互賞。

呂大明的佛香散文讓人開悟：藝術家命中註定只能受僱於美神，你的最大自由表現度不過是生產着有你的標誌的美來，如此而已；如果我們在關於美和醜的理論迷宮中迷失，若要找出口，只有本相還原，還原到直覺，直覺會憑它有人的本體性把我們引領出去。

呂大明似香的散文裏，飄着似散而聚、似聚而散的獨特結構，我稱它為「場結構」，很像莊子〈逍遙遊〉那種文體結構。

在「文載道」的散文中，為了表達觀念，其文體結構常常是三段論證的邏輯結構。解析通篇，竟是「因為……所以……因為……所以」的線性的因果鏈，是一種線性因果結構。

解析呂大明的散文結構卻是一種嶄新的。隨便抽出一篇，例如短短的〈最後的華爾滋〉，共有「輓歌」、「歐佛利亞」、「廢堡」、「詩經」、「愛倫坡」、「星際塵雲」等六段，每一段都是獨立的意象，段落間毫無因果聯繫。甚至連時序的先後也沒有，任意跳躍，空間也是任意摘取，從腳下的墓地到幾十億光年外的星雲。這些詩愫化了意象羅列在一起不是胡亂的堆砌，而由「最後的華爾滋」這個「生命的最後的優美之舞」的意象作為編碼，把那些互不相干的六個意象編織在一起，像一個電磁場，每一個意象都是「最後的華爾滋」的一個獨到表現的舞步，像是電磁場的各自獨立而又互感的電磁波，無掛無礙地擴展開去。

再析〈蠟染的月份〉，多麼新穎奇特的場結構。十二個月，十二個段落。時序是倒裝的，像是太空飛船發射指令的倒數器，造成時間非均勻感，越來越快，越來壓強越高。十二個月十二個意象，完全獨立而不相干。有風花雪月，有帝王之駒，有絕倫音籟，有水車低語，有世事禪悟，有希臘神跡，有詩人遊詠……被一個意象極豐富的「蠟」字——晶亮的、純淨的、可人意的、可流變的、可燃燒成光明的、可用它的拒色而染成多色多圖的——「染」成一個對歲月周變的美感場，是呂大明這枝採蜜的筆奉獻出來的蜂蠟而染出的繽紛而多情的美感場。

外在信息極為多元的當代作家

呂大明是外在信息極為多元的當代的作家。她觀照審美對象，不會像以前的作家那樣以一種價值觀或一個角度觀照。她以她在歷代中西文學奇葩上博採而來釀製的多元審美價值，去提純出多元的美意象，場性地編織在一起。因為多元審美觀照的價值是場性的，互不為因果關係的，當然其所得的審美意象組織起來的結構，自然就是「場結構」。印象主義可以只追求「怎樣表達」的藝術主價值，而拒絕回答「表達了什麼」不求藝術附加價值。但是散文，尤其是敘事文學是不能放棄附加價值的。只要把藝術當作符號，其符號功能就是「表達了什麼」，即符號施指所對應的所指。因此，在為藝術主價值正名的同時，為了增大藝術品的審美信息量，完全應該增多審美附加價值——「表達了什麼」。

呂大明用她的綸音天語般的美語及飄渺聚散的場結構等的似一炷佛香般的「怎樣表達」，去表達她的「人間淨土」。

托爾斯泰在他的《藝術論》中給藝術下了個定義：「藝術是這種人的活動——一個人有意識地藉着某種外在的符號，把他所親歷的情感傳達給他人，使他人受到感染並也經驗到這些情感。」托爾斯泰進一步詮釋他所要表達的情感是：「好的藝術品須傳達那些能促進當代宗教意識的情感。」

呂大明是虔誠的天主教徒，她的藝術見解在藝術符號該表達什麼方面是與托爾斯泰所見略同的。

在不淨人間昇華出一片淨土

讀她的〈不速之客〉、〈神匠〉……，其中都是活生生的平凡人，而又都是把自己所存在的「此在」當作人間淨土來建設的現代宗教人。在這片淨土上，呂大明為你搬來了四十萬件藝術瑰寶及瑰寶中的靈魂（〈羅浮精神〉）；在這片淨土上，為你邀請來中外歷代才女（〈才女〉），為你展示「華麗而典雅、溫柔而深情的精神世界」；在這片淨土上，為你營造了人間仙鄉（〈瑞士人住在神仙的故鄉〉）；在這片淨土上，有與歷代精英共時的春花秋月冬雪夏樹（〈春花、秋月、冬雪、夏樹〉）；在這片淨土上，為你唱着〈晚風古調〉：「在船隻沉入夢鄉的月光河上，邀你共旅」；在這片淨土上，為你展示那高潔的、深蘊到寂寞宮花似的〈愛的小箋〉……托爾斯泰的天國在彼岸，而呂大明卻極力營造此岸的還飄着幾朵淡淡愁雲的淨土。她建構這片人間淨土的方法卻是普羅米修司式的：「試圖以溫柔悲憫的盾甲，擋住無情的箭矢，在靈魂深處，默默承負起救生的使命」，以在不淨的人間，昇華出一片淨土，像空調機，為我們在酷暑嚴冬的無垠天地裏仍能割據出一屋的春天來一樣。

寫罷這篇小序，忽憶起杭州鳳林寺的一副對聯：

百八杵鐘聲撞醒癡夢，

五千言慧典參破禪機。

為什麼在記憶深海跳出這兩句？不知道。癡夢。禪機。綸音天語的絕美。逍遙的場結構。人間淨土。於是，使呂大明將成為當代散文獨一家和一大家的機率大增。但，機率只顯示可能，而不是先知的預言……

一九九二年七月二、三日　中副

目次

附錄

南十字星座

你想看到懸空在艾菲爾高塔上的南十字星座嗎？或者臆想在一個明朗的冬日，也許飄點雪，颳點風，陽光也將染上火紅，你坐在塞納河畔的長凳上，然後仰看望向天空，你就會看到南十字星座……

——亞蘭布羅契爾（Alain Blottiere）

1 異鄉人

我坐在塞納河畔的長木凳上，在十一月晚秋的早晨，風中飄着落葉，染紅的秋葉如仕女垂曳的長裙，綴飾這秋日的殿堂。我仰看艾菲爾高塔，我想起當代法國文壇新秀亞蘭・布羅契爾在他文章中所提到的南十字星座……

我心中也有一座南十字星，在我離鄉背井的悠長歲月中，它已經變成一種象徵。它不是艾非爾鐵塔上的南十字星座，它不是亞馬遜河畔生長的一種珍貴的附生蘭科植物……它是我心中的鄉愁。

十五年了，那南十字星座在煙霧籠罩中已變得十分模糊，鄉愁在十五年中也逐漸由濃轉淡了，記得剛負笈英倫之初，依在雪夜窗前，我常因離國離家而黯然淚下。有一次母親寄給我一個紙箱，打開紙箱是母親親手縫製的衣裙，是新竹的米粉、大溪的豆乾、梨山的香菇、臺灣的筍乾……我關起房門，低低哭泣，鄉愁綿綿……

我想起母親的一針一線，

想到她的牽念，她的情長……

我想起士林的家，

臺灣這片鄉土……

很多年過去，我已不像當年那樣易哭，風中、雨中、霜晨、雪夜，我已不再像個小女孩般哭得迴腸蕩氣，我習慣像是隻異鄉飄泊的零雁，橫過三川五嶽，我逐漸懂得「永嘯日月中」的蒼涼。

我起身在落葉紛飛的塞納河畔散步，那些落葉似乎都在對我唱着同一首歌，那是我在牛津古城深霄風雪中聽到的一首歌；那首能令人飛迸出鄉愁熱淚的歌……

我仰頭看屹立在十一月晚秋早晨的艾菲爾高塔，我看到亞蘭・布羅契爾文中所提的「南十字星座」。

2 舊信

午間，我整理一疊舊信，發現其中有些朋友早已音訊斷絕，他們也許生活在世界上某個角落，但對他們生活的近況我已茫然無所知……別說是多少年前兒時的朋友，就是曾在牛津朝夕相處的朋友，如今也音訊渺茫了……

祇有這堆舊信，隨着時日逐漸在信箋上褪了些顏色，烙上歲月斑駁蒼黃的印記，我解去絲帶，讀一位我曾喻她爲「紫羅蘭」——秀琴的來信：

「我已結婚，我們的小寶寶已一歲半了，回想當年牛津的日子就像一場夢，好遙遠，但又是那麼美好……」

黛西的來信說：「望着園中滿園的風鈴草花，就想起你們……」

康妮的來信說：「母親已去世，她死得很安詳，沒有痛苦，最初是跌傷腿，後來又染上感冒……」

林娟的來信說：「人一分開，相聚就不容易了，甚麼時候再共拾昔日舊夢，共數秋夜的星子？」我一封一封地讀，然後又一封一封疊回去，繫上絲帶。

友情也像寒天裏一杯炙熱的茶，曾經讓異鄉人感到那麼溫暖，一疊舊信件我走過客旅中一個又一個驛站，也細細綰住一分舊日的情懷。

3 候鳥心境

在屈原〈抽思〉裏寫到一隻南方來的候鳥，獨自遠走他鄉，棲身異地，到北方來築巢……

「望北山而流涕兮，臨流水而太息。」寫的就是這隻南方來的候鳥，寫的就是異鄉人的心境。

沙洲水濱，走過道路迢迢，
再回頭已找不到歸路，
祇有依靠南方星月的指引……

那天，走進巴黎十三區的中國城，走進一家家中國人的商店，祇爲去買一帖治鄉愁的藥方，於是竹筍、豆腐、雲吞皮、中國白菜、肉桂、五香……裝滿了一籃。

每年假期也爲體驗另一種鄉愁而不斷旅行，從極南到極北，既要治療鄉愁又要體驗鄉愁，異鄉人就在這種矛盾的心境下，穿越過天地，穿越過日月。

異鄉人也曾夢想像屈原〈涉江〉所描寫的：攀登崑崙，渡過湘水，逆流上沅江……

異鄉人所涉的江在地圖上是找不到的，從極南到極北，所涉的是一條名爲「望鄉」的江……

一九九〇年二月四日　中華副刊

風鈴草之頁

那一幅湛藍的畫，有時裱在崖壁山溝，有時化成碎了的熠熠耀耀的藍色星子，紛紛灑落在鄰家的庭園裏……總有一天，人會厭倦塵世的羈絆，厭倦生活帶來許多雜亂的思想，然後又懷念起最單純、最樸素的一章——那生命中湛藍的記憶，那風鈴草花一般明朗、潔淨的思想……總有一天，人類的思想會回到拉馬丁時代，回到狄金蓀時代，回到陶淵明時代……會投注湖上的波紋，涉水的蒼鷺，白雛菊與紫羅蘭花開的季節，會留意落霜之夜，杜宇的哀歌與夏夜裏數斛螢光……

我將掃葉成香塚

在我將離開英國伯肯赫德之前，那是一個落霜的早晨，我來到園中，那片園本是一片荒蕪的園，由於我辛勤耕耘，園中四季有不同的繁花，那也是一座無形的園，象徵我心靈中一片錦繡。我將與它話別，走向另一個國度，我心中懷着依依之情，每一朵花紅，每一幅葉綠，都是我手中培植出來的。

我瀏覽園中的景象，金盞花已凋謝，Lupuis Melange 也零落闌珊，玫瑰已進入芳菲遲暮的時節，春天遍地的酢漿草花，那一簇簇曾經開了又謝的紫羅蘭、勿忘我，還有那埋在地下的根球；水仙、鬱金香、番紅花……我默默巡禮，默默揮別，在這園中本不沉寂，春夏秋都有一齣繽紛的劇在這兒演出，而如今已是褪盡了顏色，消滯了芳華，我低吟着莎翁的句子：

節慶已經結束，
我們的演員就如，
我先前告訴你們的，
他們都是神仙。
此刻他們也都遁隱，
於薄薄的大氣之中……

我來到一株花樹下，發現一隻知更的屍體，身上覆蓋着嚴霜，牠是不是禁不起昨夜的霜寒而被凍死？或許是我的疏忽，心中日日爲離情所苦，忘了將市面上買來的鳥巢懸掛在樹上，讓牠有一落腳之處，讓牠躲過命運的寒流，我難過極了。

我在花樹下挖了一個小穴，將知更的屍體埋了起來，將滿地的枯葉落花掃成一個小堆，覆蓋了小小的土穴，充當知更的香塚。

在我將離去之前，這小小知更的死，又在我沉甸甸離愁中增添了重量，約翰·斯蓋爾頓（John Skelton）〈悼麻雀非立普〉像首清純的童謠，那詩中的小女孩哀悼小雀兒非立普之死，就祈禱上主賜給她蘇格拉底一樣的智慧，來參透生與死的哀傷……

走到前院，兩旁玫瑰樹的樹籬外立着一塊木牌「For Sale」，我不知道將來買下這座房子的女主人會是誰？但願她也像我一樣珍惜滿園的芳菲，但願她不像我一樣疏忽，忘了在落霜的晚上將鳥巢掛在枝上，以至讓一隻沒有歸處的知更被凍死……

「媽媽，我們今早要搭火車，然後坐飛機，我們要到另一個國家去……」女兒小路德已經起床，聲音裏充滿了興奮。「遠行」對孩子是一種新的經驗、新的憧憬，我沒有將我的離愁告訴她，也沒提到知更之死，我幽幽地說：「是的，孩子，我們將要走得更遠，更遠……」

煙水西村舍

重巒疊翠，山是被一層層綠色的顏料所塵封，寬闊的山腰是剛被犁過的葡萄園，向四面八方伸展，那看來浩瀚如海，又是極爲荒涼的景象。就在這半山腰間，有三兩戶人家，有一座教堂，市鎮小廳與一家客棧……

在旅途中，沿着萊茵河畔，經過一座座典雅的小城，而此時已近黃昏，看來夜色就要籠罩四野，今晚就祇有選擇這座小小村落的小客棧落宿。

小客棧的門前，是環繞的花牆，牆是敞開的沒有大門，可以看到寂寞、灰黯而荒涼的田野。客棧已經老舊，樓板咯吱咯吱響個不停，這家小客棧與這座小村落都經過悠長歲月的洗禮，這兒是否像西班牙有一間古樓，曾經住過像塞萬提斯那樣的人物？

這半山腰的野地沒有屏障，風像飛馳電掣般地呼嘯，影翳翳密簇簇的葉散落一地，飄垂着是花牆上褪了色的紫籐的枝椏……所有的景象都隨風在我窗前匆匆畫過，就像人生在世的歲月，年復一年的流逝……

這座小村落沒有一個名字，我想起有「南洪北孔」之稱的孔尙任，他的〈桃花扇〉與洪昇的〈長生殿〉齊負盛名，想到他寫過「客愁鄉夢亂如絲。」「不知煙水西村舍，燕子今年宿傍誰？」這些句子，我就將這座小村落名爲「煙水西村舍」，讓它寫進我的客愁鄉夢。

明日，我又將翻過這座山，走向另一座鄉城，我的行旅何其匆匆，我的行旅也是人生這段長遠旅程中的縮影，雖說長遠，而年復一年的流逝，看來又是何其匆匆。但今晚，在這偏僻山腰間偏僻的小客棧中，陪伴我的是敞開的花牆，窗前呼嘯的風聲，褪了色的紫籐樹，沒有屏障的四野荒涼……今晚，讓我特別想去翻讀梁武帝蕭衍的作品，他的詩極爲華豔，他的生命又極爲悲愴，在侯景叛亂中被圍於臺城，飢餓而死。還有另一位文彩淒鏘的才子陸機，我低低地吟咏他的絕句：

靜言幽谷底，
長嘯高山吟。

我的聲音消逝在風聲中，那種耿介的情懷原也是屬於風聲，我掩卷熄燈，靜聽長嘯的風吟……

蓮葉杯

一朵白蓮，睡在水中蘆草的香巢中，淤泥並未將它污染，它依舊瑩白一片。

一朵紅蓮，投影湖面，似乎是女仙將她纖纖十指在水中櫂濯，化身爲水中的紅蓮。

大自然美貌是「花」，素質是「葉」，花紅與葉綠將大自然襯托得更爲和諧。

大自然的美也是學問，在瑞士人雅各•布格海德（Jacob Burckhardt）的長篇巨著中，談到意大利人是現代人最早看到宇宙內部與外觀的美，在他《意大利文藝復興史》，他說欣賞自然的美是經過長期的發展，雖然早期的詩歌與繪畫已讓人模糊感覺這種美的存在，但是眞正證實大自然對人類精神影響至深的是但丁。

但丁以如椽巨筆喚醒我們愛好大自然的天性，如晨間清新的空氣，海洋上的彩暉，大風雨中森林壯觀的景象……另一位學者薄伽丘喜愛鄉村恬靜的景色，而佩脫拉克被稱爲最早的現代人，他現身說出大自然對人類的重要，據說他也是第一位畫出第一張意大利地圖的人，他潛心於學術的研究，由於深愛大自然的美，他隱居沃克呂茲，過着隱士學者的生涯，他遁避時代，遁避世界，他說他的快樂是來自孤獨而自由的呼吸，也是來自流連於山林之間，河湖泉水之間，與書籍和偉大人物的華彩之間……

讓我們再回頭來欣賞那一池蓮花、蓮葉。原來每一張葉片都是一盞蓮葉杯，晨間，杯中是涼意霑裳的清露，黃昏，杯上撚亮了夕陽的火燭，就像一盞綠水晶的燭臺，到了夜晚，那高擎的蓮葉杯是第一位迎接繁星的一雙素手，一盞盞的蓮葉杯也盛滿了但丁、薄伽丘、佩脫拉克所闡揚大自然的「美學」。

到了晚夏將盡，初秋將臨的時節，這蓮花蓮葉都將遠離故鄉，去到一個不知名的「葉落之鄉」去飄泊，當然，它也會像葉賽寧一樣懷念故鄉，我聽到風中落葉的低吟：

在歡樂中將年華來消磨，
隨後，你們將遠走他鄉，
祇有轆轆轉動的水磨，
後面那一流清淺，
還與往日般喧囂不斷。

風鈴草之頁

一隻蒼鷺蹚水而過，然後噗哧一聲掠過黃昏的天際，我剛將視線從蒼鷺身上收回，驀然間一片湛藍的風鈴草映入眼前，就像黃昏天際早出的藍星……

前兩天，我剛來到阿爾卑斯山村，一位鄰居的少女阿麗達剪下一束藍得像夢一樣的花送我：

「這是我家園中的風鈴草，我母親要我將這束風鈴草送你，歡迎你們到阿爾卑斯山村來……」

一束風鈴草花，像莎翁戲劇裏的開場白，多麼富有文彩！

住了幾天之後，與鄰居這對母女就漸漸熟稔，阿爾卑斯山的水、陽光、清風、白雪都反映在這對母女的臉上，健康、紅潤、明朗、風霜……她們母女孤單地住在這山野間以牧羊爲生，她們擁有一片山野間的地，那一羣一羣的羊白天就徜徉在野地裏吃草，女兒最喜歡小動物，她踩着山野間的小徑，去到這片野地去看羊，羊嘶嘶啞啞地叫着，熙熙攘攘爭着來與她做朋友，滿地是他們踩碎的小花……。

「你從巴黎來，巴黎眞是座迷人的城市，大街小巷那些建築，那些花，那橱窗，那時髦的人物……如果我們今年羊的價錢賣得好，我母親答應我讓我去巴黎看看……」阿麗達對繁華的巴黎是那麼傾心。

我將巴黎帶來的一小瓶香水送她，她高興地一再道謝。

星期天，阿麗達陪着我們走了好長的一段山路，去到一座古老的教堂。教堂處在僻寂的山墩旁，山墩上開遍了藍色的風鈴草花。教堂內老舊的風琴正彈奏着聖歌，彩繪玻璃的花紋在陽光下正像經過火的雕刻，顏色十分光豔。

我們小心走上山墩，怕踹碎了風鈴草花，站在山墩上，四周是一片迷人的山野……

如果你默默地凝注一件事物，你會發現那裏有一種靜謐無聲的語言，它們都在向你傾訴，譬如春汛透露生命的循環，草葉是一部不同凡響的詩集，也許是另一部《草葉集》，

（注）而花朵又透露出甚麼，俄國作家普里斯文說屠格涅夫在沉思中見到少女，而他自己在沉思中則見到花朵，花朵代表一個縮小的「大自然」。

普里斯文的小品有着醇厚的哲理，他曾經有感而說，他說他寫了五十年，但眞正的聲望還不如一位中等作家，但他很自豪地說：「我寫的東西像種子，是會發芽的，而且會長出金心藍瓣『勿忘我』。」我自從十七、八歲開始寫作，也斷斷續續寫了二十年多，我從不敢奢望所謂的聲名，卻希望像普里斯文一樣，能寫出會發芽的東西。

所有大自然都在說明美與善，就像藍色的風鈴草花，祇是現代人已經迷失在市聲裏，漸漸聽不到那種微細深沉的聲音，他們已經聽慣另一種聲音；聲色犬馬……但總有一天人會感到「以心爲形役」是多麼浪費生命，聲色犬馬是多麼令人厭惡，生命又回到最單純的開始，人會再回頭來看這朵藍色的風鈴草花……

藍色的風鈴草花——那明朗、潔淨的思想。而當我們人類死去之後，埋在地下，腐朽的軀體會化解成各種元素，於是，我也懷着一種哀傷而浪漫的想法：當我死去之後，我希望我的軀體能化解爲風鈴草花的種子……

我也希望有心的讀者會將這些斷簡殘篇，收集成册，那集子就叫着「風鈴草之頁」。

一九九〇年十月十七日　臺灣新生報副刊

注：《草葉集》是美國詩人惠特曼的詩集，惠特曼被稱爲「白髮詩人」，生於一八一九年，死於一八九二年。

鐫心集

1 溫柔

在溶溶的夜色中，夜的豎琴已經彈起，星光也是一盞盞金色的火燭，摘掉了黑夜和墨染的飄帶……

夜將溫柔地流進大自然所編寫的歌詞中……而自另一角度看來，黑夜並不溫柔；紐約的黑夜、芝加哥的黑夜、臺北的黑夜——黑夜中的聲色犬馬，黑夜中不斷發生的悲劇……

世界原是美好的，世界上存在着許多溫柔的事物，但現實社會並不溫柔。婚姻也是美好的，原是天長地久的盟誓，但婚姻中的歲月並不盡是溫柔，總有些外在的負擔，內心的壓力，冷卻兩顆溫柔的心。

總有一天，我們在自己生存的世界再也找不到「溫柔」這樣的瑰寶，於是我們旅行到很遠很遠的天之涯、地之角，去看另一個陌生、寬廣、有着溫柔敦厚的世界……如果那個世界也不存在，我們就得回到自己寸心之間去尋回失落的溫柔；

溫柔在月色星光中，溫柔編寫在大自然的歌調裏，

溫柔也在寸心之間。

2 落雪的夜晚

一個冬天的夜晚，風捲起滿天的雪粉，就像星光的小白花——俗名「滿天星」，撒滿了我窗前四周……

風在雪中發出微細的顫音，那也是夜晚大地的一種語言。

在雪光籠罩中，那個繁花之夢已經很遙遠了，雪花將世界給改觀了，那是葉賽寧詩中所描寫阿富汗金色的沙漠，與布赫里玻璃樣透明的霧；於是我聽到一種清脆婉轉而又淒清的聲調：

我是最後一位詩人，
板橋是立在用白樺葉燃燒的
告別彌撒中……

我為自己沖了一杯茶，沒有去翻讀案頭的書籍，祇是讓我的心靈，讓我的眼睛去接觸窗

外大地這部書；

落雪的夜晚讓我想起許多往事，
想起那些東西飄零的留學生涯，
想起在寒冬夜晚送走友人的傷感，
想起母親有一年來英國牛津與我們共同度過的雪夜……

雪花依舊是撒落的「滿天星」，有一種繽紛，有一種惆悵。

雪花也是葉賽寧詩中所描寫阿富汗金色的沙漠，與布赫里玻璃樣透明的霧……

3 槐花

我住在一家客棧裏，室內布置十分簡陋，一張木桌木椅，椅上連軟墊也沒有，名副其實的「冷板凳」，搖動的衣櫃，老舊的床……但我愛極了這家小客棧，因爲窗前有一株槐花。

槐花飄落在窗前，
槐花也落在中國的深宮長苑中，
落在霏霏秋雨中……

槐花寫出那些極爲華豔而又極爲悲涼的故事，是那種留它如夢，送它如客一類的花。想起我表姐她在沉疴中念念不忘故園的槐花，不久，她死了，她死在花容月貌的年華。那時我還年幼，對她的記憶已十分模糊，祇是常聽母親談起她——她的美，她的溫婉淑靜……

槐花飄落窗前，
留它如夢，送它如客……

4 槭樹的落葉

槭樹的葉子輕輕地飄落，像是一枚古銅錢，飄落在巴黎這個繁華紛擾熙攘的城市。我走在巴黎街頭，落葉飄在我身旁，我踏在落葉堆中走過，人事也凋零如落葉，前陣子接到大姨媽逝世的消息，大姨媽住在福建，與母親分離四十年，四十年後的今天，兩岸開放探親，母親與大姨媽苦苦籌劃，約定見面之期，沒想到就在見面前夕，大姨媽突因久病不治而辭世，母親沒緣再見到她分別四十年的姐姐，大動亂中的小插曲，就在我們這個時代寫成千千萬萬齣不同的悲劇。

我們這些子女並不能體會母親心頭的哀痛，母親幼年失怙，比她大五歲的姐姐就替她打扮梳理，與她相依爲命，童年與成長期間那種姐妹手足的深情，就在分離四十年中化成縈繞心石的牽念，而如今竟成永別。

槭樹的葉子依舊落在這個繁華紛擾熙攘的巴黎街頭，是不是每一枚像古銅錢一樣飄落下來的落葉，也是一齣人事凋零的故事？

一九九〇年三月四日　自立晚報副刊

春花・秋月・冬雪・夏樹

1

在蘇格蘭高原有一個夜晚，大風雪在窗外呼嘯，清晨醒來，發現經過一夜大雪，世界完全改觀了，古老的建築、教堂、窗臺上、門坎上、汽車頂上全蓋上一層厚厚的霜雪。這座高原古城的人都突然忙了起來，掃雪、刷雪，將門前的積雪用夏天花園用的工具車，一車車運走……小孩可樂了，忙着堆雪人，玩扔雪球的遊戲……

因一場大雪，給世界帶來一場小小的紛擾，也帶來幾許溫馨，幾許歡樂。

由於雪，我從窗外看到一幅動人的景象；車軌劃過雪白的大地，劃出雪泥上的痕跡，田野間是蓋滿銀色白雪的小屋，樹上都掛着銀色的花……而所有的人，所有的生物都精神抖擻地說着《安徒生童話集》裏的一句話：

「鸛鳥回來的時候，春天就來了……」

2

幾天的雪結束了，溶雪的大地一片雪泥斑駁，人人的心境又恢復到冬天的陰霾，總有些像參加一場盛宴回來的心境，總有些曲終人散的感覺……據美國人的統計，美國人患憂鬱症不計其數，而法國一段新聞報導每年秋冬交替的時季，自殺率突然達到高峯。自殺的原因是出自病痛的折磨、貧窮、孤獨……但人人知道最大的原因就是不快樂。就每個人的經驗，人總難免有情緒低潮的時期，但絕對不能讓萬念俱灰的感覺闖進心中。

我住在小城伯肯赫德的時候，鄰居一位少婦蓓蒂就很不快樂，也經常借酒澆愁，雖然不喝得大醉，也日日酩酊暈糊。她很有繪畫天分，偶而露幾筆，鄰居們就暗暗稱奇。她的先生事業有成就，對她也十分體貼，家中布置得雅致而舒適……我不了解蓓蒂爲甚麼會不快樂。

「是不是你們中國人從來不患憂鬱症？」有一天蓓蒂突然這麼問我。

「中國人似乎不談憂鬱症，中國人自祖先那兒學了一套修養的功夫，如果心中幽僻就說是雋逸，儘管眉峯長蹙，卻有一種孤峙塵寰的心境，當蕭颯的秋意橫上心頭，就祇道是涼意沾衣……」我說。

但中國人一定也曾鬱鬱寡歡，中國人的憂鬱症都含有幾分崇高的意味：「掩卷平生有百端，飽更憂患轉冥頑，偶聽帝鴃怨春殘……」王國維風吟鶴唳般寫出心中的幽咽，他早年治詞曲，晚歲致力經史，卻不幸自沉於昆明湖。「孤標傲世偕誰隱？」寫出《紅樓夢》中黛玉的形象，這位曹雪芹筆下的才女品骨高，風格雅，才華出衆，大觀園中的衆姐妹罕見其匹，而一般的雪與雨，煙和霧，一般的風花雪月，她的感受就與別人不同，她經常對風灑淚，對月長愁……「日月忽其不淹兮，春與秋其代序。惟草木之零落兮……」屈原走在時光的旅次中，採擷李蘭、杜若、江離、芷花……他採擷也是文學性靈的美。日月倏忽，春秋交替，草木隨時都要凋零……他心中是何等憂愁。

伯肯赫德的花季來了，我想找一位賞花的同伴，就約了蓓蒂。伯肯赫德的春天奇寒，我們都穿了厚厚的大衣，走在春天的花樹下，就像走在花簇錦堆中，如果有長堤的斜陽，有柳外的輕煙，就會疑心自己正置身於中國的江南……

「我眞羨慕妳……我不快樂是因爲我長得醜……」蓓蒂幽幽地說。

「蓓蒂，其實妳一點也不醜，上主給每個人一張不同的臉，每張臉都有他們的特色。要說醜，梵谷的自畫像實在貌不驚人；但他的天才，與筆下創造藝術的美，是沒有人及得上的……」聽了我的話，蓓蒂的臉上漸漸有了喜色，那張因爲憂鬱而將五官全部蹙湊在一起的臉漸漸轉爲明朗而平和。

賞花過後第二天，蓓蒂穿了一件秋香色的新裝，頭髮梳得一絲不亂，臉上也沒有酒後浮腫的痕跡，她提了畫具，要我陪她去畫「花」。她一走下樓梯，她先生溫柔地上前擁住她說：「親愛的，妳今天美得像一朵花……」蓓蒂笑了，笑得像早春的一抹陽光……

枝頭的紅萼成了蓓蒂筆下的藻彩，天氣霽朗，天空也眞像經過勤勞的天使打掃過一般光淨、澄明……因爲蓓蒂的轉變，我心中也添了幾許歡愉，我情不自禁低低地說：「鸛鳥回來了，春天來了！」

但春天並非常常是明朗、歡愉的。春日苦短，有時就會來到莊中白所說的「風裏餘花都散去」的情景，有時雖是錦雲堆琢的春天，心境上卻是摧鋒落機，謝去斧藻，於是留下了窗前斜風細雨般的沉沉春晝，苔痕點點般的寂寂門坎……而我們也並非聖人，有時我們對人伸出友誼的援手，有時我們也落寞空虛，希望別人的友愛……

3

時日總是在飛馳，春天還沒結束，繁夏就已經來臨了，夏天就不像春天在鑄字造辭間引用那麼多藻采，但流連於丘壑林幽之處，氣勢磅礴，那是來自墨染的綠。

陽光炙烈的時候，就會想起屈原〈天問〉「羿焉繹日，烏焉解羽？」的典故，傳說中帝堯時天上有十個太陽，太陽中有鳥，大地的草木都被陽光曬得焦枯，寸草不生，堯帝就令羿引弓射日，當他射中九個太陽，九隻鳥也跟着墜地而死……炎夏的時辰，我也爲女兒講「解羽」這段中國神話，但清涼的夏日不是來自「解羽」，而是來自樹……

有一座小小的山村，通向鄉村是鄉野的徑道，四周都是茂密的林木，遠遠地我看見黃昏的光焰落在林木，籬笆與屋頂上……那是俄國詩人葉賽寧聯翩夢想中的故鄉。草場上有低窪的泥地，屋外有殘留的樹墩，屋頂上舖蓋着乾草，小黃狗用舌尖兒舔梳身上的茸毛，夏日的水潭映着跳躍的星子……那也是你我的故鄉。

但繁夏最讓人留戀的是樹，在平沙無垠的大漠因爲沒有樹，景象就特別蒼涼；

先知的智慧就隱藏在一片葉子裏，

一株樹該包容着何等淵深的智慧！

陶淵明的智慧是：「孟夏草木長，遶居樹扶疏，衆鳥欣有託……」，這位寫詩不講究繩墨，像流水飛花一派天然眞璞的田園詩人，早已厭棄世族豪門的生活，他歸向田園，既耕且讀，採摘園中的菜蔬，自酌春酒，與微雨好風相伴。連他寫的輓歌也是那麼灑脫，其中有兩句：「死來何所道，託體同山阿」。我認爲是應該像濟慈的墓誌銘一樣，鐫刻在他的墓石上。

王維晚年居於輞川別墅，撫琴賦詩，靜觀朝槿、露葵，與野老閒談……漸入禪境。他筆下的「夏木囀黃鸝」，「積雨空林煙火遲」與「仄徑蔭宮槐，幽蔭多綠苔」，每句詩都是一幅「樹」景。在中國兩位田園詩人中，我看到中國人恬淡的天性，因爲恬淡也就能化幽僻爲雋逸，也就能生風雨於戶牖，交日月於軒檐，這就是中國人的智慧。

4

當夏日到了尾聲，大自然另一幅景象就來到人間，在中國又是紫屏障一般的秋山，碧琉璃一般的秋水，而異國異鄉也正是殘葉下寒階，秋風震旅懷的時令了。在英國湖區一次秋季旅次中，我從旅舍的窗口望見皎白的月色就映在湖波輕漾的瀲灩中，那一刻我似乎是見到華茲華斯在漫遊中見到的水仙……

也是秋季，我離開英國，告別好友康妮一家，蓓蒂，還有許多曾與我們共度溫馨時光的朋友。臨行前我獨自徘徊在密西賽河畔，去聽風捲落葉般的秋濤，長年羈旅的生涯，我感到自己已是天涯倦羽，我突然變得那麼眷戀伯肯赫德的鄉居……

「造物主創造了大地，日月星辰的運轉，四季的變換，朝雲暮雨，花鳥樹木無一不美，走到那裏，都有一片雲影波光的天地……」我回味康妮的臨別贈言，也爲我另一次的遠行增加了期待與勇氣。

一九九一年三月五日臺灣新生報副刊

蠟染的月份

十二月

柴可夫斯基第一號鋼琴曲像雪花，以那又柔軟、又嫩白的手兒抹過琴鍵，每組音符都是自岑寂無聲中流瀉而出，迸發爲優美絕倫的音籟，組合成不朽的「冬天之夢」。

風是鍍過金的，

壁爐的火光是煅過鈾彩的，

枯葉酣睡在雪泥中……

十一月

翩然辭別十月的小陽春，就來到十一月秋霜凝聚成的水晶屋前。

不是披靡，繽紛與醇醪的季節，季節先知的預言寫在提早西沉的日影，緊鑼密鼓的囂風，鄰家石階一抹清冷的苔痕上，暗示冬天的足跡已近。

十月

如玉栒（注一）般的野菇散布在大樹的根蒂間，有幾朶已成了林中禽鳥昨日晚餐桌上的珍饈。

秋的盛宴已步入尾聲，
布萊恩特的「秋金草」（注二），
湯森的「禾塾」（注三）。
都寫進狄金蓀「永恆」的詩章裏。
而秋葉不再是掛在枝頭，而是掛在風中，掛在天與地的空白之間了。

九月

去造訪英國摩爾這座小鄉村，和琴妮湖畔的鄉居，爲的是去聽她屋前一輪舊水車喁喁低語……
九月還在「秋」的港灣徘徊，
九月正走在金秋壯麗的行列中……

八月

剛從一場「美」的閉幕禮中走出，又再步進另一場「美」中。
繁夏的星辰依舊閃爍，
山茱萸的葉子已透露殷紅，
雁兒剛踏上「南方之旅」的初航，
霰雪紛飛的季節還祇是個「夢」。

七月

鷸鳥啼晚，赤腳走在濕潤的海沙上，逐漸感到一陣沁涼，白日的溫度已降……
當月兒披起縞素的薄裳；
擎一杯阿爾沙斯的白酒，
飲一杯韜光匿彩……

六月

唐太宗征戰時用的颯露紫、拳毛騧、白蹄馬、特勒驃、青騅和什伐赤全奔馳在赤道的原野上……

就在驟然之間，像操縱電影鏡頭，攝成靜止的一幅畫面；原野上遍地的野花都在炙陽的窖中燒成瑰麗的色調。

五月

聲音迴響在歲月的空谷裏……

「當我們年輕的時候，記得是一個五月美妙的早晨……」

世事總是這般漫不經心，沉靜、喧嘩、喧嘩、沉靜，然後立下碑銘，又爲荒蔓雜草所掩埋……

當杜鵑第一聲啼吟已成過去，我們才驀然心驚：「這是第幾個五月的早晨？」

然後讓流逝中的五月，逐漸凝鑄成內蘊的光華。

四月

詩人用眼神乾杯，將四月瓊漿釀成仙酒……

「西莉亞」（注四），我會將四月編成花環送給你，就是懷着那樣的希望；四月的花環在「愛人」那裏永不凋謝。

三月

有一種花叫希亞申路斯（Hyacenthus），是希臘神仙阿波羅將哀悼亡友的詩音鐫刻在花瓣上；

希亞申路斯就是風信子，

「它」穿過了花花葉葉的屍體，穿過了鼴鼠、金甲蟲、田鼠的葬禮行列，唱出二月的輓歌。

二月

春雪未溶，

大地結着薄薄的冰殼，覓食的野羚羊用蹄子踩碎薄冰，尋找去歲枯凋的草葉。

但大地的訊息網傳出不再是水輪啁啾一樣的哀調，

季節的死亡已經宣告結束，

蓬勃的生意就在一瞬間開始了。

一月

一八〇一年的夏天，在海森都甫一個寧靜的小鄉村，貝多芬完成了「春天奏鳴曲」。
大自然在漫長的冬天，也在醞釀那樣的一首曲子。
鳥聲遁隱，四野岑寂，
但大自然的琴師正運用一種新的彈奏技巧，讓這首新穎的曲調更悅耳動聽。
一九九二年的「春天奏鳴曲」就在不同凡響的氣氛下開場了……

一九九一年十二月二十八日　中副

注一：玉枹是白色的鼓槌子，典自屈原〈國殤〉；援玉枹兮擊鳴鼓。

注二：布萊恩特是美國十九世紀詩人，湯森則是十八世紀蘇格蘭詩人，狄金蓀在〈歌吟秋天的詩人〉(Beside the Autumn poets sing) 一詩，引用布氏詩中的「秋金草」與湯森詩中的「禾墊」。

注三：同上。

注四：英國詩人班・強森(Ben Jonson)將公元三世紀哲學家斐羅斯・特拉斯特的《書信集》改寫為膾炙人口的短詩〈西莉亞〉(Celia)，筆者借西莉亞喻愛人。

夏蒂拉隨筆

夏蒂拉是法國東部高山上一座典型的山城，接近聞名的白朗峰，是冬季滑雪、夏季避暑的勝地。今年父親到凡爾賽來探望我們，就與我們共度八月的假期。

晨間自凡爾賽出發到高山區，已是夜燈初上的時刻，而夏蒂拉又位於海拔二千公尺以上，夜裏的山區黑森森的一片，伸手不見五指，狹窄的山路，一旁是高山崖壁，一旁是萬丈深淵，開車完全靠謹愼小心。到達我們訂的旅館，已是深夜零時，沒想到旅館女主人還親自來開門迎接我們，並爲我們準備了一分午夜茶點，那分熱情，讓人感到好溫暖。

清晨醒來，走向陽臺，看到這座海拔二千公尺的山村一片霽朗，四周是青翠的針葉林，每家的樓臺上都種滿了花。山外是山，雲外是雲，乳燕在綠色的山坡上空飛翔，山間傳來牛鈴叮噹的響聲……

晨間，山中氣候頗有涼意，我們就披堅戴甲穿得十分整齊，走到山城的街上，才發覺大家穿着輕便，都是青一色的運動衣、短褲、薄夾克，相形之下，我們眞像羊羣裏走出來的駱駝。

夏蒂拉處處醞釀着歡樂氣氛，大家見面不管認識與否都互相打招呼。這裏有來自世界各地的觀光客，也有本地的居民，居民都是從事旅館業、禮品店、餐館，與運動器材，尤其是冬季滑雪用的器材……。那迎面而來，銜着煙斗，留着絡腮鬍子，像極了在木桶中做日光浴的希臘犬儒派哲學家狄奧基尼斯的人，也許是歐洲某聞名大學的教授。那紛紛嚷嚷手提一木箱生菜，穿着背心短褲，滿臉風霜的中年人，也許就是此地二星級旅館的老闆。那不露鋒芒，穩健踏實的人，也許是位銀行家。那酩酊昏糊，愛在早餐喝紅酒，愛找人挑剔的也許是位有幾分醉漢典型的藝術家。那會講好幾國語言，和顏悅色的店主人，也許會狠狠地敲你一竹槓，但就算如此，來到這座人間仙境的山城，你仍然會口無怨言……

每星期三上午夏蒂拉都有市集，歐洲的市集雖不像以前逐水草而居的遊牧民族以貨易貨，卻也有一種原始的風味。趕市集眞像趕熱鬧場兒，市集上有賣當地土產的皮貨，有賣各種野味的，那眞是包羅五色奇味；有山鷄、野山羊、山豬、野兔、騾肉……。也有賣當地羊奶特製的乳酪，爲了吸引顧客，他們連山羊也帶到市集裏來，逗得孩子十分歡喜……。有賣古董舊貨的，如果識貨，也許還眞能花上有限的金錢，買到有紀念價值的古玩，不過上當的也大有人在。在一個攤子上我買了五個很別緻當地土產的瓜，這瓜不是拿來當食用，而是當藝術品欣賞。瓜的表皮構造都像一種堅硬如石英的物質，能擺在家中當裝飾品，它純粹表現了造物的神工而沒有匠工的刀斧氣。

八月二十六日晚間八時半，這座山城舉行一次隆重的民俗表演，有穿着當地傳統服飾的歌舞場面，也有一種「蹬高」的表演，很像我們民間喜慶節日迎七爺、八爺，這原是來自早年牧羊生活的傳統風俗；牧羊人蹬在高高的木腿上可以居高之勢，看顧羊羣。當晚表演的人都是一些少年男女，身穿白色羊毛短襖，許多觀光客特別拍照留念，熱鬧極了。

楓丹湖在夏蒂拉附近，位於高山上，面積不大，是遊客垂釣的好去處，經常可以釣到尺來長的鱒魚。因地勢高，山巔在望，山坡上野花盛放，高山植物有石南花、龍膽花、風輪草、海葵、樺木、白赤楊、樅樹、落葉松等。此地有間木屋，一對母女利用度假期間做起餐飲生意，父親去喝下午茶，因氣候轉涼，他們還在屋內燒起熊熊柴火。整幢木屋是男主人一手經建的，就利用山中石材、木材，還親自築了一座充滿了原始風味的壁爐。

父親在燃燒柴火的火爐邊寫了六首詩，他詩才敏捷，我戲稱他「七步成詩」，他也頗爲得意，他的詩名爲「無題」，但我覺得其中頗有神來之筆，略述其中三首以誌此遊：

其一

鬼斧神工見天然，
今日縱遊是前緣。
忽聞天風吹神曲，
喚醒世人勿狂癲。

其二

湖在虛無縹渺間，
此中駐有女神仙。
點點白鷗天上去，
西子洞庭在眼前。

其三

七十年來似雲煙，
富貴榮華何可攀。
今日飄然天外遊，
路人笑我是神仙。

父親已古稀之年，但依舊衣着考究，神態軒昂，前些年他還獨自去登埃及金字塔，去看印度王妃陵墓……這回他離開法國還要繞道北歐，去挪威、瑞典、丹麥、冰島等國旅遊。他自壯年時代就經常四出旅遊，到如今已不止環球一周了，他有一對聯寫的是：「兩腳踏翻塵世路，一肩挑盡古今愁。」讀來令我沉吟再三，我越走越遠，也越能體味這對聯的耐人尋味之處，那種人生境界已經不是「飽經風霜」，而是「滾瓜溜圓」了。

父親喜愛下午到夏蒂拉旅館沙龍喝鐘茶，他經常隨身帶着他的紅茶、蜂蜜，店主人祇要幫他沖壺熱開水，供應一小勺牛奶。他飲食簡單清淡，這是他素來的養生之道。他也愛與人聊天，毫不在結交朋友，而是抱着出世的心情，入世的態度。

我們一家在楓丹湖畔小木屋晚餐，吃的是阿爾卑斯山下的名菜；乾酪火鍋（Fondue），是以白酒加乳酪燒成湯糊，然後以切成方狀小塊的法國麵包沾湯食用。其實這道菜比起中國的火鍋眞是差遠了，它被列爲名菜，似乎也有點小題大作，但據說瑞典的名菜「詹遜的佳餚」，吃的也不過是一鍋熱洋薯鯷魚。而人人到阿爾卑斯山來都點這道名菜，人人都吃得津津有味。乾酪火鍋是否有它的風俗掌故，我不得而知，譬如像丹麥人有道菜乾脆叫「安徒生」，安徒生是他們的國寶，就如莎士比亞是英國的國寶。阿爾卑斯山下氣候奇寒，乾酪火鍋吃下之後頓覺熨貼，若遇三兩知友，或一家人圍爐吃這道菜，那種異鄉溫暖的情景，是遠超過盛宴時的饌玉炊金。

在楓丹湖附近，有一座稱爲沓邦東的小村，面對是兩千四百公尺的洪積山，村中幾戶人家都堆着高高的木柴，那些木柴都是壁爐的燃料。山野上的一大片一大片草原都是經過修剪的，我們路過時，看到村民推着大型剪草機辛苦地剪草，在偏僻山野的居民尚能維持四周環境的優美整潔，畢竟，那是令人肅然起敬的民族。鄰近的比斯山村景色奇特，連枯木與岩石也自成一景，村中人家養了一大羣、一大羣的山羊，山羊有主人，有人餵養，大概不會像岩石上的野羚羊，在冬日下雪的時候需要到處覓食——野山羊或野羚羊是以蹄子敲開冰層，尋找乾枯的草葉花朵爲食。那天，我們去看羊羣，有隻山羊竟一路跟着我們，牠與我們分享一頓野餐之後，才依依不捨地離去。

在夏蒂拉我遇到一位自稱她的祖先與蒂安娜有親戚關係的女士，蒂安娜是十六世紀法王亨利二世的情人，她那座稱爲「麝濃槊山莊」麓瓦河城堡，園林幽趣，氣派非凡。蒂安娜當年喜愛在城堡與花園中舉行盛宴，經常有知名的文人來參加她的宴會，她那聞名的「秋季文藝沙龍」，伏爾泰也曾是座上之賓。法國人引以爲自豪倒不一定是他們的家世，而是自祖先遺留下來的風尚，他們那種帶着幾分古典與浪漫的生活態度，崇尚文學藝術的愛美天性。譬如深受法國這種流俗遺風影響的兩位露易莎，一位是法王路易十五的女兒，一位是拿破崙的妻子——奧地利公主，在他們離開法國到意大利 Parma 之後，都曾將法國講求生活藝術的華美風尚帶到這座古城。

夏蒂拉的山景是迷人的，有幾個黃昏，我靜靜地欣賞那四周巍峨的山景，那山景就像是一篇動人的文章，既有文采又兼風骨，遠處殘垣斷壁似的山頭令人惆悵，近處綠坡連綿，令人心胸高昂。山間的夜晚來得較早，當夜色將大地搖入夢鄉，羣山都爲濃霧籠罩，山風展開輕捷的翼，敲動了四面八方的茂林，高空掠過的雁陣，疾馳而逝的晚雲，攔頭排山倒海而來的暮色，似乎將這座塵世的山村，又托手交還給造物之主，山中又歸於一片寂靜，祇有閃爍的星光隱隱約約照亮了旅人的腳步。我的房間面對一壁高山，有幾個晚上，天氣不冷，我都沒關上窗子，就讓月光悄沒聲兒在我的窗前徘徊，就讓清潺潺的水聲在我夢中宣洩……

一九八九年一月四日　臺灣新生報副刊

我登白朗峰

晨霧初降，落葉飄零，
讓我們將美酒斟滿，
讓我們將灰濛濛的日子，
鍍上一層金……

施篤姆這幾句詩好像專爲阿爾卑斯山村的居民而寫的，那種詩意濃郁的氣氛，充滿了地方色彩的情調，那種對金色歲月的懷念，舉杯含笑面對蒼天的豪邁情懷……都在這幾句詩句中表露出來。

阿爾卑斯山下那些村莊小城，不是灰灰黯黯，濃煙壓着屋頂，單調的市聲劃破周遭的沉寂……而是蒼奇的古樹攀着山崖，蒼苔依附着白石，清澄的湖面，聳峙的遠山，山民飲馬長河，原野上遍地是石南、海葵與風輪草……

清晨推開窗，看到的是山，走在大街小巷，看到又是山；在路邊咖啡座飲茶，喝咖啡，無意間看到的是山；傍晚時分，走在朦朧薄霧中看到又是山……山在每一座阿爾卑斯山下的城鄉裏。

在阿爾卑斯山系羣山中，白朗峰是世界聞名的，它的峰頂冰雪終年不溶，法文原名就是「白山」，是世上少有的奇特景觀。華玆華斯、雨果、喬治桑等名作家都曾登過白朗峰，拜倫的詩劇〈曼佛雷德〉更是以此山爲背景，許多評論家將〈曼佛雷德〉與歌德的〈浮士德〉相提並論，稱之爲兄弟之作。但法國論評家泰恩認爲〈曼佛雷德〉的造型要比〈浮士德〉深刻的多，拜倫也是由於寫〈曼佛雷德〉而被喻爲世界上最偉大的詩人。

往昔，要到白朗峰簡直就像是去實現一個夢想，山難事件層出不窮，由於變幻莫測的風雲、大風雪，由於懸崖絕壁、山路險峻，有時是山崩墜石，或冰川潛伏的危機……在登白朗峰前，就與家人朋友依依話別，抱着壯士一去不復返的心境，說出許多語短心長的話，在舉杯歡宴中偷偷隱藏起感人的珠淚，好像人間的「離愁」都縮寫在這場小小登山惜別宴上。今日，我們可以每小時九十公里的速度很快就到夏蒙尼（Chamonix），它是白朗峰山腳下的小鎮，到了夏蒙尼有三線高速公路，它不但連接瑞士，也可經過一一・六公里長的隧道通到意大利。

父親爲登白朗峰，興緻極高，他在夏蒂拉買了登山褲、登山帽、登山杖與登山鞋，又在都龍里班買了一件登山夾克，連照相機也是專爲登山旅行用的小型自動照相機。我們當中他是唯一全副登山裝備的，他旅行經驗豐富，完全是老旅行家的姿態，祇求輕便、保暖、安全。

我們在夏蒙尼乘登山火車，直上白朗峰。火車中很多是遠道來的旅客，其中以瑞士、德國與英國人最多，也有法國其他城市來度假的。愛山的人必有他們不食人間煙火的一面，車中一片禮讓，氣氛十分融洽。車中有兩位英國紳士大談「登山經」，其中一位大概也有中國人「山不在高，有仙則名」的想法，他說：「登山總是危險的，住在山中的神仙也像凡人一樣喜愛清靜，他不喜歡人類老是打擾他的清夢，因而他布下天羅地網，讓登山人步步危機……」他的話博得在座懂英語的旅客莞爾一笑。英國人畢竟是英國人，甚麼時候都不忘記來點幽默！

望向窗外，夏蒙尼遠遠被留在山腳下，白牆灰瓦的教堂，是那麼古樸，它的背景是一片針葉林。再遠處草木不生的紫灰色岩石上，立着野羚羊。山野間突然映現一片深藍色，那是龍膽花。一羣徒步登山的年輕人在窗外揮手歡呼……而羣山聳立霄漢，孤鷹翺翔天際，景色令人遊目騁懷。

愈登愈高，一時車中人都靜了下來，車窗外是萬丈深淵，景象之驚險，似乎令人喘不過氣來。到了三千公尺以上已經不覺得人是在車中，那種感覺就如登意大利比薩斜塔，人雖在塔中，卻給人搖搖欲墜之感，好像隨時會與斜塔一起埋身。火車到達終點站，步出車站，四千八百公尺的白朗峰以君臨天下的姿態呈現在眼前，懸崖絕壁，陡峭如削。白雲舒卷自如，陽光瀉霞流丹似反射在白雪皚皚的山頭，那景象不再是「壯觀」二字可以比喻，簡直令人泫然欲泣了！先前那兩位在車中大談「登山經」的英國人又開口了。

「面對這樣的山景，北歐人應該舉杯喝 Akravit 酒，那是生命之水，這不是何等莊嚴的一刻嗎？」其中一位說。

「法國的哥布連廠也應該將他們出產的名掛毯以這些美麗的山景爲主題，不要老讓可憐的拉布瑞恩千篇一律畫帝王故事！」另一位說。我想他指的是凡爾賽宮展出的十六幅帝王故事的名掛毯。而先前說話的那位突然轉頭很友善地望了我們一眼說：

「中國人一定相信這裏住着一位裹着頭巾，留着虬髯，身穿龍雲紋道袍的神仙，他裾帶飄飄，凌空而來……」他們的幽默又引起一片笑語喧嘩。

觀賞「冰海」奇觀是登白朗峰的壓軸戲。父親已年屆古稀，但他上山下谷，步態穩健，他是第一位步下崎嶇的山谷去看冰海奇觀，我們這些後生都遠不及他。北半球地區一萬年前冰河時代所留下的遺蹟，景象巍峨壯觀，北極區氣候奇寒就深受冰河的影響。「冰海」奇觀也頗爲動人心魄，尤其它位於羣山之間，景觀更爲奇特。那冰海的浪紋雖堅硬如玻璃般靜止不動，而透過「冰海」這個名詞，好像浩瀚的海潮也如千軍萬馬拍空而來。就如透過「海市蜃樓」這個名詞，去看那幻影似的景象，再也沒想到海市蜃樓原是一種物理現象，是光在某種情況下，通過大氣折射和全反射而產生的。

漸漸地，夕陽已落，晚風馳騁，白朗峰籠罩在夕陽的餘暉中，景象更美得無以形容。那兒似乎有一雙無形的手，正在編織一幅氣象萬千的山景圖，那雙手在滾軸與梭子間滑動，那煙雲渺漠的白色山頭，疾馳而過的歸鳥，那嶙峋的山石，沉雷一般，滾滾騰騰而又靜止的冰海浪紋……都在那雙手間滑了出來。

一剎時，我的心中昇起一陣孤寂之感，我不知道自己置身何處？我想起那些在山難中喪生的人，不知他們是否也有這種異樣的感覺？登上寤寐中的白朗峰，就再也找不到歸去的路，而永遠迷失在山中了。我默默爲他們致哀，他們象徵着人類不屈不撓的精神，他們是勇敢的一羣，而勇者是不死的！

山的輪廓逐漸模糊了，再回到夏蒙尼已經是萬家燈火了。

一九八九年二月二日　中副

阿爾卑斯山村之旅

我們來到阿爾卑斯山村正是秋衣白霜的季節，葉子已經變紅，「秋葉」在卽將告別世界之前，就好像用篩子將時光與凋零給篩掉了，而呈現出「刹那卽永恆」的光與彩。世界以遼闊的姿態在山野間展開了它的序幕，淡金色的陽光登場了，山村人家的天竺葵令我想起故鄉的拒霜花，龍膽花像岩石間的迸彩泉流。涔涔水聲滑過了樅木林，山林間響起牛鈴叮噹，青松蔽翳，嵐翠環合……

手把青藜杖的登山客步着最初騾子走過的登山徑，早年遊客可以騎騾欣賞山景，此刻，這些登山客卻如蘇東坡所說：「策杖徐徐步此山，拔雲尋徑共飄然。」

山巔終年不溶的積雪是另一番勝景，山腳下猶是天竺葵如火如荼的時令，山巔已是白雪皚皚……在中國邊陲之地——洱海的蒼山腳下據說是可以買到蒼山的雪吃，雪是千辛萬苦自蒼山峰頂挑下來，在杯中盛着蒼山雪加紅糖當成刨冰賣……阿爾卑斯山雖沒有楊什庵所寫

「雙鶴橋邊人賣雪」的情景，但冰山的倒影在湖面飄浮，山巔不溶的白雪形成冰海奇觀……阿爾卑斯山村的街道其實就是「雲街」，白雪無聲在峰口，在懸崖，在山谷凝聚，分散，靜止，飄流……走在山村街上，白雲就在四周前簇後擁，山村的街道是座敞開的屋宇，白雲可以來去自如穿堂入室。

在長途旅程中，風光如畫的阿爾卑斯山村是旅人的驛站，迷人的白朗峰使夏蒙尼一片繁榮，里菲斯就像一座夏日避暑的莊園，是專爲那些尋找世外桃源的人而設的，沒有開發觀光斧鑿的痕跡，祇有原始的農舍。派西大湖上的點點風帆，都城家家垂掛的繁花，襯托一片針葉林是阿貢棋爾，瓦樂辛的寧靜，歐斯塔一片火紅的野花……

阿爾卑斯山的地質大都是結晶狀的岩石，氣溫變化大，形成很特別的生態環境，白楊、樺樹、樅木、落葉松……繪成山林間的華茂，而山杜鵑、龍膽花、風輪草、秋牡丹……這類岩石植物也是大自然的奇珍。廣大的樅木林不但是鹿的家鄉，松鼠、貂鼠、狐也經常出沒其間。在高度一千八百公尺以上棲息着羚羊、山撥鼠、松鷄與能教以人類語言的穴鳥，還有珍奇罕見的皇家鷹也會出現捕食鑵與白鼬……

我們在阿都的山莊落腳，阿都是位年輕的哲人，卻效法嚴子陵，雖不披着羊裘，垂釣於滄波之間，卻遠離衣冠紛集，民物阜蓄的巴黎，遁隱在高山上。阿都的山莊是灰石砌成的，山野就是園囿，山野爲泉源所鍾，泉出石縫，終日鏗鏘有韻，淺吟低唱於山林之間，我們也在晨靄薄暮中汲泉烹茗，聆聽泠泠山溜，嚦嚦林鶯，度起「身將客星隱」的日子。

阿都以阿爾卑斯山珍饈——乾酪火鍋，與阿爾薩斯白葡萄酒待客，每逢晚餐就點起一盞祖先留下來，老舊的卡索油燈，有六排燈芯，並裝有水晶石的凹凸鏡。我是破題第一回見到這樣一盞卡索油燈，就想起《紅樓夢》劉姥姥初進大觀園，聽到金鐘銅磬，就以爲是打籮柜篩面……

在都德（Alphonse Daudet）筆下提到法國普望斯每年夏天牧人就要將牲畜趕上阿爾卑斯山，在那兒生活五、六個月，在星光閃爍，長及腰間的草叢中露宿，直到次年秋天再將牲畜趕回山下的農莊……我沒遇上這樣的游牧場面，倒是看到阿都鄰人封斯瓦老先生，讓他的牛羊徜徉山野，而倉棚時時敞開大門，等待牠們踏着黃昏星歸來。

住在阿爾卑斯山村，我們也經常參加這些淳樸山民的餐宴，生菜、乾酪、紅酒、水果、麵包、香腸就是餐宴上的佳餚美味。最難忘是參加頌斯老先生的葬禮，在出殯長長的行列中，沒有日月銷毀，天地枯槁的悲愴，也沒有唱起類似中國古代送喪的悲歌——〈薤露〉。當我們走過秋收過後的田野，依稀的風鈴草花撮綴在草已添黃，秋霜覆蓋的田野小徑，西風沉邃的囂鳴就成了葬禮的輓歌，封斯瓦含淚地說：「他是穿了一身光榮的甲胄走了……」

九十七歲，活過與世紀一般長的頌斯，是開拓這座山村的先鋒之一，他與他的村民攀山越嶺，在荒榛叢莽中建立家園。而我們的祖先又豈不是篳路藍縷，譬如古代四川的棧道建在絕崖上，鑿壁開山，那是何等艱巨的工程，必然是先有地崩山摧壯士死，才會有天梯石棧相勾連。

我走在出殯的行列中，就如靜靜聆聽十九世紀 老詩人朗費羅對我講起 美國獨立戰爭英雄——保羅・理威爾星夜奔馳的故事，他沿着波士頓到康科德，向各地傳遞英軍突襲的消息，英勇地揭開獨立戰爭的序幕……在月色清明的夜晚，美國人一定還會在午夜醒來，聆聽這位愛國先鋒徹夜奔馬，穿越過籬笆、牆垣，也穿越過歷史與永恆的馬蹄聲。

不論我走到那裏，也像古代朝聖者一樣，隨身攜帶裝着故鄉泥土的袋子，走得愈遠，我對自己國土家園懷念愈深，農舍炊煙、竹林芒花、漁火零星的山鄉海鎮，南臺灣的鳳凰花紅，翻土播種的老農，開山闢路的榮民……我攜帶這隻袋子走過了五湖四海。那是一隻象徵的袋子，也是一隻包羅故鄉萬象的袋子，那裏深藏我對那片土地的記憶與熱愛。

飲馬長河，以往我祇在詩文上讀過，黃埃散漫、牧馬悲鳴的塞外也祇是遊子的一種嚮往。而此地山民就經常讓馬兒飲水於淺淺的滄浪之間……一個午後，女兒與我沿着阿都山莊後面的溪泉畔漫步，林鳥啁啾，山景如畫……突然眼前一亮，一隻貂鼠出現在溪澗的岩石上，牠不是借日光烘暖牠的腳爪兒，而是留戀午後的秋陽……《紅樓夢》中鳳姐兒家常帶着秋板貂鼠昭君套，身上穿的是桃紅撒花祆，石青刻絲灰鼠披風……現代仕女身上穿的貂皮大衣，又不知是多少這類靈巧可愛的小動物牠們的生命換來的，暗想眼前這隻貂鼠的命運，心中突然掠過憐惜之情。

女兒愛極了這類小動物，我們怕驚動牠，就遠遠站在一旁。那天下午，在澗水不沉寂，芳菲不凋盡的阿爾卑斯山，我們就與這隻小貂鼠分享了秋日盛宴，直到落日西沉。

一個落霜的早晨醒來，望向窗外，草葉全披上冰鑲玉嵌的一層霜白，鄰近教堂的尖塔優雅地峙立在十月的霜天裏。丹楓如畫，空階苔痕，背景則是逶迤的山巒，是千仞峭壁。沿着楓丹湖旁邊的小徑直上山頂，一路是奇崖絕壁與霞光流采，一路也是奇岩怪石，有的峭然獨立，有的偃臥山野，有的兀突，有的剔透，有的風骨嶙峋，有的奇趣橫生，就如一幅幅石的潑墨畫。

在山頂欣賞日出，感覺日出就在離地咫尺，日光反映在積雪的山巔，景色十分絢麗，但山風冷冽，高處不勝寒。不久，季節就將轉換，草葉就將凋零，雪浪霜花將沿着巉岩絕壁一路而下，給大地披上雪白的外衣。

阿爾卑斯山的蒼煙落日瑰麗無比，嵯峨的峰頂，阡陌起伏的山巒，綿亙數里的山野，陡壁懸崖，連蓊鬱的樹林，山間的蕨草苔痕全沐浴在夕陽中，似乎是上了釉彩一般。

夕陽像一枝信手縱橫於天地間的筆，透露出水湧雲流的意致，夕陽也如戛然殞落的流星，衹有那麼一剎那的光芒。這時歸鳥橫越過山頭，山鳴谷應長聲唳囀，告別的晚歌唱出淒清的音籟。光從山脊隱向山脊，從秋牡丹的變色中遁隱，花的華采漸漸消褪，連青松也翠銷幾許了，天地一片混沌……

緊接着，星星如飛翔的火鳥，燃亮了天宇。那羣星，不論它是北斗或南箕，是長庚星、華宿五或天狼星，昴宿星座……見了阿爾卑斯山星空下的絕美，就不忍有「北斗不酌酒，南箕空簸揚」之嘆。

阿都就在星月下談莊周那些藏金於山，藏珠於淵的哲理玄機，談古希臘哲學家海拉克里特的哲學觀：「萬物皆流，無物長駐。」封斯瓦白酒一壺，席地而坐，吹起他的銅笛，銅笛聲音似簫，但封斯瓦可不像善於吹簫的簫史，能以簫聲引來白鶴孔雀，更不比師曠那樣通曉五音，他吹得荒腔走調……

告別阿爾卑斯山正是薄暮西風，鶯聲啼晚的時刻，沒有夏日留下的墨痕寫盡了林嵐蒼碧，也沒能看到西舍黎湖月光如一輪沉璧。而山石攀着垂蘿，穹崖映着霞光，騰空而立的白朗峰倒影在西舍黎湖水面勾勒出徐霞客的「冰壺瑤界」……

臨行前，阿都採了一束岩石間的野花送我，悠悠地說：「請記住，這是一束阿爾卑斯山的Forget-me-not……」

一九九二年一月　聯合文學八七期

寫給原野

我愛原野，記不清有多少原野，曾經在我心上留下難以忘懷的印記；記不清有多少次，我在不同的原野上馳騁；在造訪楓丹白露的途中，我看到一片開遍了向日葵花的原野。在諾曼第附近的郊野，我看到野地一片黃色油菜花田。圍繞聖米歇山頭是一片海洋，岸邊有一片含有鹽分的草原。在阿爾卑斯山山野間，遍地是風輪草、海葵與龍膽花……蘇格蘭高原的四野飄散着樺木林的清香，站在羊欄柵門外的牧童輕輕吹起口哨，吹的是一首蘇格蘭的老歌，遍地的野百合，像展翼在黎明曙光中飛翔的雲雀。牛津淇薇爾河畔的草原，當沼澤間開遍一片紫色的鳶尾花，春天就披着霜雪來了，喜愛觀鳥的人就帶着望遠鏡去觀鳥，我祇愛在草原上散步，聽聽鳥聲，一點也不想去驚動那可愛的鳴禽。

有一回旅行北威爾斯，我們住在一家小旅館裏，窗前就面對一片野地，遍地是指頂花，我望着窗前那片一望無際的紫，文思泉湧。但旅館女主人艾索熱情地邀我去採野果，英國鄉下人喜愛採一種紫紅色的野果，自製果醬。英國各類果醬，在超級市場商店裏琳琅滿目，杏就是杏，蘋果就是蘋果，梨有梨的風味，草莓果醬還可以吃到一顆顆完整的草莓，物美價廉，我想不透這些英國鄉下人爲甚麼還要浪費時間自製果醬？

一個下午我與艾索各提了一隻竹籃子在原野上採野果，時而被野果的花刺兒刺傷手指，時而衣袖上沾滿蹭破表皮的野果醬汁，有時爲了踹碎一株指頂花而心裏懊惱，而且心上還繫了一隻悶葫蘆，爲甚麼這些英國鄉下人要浪費時間自製果醬？

「我們英國人在吃的方面一點也不像法國人那麼考究，法國人是美食主義。但論起吃的學問，其中也大有文章，就單說一位查爾斯・南姆（Charles Lamb），他在大快朵頤吃烤乳豬之後，還能寫出那麼一篇洋洋灑灑的文章，他絕不是一般的老饕……」艾索終於解開我心中的悶葫蘆。查爾斯・南姆那篇大談烤乳豬的文章我也讀過，那是一篇有口皆碑的幽默文字。

「自製果醬的味兒特別美，而且採野果的工作也不錯，能有這樣一個下午徜徉在野地裏，不是偷得浮生半日閑嗎？」艾索說得一點也不錯，我環視四周，滿山遍野的指頂花，我好像站在一片紫色的世界。蹲伏在野地吃草的山羊，吱吱喳喳的小鳥，駐足瀏覽的四腳蛇……都是這片紫色世界的訪客。

採夠了做果醬的野果，我們就將籃子擱在一旁，享受夕陽的盛宴，雖然短短的黃昏，祇是夜的啓幕，但這短暫的時刻美得扣人心弦。四野空曠而寂靜，夕陽也像一朵放大的指頂花……被稱爲音樂界的「印象大師」——法國作曲家德布西十一歲就進巴黎的音樂學院研讀，二十一歲以一首「浪子回頭」一舉成名。他歌劇中的人物——梅麗珊德是位可愛的女子，我喜愛她的童心與純潔，她喜愛流連在森林、水畔……直到四野蒼茫，直到月亮升起。她不喜歡陰沉、黑暗的城堡，她嚮往外面那片蔚藍的天空……劇中有一幕，她將歌勞送她的訂婚戒指拋向高空，一回又一回，直到那隻戒指沉沒水中，再也找不回來，那是第一次，她勇敢地向命運提出內心的抗議。幕終時，也就是梅麗珊德臨終前，雖然已屆寒冬，她仍然堅持打開窗子，她要看看窗外的落日……那也是最後一次，她向命運的抗議。當幕徐徐落下，我的眼前卻出現一片靜謐的野地；夕陽悄沒聲兒向大地告別，掠過高空的飛鳥急馳而去，宛如流星在雲端留下一道光痕。再遠處是葱葱郁郁的樹林，鬧嚷嚷是林鳥喧嘩，是流水淙淙……那是整片樹林都在歌唱，梅麗珊德依然流連森林、水畔，直到四野蒼茫，直到月亮升起……

我對濟慈那篇〈夜鶯〉愛不釋手，這首詩是他住在 Lawn Bank，Hampstead 寫的，Lawn Bank 是幢古老的建築，夜鶯一定經常在屋外高枝上啼唱。我住在阿爾卑斯山村時，窗前也是一片山野，晚上就常聽到夜鶯的歌聲，也許我將牠比擬爲「亞加曼儂」一劇中，不斷發出悲哀啼聲的那隻鳥，同時也是莎士比亞稱之爲「菲羅美拉」——那位悲劇人物雅典公主（菲羅美拉）的化身，那夜鶯的歌聲聽起來格外淒清。

「原野」有時也讓我感到蒼涼，在急馳而過的車窗外，我曾看過原野上留着一方廢牆，一幢老屋門前的浮雕，或破舊窗格上的花紋……那裏似乎也寫着一些零箋殘篇的故事。

走向一片雪野，雪花紛飛，樹上垂吊着一串串的冰殼兒，我似乎是走入一片水晶岩洞裏，那冰殼兒像瓷器一般易碎，像水晶一般透明，在搖搖晃晃的枝柯間軋軋作響。等吹起一陣大風，那冰殼兒就「嘩啦」一聲崩碎了，那是何等蒼涼的一刻，那崩碎的竟是一個五色繽紛的水晶夢！

一九八九年五月六日　臺灣新生報副刊

釀就了「淺醉瑤觴」

仲秋過後不久的一個澹月黃昏的夜晚，女兒突然想去遊巴黎，外子就開車自凡爾賽進巴黎城。

教堂敲起晚鐘，

餐廳裏唱起沙啞的民歌，

女兒一路與我談起許多法國軼事，用彼此能溝通的語言，她的中文中有法語，我的法語中有中文，這都怪毳幕氍廬把「我」文姬誤，女兒在我督促下雖還不至於變成「胡兒」，但法語早已取代她母親的「母語」，也是不能掩飾的事實。

我們談着阿赫特莊園的主人勞拉貝，據說他還在庇里牛斯山麓獵過野熊，當時野熊侵襲鄉村，牛羊牲口時常遭難，勞拉貝也在獵熊的英雄榜上……

據說亨利四世出生的時候，波城古堡牆上出現龜甲狀的搖籃，人們就繪聲繪影說是英主降生的好兆頭……

然後我又爲她講一些有趣的順口溜，我講的是海瑞特（Cynthia Mary Harvett）筆下十五世紀末葉，英國柯玆渥德小鎮，那是一個產羊毛的小鎮，當村民趕着羊羣進入羊圈，就會唱起這樣的順口溜：

一個鷄蛋兩竹簍，
三個銅板跟你走。
四四方方五手指，
六顆石子丟不得。
七手八腳九回首。
拾起擱進小兜兜。

異鄉人盡談些異鄉事，酡紅的醉顏，醉在客夢中……

當車子馳過艾菲爾鐵塔，拉迪方斯的雲天大厦，凱旋門，香榭里舍老大道……看起來不再像白天那樣氣勢壯偉，那驚心動魄，華麗堂皇的美都溶進柔柔的夜色中，那時刻，安東尼就來到克麗奧派屈拉面前，也是祖慰所形容「水靈靈的陽剛之美」。

在夏特里一家法式餐館竟遇上凡爾賽的鄰居阿歷基夫婦，就約好飯後去逛協和廣場與皇家大道。

協和廣場雕塑希臘神話的噴水池，在月光下泛着青銅的色澤，馬德寧教堂正在裝修，一幅仿馬德寧大幅壁畫蓋住工程鷹架。介於協和廣場與馬德寧教堂附近的皇家大道，是集法國美食、珠寶、服裝、花卉、骨董、室內裝潢的精華之地，如「馬塞葛新潘」這家骨董店就有兩家分店，一家以現代藝術爲主，一家則兜售十八世紀的藝術品，「哈新畫廊」今年設計風格就脫離不了地中海與普望斯田園氣氛……

「我十八歲來到巴黎，就迷上這藝術之都，我是南斯拉夫一個窮苦的少年，來到巴黎爲了生計當過搬運工、餐館的跑堂、園丁、售貨員……我原本有點藝術基礎，想學美工設計，來到巴黎卻在生活的浪潮中迷失了，『溫飽』取代了『藝術』，二十多年在巴黎，我終於有點經濟基礎，而藝術的夢卻很遙遠了……」，在昏黃燈影下，阿歷基一路走一路感嘆……

剛好我們穿過「聖路易」水晶玻璃屋，其實是一家賣水晶玻璃的店，我駐足流連，不是像「第凡內早餐」的奧黛莉赫本流連在珠寶店前，流連在「月河」的旋律中，而是阿歷基破碎了的藝術之夢觸動我的心弦……

想像那雕塑成各類藝術品的水晶玻璃，就這麼在我眼前砸成碎片，那碎片就這麼在燈光月影中灑落在皇家大道上——一個又一個失落在藝術之都的藝術之夢啊！

「今晚我就想喝杯甚麼，不能喝烈酒，我還得開車，就找個地方喝杯紅酒，澆我三十年積壓在心中的愁。」在轉角處找到Bar，就和阿歷基夫婦分手，酒澆不了我們這些異鄉中國人心中的愁，我們是那「結多少，悲秋儔侶，特地年年，北風吹度」的「雁」。

澹月昏黃的夜晚，依然有一顆火星落在巴黎這座城市，於是劃下一道閃亮的光芒，那光芒在我們這些異鄉人看來是永不消逝的，火亮火亮而且芒彩四射，就永遠停留在這不夜的城中……

在巴黎不夜的城市穿馳，雖然沒有酒，也一樣會醉。

一九九二年二月一日　中華副刊

月光下的晚宴

有月光又有霧的晚上，月光穿進塞納河裊裊上升的水霧裏，水霧就成了閃亮閃亮的半透明體了。

一個有月光的晚上，是美得令人神醉的一個巴黎夜晚，歐洲華文作家協會會長趙淑俠女士遠從瑞士來到巴黎，於是巴黎文友們就約定一次月光下的聚會。

一定是希臘神話裏的夢神海爾彌斯（Hermes）的一根仙棒對我搖來，我在月光下竟有了夢，有夢才能寫出下面這篇文字。這位行走如飛，他的鞋和帽子都能長出翅膀的夢神還能吹笛，吹出迷人的曲子……

就在老李老葛的院子裏擺了張長條桌子，老葛的北京水餃與祖慰的夫人吳素華的珍珠丸子就是宴席上的兩大珍饈；熊秉明教授剛從巴黎大學東亞系系主任教席上退休，他不但博學，而且多才多藝，他寫散文、寫詩評，是雕塑家、書法家，還有一套以筆跡分析性格的絕竅……

「我回到宅邸，小心扒開窗下的雪堆，在冰凍的泥堆中，找到山茶花，這山茶花一定是在六點鐘沒下雪之前就被扔在那兒，因爲山茶花很輕，不會從雪面上沉到下面，可知都佛頓夫人的話是編造出來，而這些枯凋的山茶花上可以找到案情的答案。」當熊教授依你的筆跡分析你的性格，那就像福爾摩斯在偵破有名的「阿巴斯紅寶石奇案」。

坐了一天火車的趙淑俠一點也沒倦容，她榮曜秋菊，華茂春松，好像曹植筆下的洛神，這位水中神仙一定不叫「川后」，也不叫「冰夷」，就是翩若驚鴻的「宓妃」，年輕時代的趙淑俠豔驚四座，今日的趙淑俠依舊是冰雕玉琢的模樣。寫《我們的歌》已是洛陽紙貴，《賽金花》更登上暢銷書排行榜榜首，一位羸弱的女性卻有挖掘不完的智慧內涵，令人驚讚！她不但左手寫小說，而且右手寫散文，她的散文獨抒性靈，含英咀華，風格優美，她既是美神阿拂羅蒂德，又是繆斯的化身……

分坐在趙淑俠兩旁，一是祖慰，一是老柯（國淳），「探路的人是寂寞的，總是踽踽獨行，專到那千山鳥飛絕，萬徑人蹤滅的去處，探路人也是痛苦的，地上本無路，荊棘叢生，藤蔓交結，每走一步要費很大的力氣，有可能被刺劃得鑽心地痛。但是每個搞文學的人注定是個探路者……」

這是被喻爲怪味小說代表作家祖慰的內心剖白，這位才子型的人物苦心地鑽研出獨特的創作風格與美感公式，他用「璇璣圖」式的回文來表達人類智能退化（狼孩化）的程式，他幽默地稱這種蘇若蘭的「璇璣圖」爲「中國積澱式的酒仙文」。

他形容心理的寒與雪夜之寒相疊，是相乘，成「寒」的平方。

他到武當山是爲去尋覓「智慧的膠水」。

他從黃山歸來，不是寫「郎景」的文字，而是煉出五粒「美丹」，從美學的角度去寫黃山的美，寫得超凡脫俗，寫得動人心魄……

他追求高智慧、高品味的藝術，也是一種美的加號，博覽傳統的美，探求獨立思維的美，他說：「莎士比亞把悲劇與喜劇結合（雜交）起來，開創了一代新的戲劇，巴赫的小提琴獨奏曲把管風琴的演奏技巧吸收（雜交）發明了全新的復調演奏技術……貝多芬史無前例地把合唱（席勒的歡樂頌）引進（雜交）於交響曲，出現了全新的偉大的貝多芬第九交響樂……」

老柯的神情總是那麼憂鬱，慢條斯理的辭兒還沒出口，雙眉已緊緊鎖住，他在歐洲華文作家協會裏有「翻譯家」的美號，他翻譯克洛德・米什萊（Claude Michelet）的《聖利貝拉爾的人們》（*Les Gens De Saint—Liberal*），譯文優美流暢，很能掌握法語的靈魂，他還親自訪問了克洛德，並記下他們那個在奧斯德利茨車站對面公園見面，三月早春動人的下午，並寫下專文〈我選擇了大地〉。

畫家陳朝寶淳樸敦厚，充滿了大地泥土的氣息，他在傳統的畫風中力求出新的風格，他還能即興地彈幾首鋼琴曲子，他人緣好，因來得較晚，文友都殷勤爲他加菜。

幾杯阿爾沙斯的白酒取代了飲料，將話題也醞釀在白葡萄酒的香醇中，趙淑俠談的離不開她苦心鑽研的佛學禪機，她談起寫一筆出塵絕俗的禪學，寫出不食人間煙火的散文家林清玄，她也笑語如珠談起她組織一個學術團體的往事，當她說到自己引咎自辭時，竟引來滿桌的嘩笑聲……熊教授這回不談筆跡分析性格，他針對趙淑俠的話提出嚴肅的問題……

是不是熊教授也像斯賓諾沙一再思索「本體世界」這個問題？在這個無極限的大宇宙裏，地球是一個怎麼樣的世界？誰將我們引到世界上來？爲甚麼？斯賓諾沙蟄居在陋室中，潛心探討宇宙與人生的問題，從屋檐上的蛛網去看人生……在探討問題的過程中，熊教授沒提到斯賓諾沙，但他無意間透露他另一專長：哲學。

「我相信斯賓諾沙的上帝！」這是愛因斯坦的一句名言，也是祖慰的「信仰」，祖慰的文章奔騰澎湃的是「哲思」：

一塊飛向空中的石頭也許認為是獨立自主的，但它忘記地上那雙投石的手……

斯賓諾沙的「上帝」在永恆的生命舞臺上導演這齣永不落幕的大戲。

祖慰也嘗試以他的博學與智慧去解開人生這齣大戲的謎題，不過，今晚他沒談到哲學，祇在談論文學的字裏行間，隱約將他內心那座豐富的殿堂，開啓了一扇小門縫，就是這麼一線小門縫，也足以令人窺見其中瑰麗盛景。

在巴黎的初秋，當天空蒙上一層晚雲，在夕陽餘暉中也會來到一片紫水晶的世界……早過了暮晚時刻，夜逐漸深沉了，絲絲綿綿下起一場小雨，座中文友卻沒有人願意離席，就像安徒生童話中的「樹精」留戀意大利柔情的音樂，有響板伴奏的西班牙歌，尤其是八音盒裏奏出一八三〇年流行的「康康樂」，那是奧爾菲（Orpheus）手琴彈不出的樂曲。

「樹精」像陽光下五彩的蜂鳥，

在樂曲中旋舞……

雨在片刻間突然停住了，「雨若有情……」一定是有情的，原先想來加入這場神仙宴席，卻又因不忍而驟然引退了。

「雨停了！」不知座中誰這麼歡呼着，而月光下的晚宴就這麼持續到午夜……

一九九二月一月十七日　自立晚報副刊

記得，那個夏天……

只留下一個美麗的地名

在一年奔波疲累的生活中，
終於擁有一段清閒的日子，
法國人最盼望的夏日假期終於來了，
那些日子如今回憶起來仍然如蜜釀般甜美……

落腳在蒙尼歌這座小山城，在一個繁夏的午後，我依在窗前；望出去是崇偉的山嶺，是蘋果樹，是鄰居在殘留的樹墩旁種了一圈黃色的小花。牛鈴聲不是喧囂，而是極美的樂音。

鄰居老婦人逗着狗崽子，蜜蜂嗡嗡地響，山野上新刨過的土壤，棲息着成羣的鴉鳥……離落霜的日子還遠得很，霜凍泥土，大地蓋上冰雪的厚殼，依然祇是一個冬天的夢……

而夏日，一個個被遺忘的夏日都回來了；

那流火，

那蔚藍的海，

那被陽光熔化的鳥翼，

那如長裙一角驀然曳地遠去的夢……

在阿爾卑斯高山上，有的山村人跡罕至，祇留下一個美麗的地名，好讓人永遠記憶着它。蒙尼歌雖有幾戶人家，也是屬於這樣的山村，沒有街衢，沒有城鎮，祇是一處山色幽麗的僻寂山野。

「在蒙尼歌，當春雪霏霏的時節，有一片山野長滿了番紅花，番紅花眞是不可思議，它開在冰雪中……」住凡爾賽的詩人朋友 L'eon Lezvour 說。

我來的時候，不是番紅花在冰雪中開放的季節，但清晨朦朧的淡青色山景、啁啾的禽鳥、午後叨咕的山風、黃昏火紅的夕陽，似乎將季節都要焚成灰燼……

當夜色來臨時，就如一襲僧衣，隱含着沉思與肅穆，然後是搗碎了的水晶石，布滿了夜空……

在蒙尼歌的時候，不知不覺間有許多美的思維，浮掠過我的心頭。

世間最美的皺紋

世間有一種最美的皺紋，那就是漣漪浪花所形成的水紋。

在古老的歐洲，那些破舊、狹窄，而又傾斜的建築，形成古樸的風味，古老建築與色調斑斕的招牌，正是一種美學上的對比。

流水就在歐洲古老的城鄉流過。

有時是隱藏在林木深處，或一片紫薰衣草的原野之旁。縱然是船行如梭，有着港都的繁榮，伴着那山間白石砌成的教堂，建築得很典雅的屋宇，蒼茂的樹，瑰麗的花壇，流水仍然是鑲嵌在一幅畫中。

當流水來到鄉間一家小屋門前，

就形成孩子記憶中最美的部分……

記得有一回，走在淇薇爾河畔，竟然發現有一片大地像黑暗時期聖經上的「箴言」，令我心為之顫動。那是一片草原傍着白樺、楓，與栗樹林，草原邊緣與淇薇爾河比鄰，原野上棲息各類水禽，雁的體積比我想像中大，天鵝的壽命比我想像中更長，水鳥也並不柔弱……

當一陣風過，那拖着長長垂枝的野薔薇花籐，似乎都擣起散發麝香的長衣，那很純的香味就飄散在水上……

鄉鎮中心有一口井

在中古時期，法國布爾喬亞文學，充分地表現法國祖先高盧的精神，「羅蘭之歌」就是諾曼地的鄉土作品。

在 Hasting 戰役中，Taillefer 就曾引吭高唱「羅蘭之歌」給威廉公爵和他的諾曼地部屬聽，當唱到法軍在山谷遇伏，大將羅蘭堅不敗退，他吹號角求援，吹得太陽穴傷裂……查理大帝聞號角聲深知羅蘭盡忠為國……

羅蘭雖戰得祇剩一兵一卒，仍視死如歸，象徵着法蘭西民族的英勇與自尊。

但一代一代的過去，法蘭西人逐漸淡忘他們的「羅蘭之歌」，因而我走過諾曼地許多城鄉，都沒能找到這段文學的歷史背景與遺蹟。

諾曼地的鄉鎮依然是法國典型的鄉鎮，鄉鎮中心有一口井，旁邊有古老的市政大廳，雖說是大廳，其實是依鄉鎮的規模而定，有時不過是座小型建築物。逢到這樣的鄉鎮，祇有家家十數戶人家，彼此就像是一個大家族，那家人過生日，或孩子新交了女朋友，客廳裏新裝了壁爐，穿堂裏新添了一幔簾……都變成生活的話題。

鄉鎮中心那口井，泉源大都早已乾枯，有的早已塡土當成花壇。

一代一代的過去，法蘭西人也逐漸淡忘他們的「羅蘭之歌」，祇有我這異鄉人，在炎陽下，還路途迢迢，來尋找這段布爾喬亞時代的舊事……

一九九一年七月十日　聯合報副刊

秋日二題

秋夜客來茶當酒

你來的那個晚上，夜已深了。

「對不起，這麼晚來打擾你們，我一大清早從德國開了一天的車趕來，到了凡爾賽還是太晚了……」

你披着一身秋夜的霜露而來，我們都來不及換衣，就穿着睡袍迎客，「友情」的溫暖，減輕了「失禮」的尷尬。

如果你早到，也許還趕得上晚餐，餐桌上一定有波多酒來歡迎你。

「你喜歡喝點甚麼？」我問。

「甚麼都不要，就麻煩沏杯茶給我……」你說。

祗沏一杯茶待客，我心中突然掠過一陣隱惻，你剛結束八年的婚姻，離開德籍的丈夫，兩位小男孩，遠從德國開車來，你是披着一身秋夜的霜露而來……

我回厨房沏茶，想到《紅樓夢》中賈母來到花木繁盛的櫳翠庵喝茶一節，那時妙玉捧了一個海棠花式雕漆填金雲龍獻壽的小茶盤，裏面放一個成窰五彩小蓋鐘捧與賈母，賈母說：「我不吃六安茶」，妙玉笑說：「這是老君眉。」……更絕的是妙玉將五年前在玄墓蟠香寺住時所積存梅花上的雪，埋在地下來烹茶……

前年母親老遠寄一套中國茶瓷給我，卻被粗心的郵差砸得粉碎。

我拾起那些碎片，想到破碎的東西就是肢體分離，心中也掠過一陣隱惻……

我沏了一壺龍井，準備了一分茶點，又回到客廳，我驚詫你正依在虛掩的窗前聆聽甚麼……

「我常擁住我的兩位小男孩，讓他們跟我一塊聽窗外的秋聲……」

我回頭看到你臉上垂着兩行清淚。

秋天的栗子林

「是秋天了，該是拾栗子的時候了！」女兒提醒我，是秋天了，雨聲早滴碎了風中荷葉的囂鳴。

逶逶迤迤是晚夏留下的芳菲零落，
迢迢不斷是重重疊疊的羣山萬壑。
聚綠成黛的夏季早已換了場景，
流丹成朱連篇纍幅寫在秋天的栗子林裏……

我提着籃子陪女兒和鄰家的小女孩史蒂芬妮去拾栗子，秋天的陽光像一盞金色的燈，將整片栗子林燃成金黃。林中禽鳥啁啾，女兒與史蒂芬妮的童言童語也是一種呢喃，還有栗子落地聲……

林中的栗子是拾不完的，女兒與史蒂芬妮都很辛勤，唯獨我常偷閒去觀賞遍地的葛籐、野花、野蕨與苔痕，或癡癡去聽秋聲……秋聲來時是如此深沉，而且有一種不可言傳，祇可意會的布局與氣氛……

如果秋天也是位主人，「她」也邀請我們去參加一場秋日盛宴，那邀請信函在落款處一定優雅地題了一個「秋」字，單單這個字就令人神思悠然了。

「劈劈啪啪……」原來史蒂芬妮用一根粗枝幹敲打沒有爆裂開的栗子外殼，她和女兒都拾了滿滿一籃栗子，祇有我的籃子還是空的。

那空的籃子就用來裝「秋」的記憶。

一九九一年十月二十日　中華副刊

客夢零星

1 故鄉的草原

原野上，黃昏瑰麗的色彩掛在天邊，沒有影翳翳的茂林遮去天宇的四壁，天空與大地將視野擴展到無限……

夕陽的光焰像五月的榴火，

光影漸隱，季節急轉，流螢的光焰繽紛了夏夜……

但依然是春天，杜鵑的啼聲在野地上溜過，那啼聲來自一八八〇年代的春天；

年邁的屠格涅夫回到自己故鄉曾經寫了一封信給福樓拜，他說他之所以賦歸是爲了呼吸來自故鄉白樺木的氣息，聽夜鶯的鳴聲……

在屠格涅夫旅居異鄉的期間，他懷念故鄉遼闊的草原，當他病重時，他要求友人代他向故鄉的老屋、園囿與橡樹告別，他說：「在我就要和這世界訣別之前，我向你們（故鄉）伸出雙臂，我多麼希望再呼吸一次新鮮的苦艾草味，和田野麥子收割後的馨香……」

對我們這一代生於斯，長於斯的第二故鄉——臺灣，那裏並沒有一片遼闊的草原，能寫下遊子的客夢鄉愁，沒有苦艾草，沒有麥子收割的馨香，但不論我們走到那裏，永遠會熱情地向它伸出雙臂……

南臺灣的鳳凰花紅，

臺北一條大道上的木棉樹，

一片無垠的白色海灣，

熱鬧的夜市，南國鄉土的情調……

那是異鄉遊子心中的另一片大草原。

2 時間

時間，就像黃昏繽紛的虹彩，跨過河流，沿着河岸馳騁……

一位在潮濕的礦井裏工作了三十年的老礦工，生活的壓力像一副鐐銬，緊緊扣住他的每一寸生命，當三十年流光已逝，再回轉頭重溫那些歲月，竟也有些繽紛稠郁。

四時迭起，萬物循生，那逝去的時光，讓我們惆悵、傷嘆，卻也構成一種內蘊更豐厚的天機；就如喬治・聖大安那的「涅槃」所說：「每一種聲音或早或遲都會化爲沉寂。但取代被創造物體進入寂滅，不是暴戾的天數，而是更溫柔更莊嚴的一種自然現象……」

時間的豎琴彈唱不儘是啓人憂思的歌調，也唱出「玄機」。

3 隨風而逝

那天我走在巴黎聖安東尼街上，當年查理五世曾匿居在這裏一座府邸中……查理七世、路易十二、亨利二世都在這兒住過，亨利四世更在此營建孚日廣場（當年稱爲皇家廣場），於是將相公侯紛紛在聖安東尼街建造豪華府邸，才子佳人、高官貴爵出入其間，形成繁華的景象，風華絕代的瑪麗翁德羅梅、賢相黎世留、大文豪雨果也都住過孚日廣場……

而繁華舊事已成爲秋風低吟中的歷史陳蹟，沉魚落雁的華容，政治上的鐵血手腕，一頁一頁隨風而逝，祇有雨果的《默思集》、《光影集》、《秋葉集》……含英咀華，永嘯於日月中。

4 爐火邊的故事

對生活在夏天冷氣，冬天暖氣的現代人來說，圍着火爐邊兒是一個古老又古老的夢……

但在古老的歐洲，許多家庭依然願意保留這古老的玩意——燃起熊熊炭火，就像他們願意讓窗內也結起冰霜，為的是好回憶他們祖母那時代的舊夢零星……

也許是一個落雪的冬夜，祖孫共依窗前，看到覓食的小狐在窗外逗留……

也許在春日峭寒中，看到嚙食河堤畔的山羊點綴着一幅春景圖，而匍伏地上機警靈活的四腳小蛇，牠的音節與步調絕對合拍，總是「籟」的一聲像輕煙地溜走。

也許祖孫相依，窗外正是垂掛着珊瑚葉片的秋日栗子林，每一張落下的葉子都是紅透了的，色彩斑斕的珊瑚……

當低憂的秋風，搖盡了所有的葉片，祖孫輕輕的嘆息也溜進了秋風裏……

「爐火邊的故事」在華茲華斯筆下是單純而樸素的；旅人在「格林赫峽谷」的小河畔，面對瑰麗山景，在那不見鄰里炊煙幽隱的山村，發現自己與三兩綿羊、岩壁、石頭與掠空飛馳的鳶鳥單獨相處，這也是華茲華斯「自然哲學」中的一個主題。

5 木蘭花的記憶

一個春日下午，茵若老太太要我陪她去探望朋友：「這位老太太住在『夏薇』，她是我小學同學中唯一還活在世上的，她的住家就稱爲『木蘭園』……」一走進「木蘭園」，看到滿園盛開的木蘭花，那應該是李白的〈春夜宴桃李園序〉中開瓊筵，飛羽觴的景象；又似乎是梁武帝蕭衍筆下〈子夜四時歌〉那種極爲華豔淒鏘的色彩。木蘭花也使我憶起英國牛津那位蓋斯凱老先生，他在春天總要去買一袋又一袋的鳥食掛在後院的木蘭樹上餵鳥，他的晚餐桌上永遠是貧窮的祇能有一碗湯……

「我們小學一班有二十七位同學，如今祇剩下我們兩人，每年春天，當木蘭花盛開的時候，我就很傷感，朋友是一個個走了，有時也來不及道別……記得有一年春天，我在木蘭園舉行茶宴，昔日同窗共聚一堂，那個春天是我一生當中最熱鬧，最快樂的一個春天……」

「那已經是二十五年前的春天了！」兩位老太太的話題無盡無了，在他們溫馨的話題中，我也看到屬於他們「那個逝去的春天」又回來了，當他們回憶那一年春天，這個春天佔據了心靈的一角，那裏自成一個世界，那裏雕梁燕語，錦樹鶯鳴……

有一天，當我兩鬢灰白，我會講春天的故事給我女兒聽，也許沒有一個特別華豔的故事，有的是大自然的季節，豐富了我們的情感，啓示我們的智慧，賦予我們的美感與詩一般的情懷。

一九九一年一月二十六日　自立晚報副刊

書懷

才過了午後四點鐘，天色就暗了下來，陰冷而灰黯的天空，朔風囂鳴，枯瘦的籐，嶙峋的樹……我讀書讀得有點累，就掩卷聆聽窗外的朔風，有些故事、思想也像冬天的炭火，炙暖我的心……

母親的掌故

母親小時候舉家住在泉州，後來與父親婚後，這位年輕的將級人物也在泉州任職，母親也跟着父親住在泉州。

泉州以刺桐之港，石筍之江馳名於世，母親對這第二故鄉懷念不已，她經常講泉州的掌故給我聽：紫雲雙塔、筍江月色、星湖荷香、風麓春曉……等名勝佳景。譬如以「星湖荷香」爲名的東湖，還有這麼一段故事：在唐貞元年間，泉州太守席相曾設宴東湖爲歐陽詹至長安應試餞行，而郡人也在湖上建「二公亭」紀念調居泉州的宰相姜公輔……母親又談些泉州民間的藝術，梨園的清唱，後來我讀南齊謝朓的〈酬王晉安〉詩，對泉州這座元朝古都更嚮往不已。

傳說中有種樹稱爲三珠樹，據說是生長在南海的奇樹，《山海經》上說：「三珠樹在厭火北，生赤水土，其爲樹如柏，葉皆爲珠。」唐朝的陳陶遊閩中時經過泉州，就有咏泉州刺桐花的詩：「彷彿三珠植世間」，就提到這三珠樹，並以三珠比喻刺桐。

刺桐花多在春天開花，顏色深紅，母親小時候一定曾在刺桐花下編織過童年的夢，她五歲失母，十歲喪父，刺桐花必然在她童年增添了感傷的色彩，記得她有首詩，寫的是「梧桐深院雨絲絲，家住城南臨水湄，失母五齡心耿耿，背父十載淚灑灑。」詩中的梧桐是否就是刺桐？祇好待他年相聚時再向母親印證。

冬天的瑪利園

你能想像祇有樹，祇有水，祇有水鷗、水鳥的一片園嗎？巴黎近郊的瑪利園就是這樣樸素的一片林園。

夏日的青葱繁茂，碧綠的樹，湛藍的天……

秋日的紅葉與清澄的湖水……都讓人遊興酣然，但我最愛冬天來這兒；灰濛濛一片天，一片大地，挺拔而落光葉子的冬林，孤傲而蒼鬱。蘆葦的枯枝靜靜躺在水邊，像不死的詩魂，走過路易王朝，走過更遠古的時代……湖上的水鷗潔白的羽毛，也像片片飄落的雪花，女兒就乾脆叫牠們「雪鳥」。

「快樂與溫馨可以與人分享，孤獨與蒼涼就留給自己！」懷着這樣的心境，我特別喜愛冬天的瑪利園。冬天的瑪利園也令我想起托爾斯泰的墓，他的墓被孤零零安置在林中，那在寒風中呼嘯的幾株大樹是托爾斯泰手種的，據古時候的傳說，如果你親手種樹，這塊種樹的地方將成爲一方福地。托爾斯泰一定聽過這種傳說，就在他垂老病衰之年，他決定他將埋骨在這方福地之中。

既然托爾斯泰相信「福地」的傳說，他必然也相信「瑞雪」這樣的說法，想想那輕柔如絮的雪花蓋滿了這林中無名的小土丘，這裏埋葬着偉大的人物——托爾斯泰，那是多麼樸素，又是多麼蒼涼。

雪的記憶

記得有一年大雪，在英國伯肯赫德清晨醒來，發覺自己的房子被搬進德國童話的版畫世界中，發覺世界以嶄新的姿態呈現在眼前，於是我輕輕推開通到後院的門，在沒有被人踩過的雪地上撒下自己的腳印……

去年凡爾賽沒有下雪，卻意外讀到文友小民女士與保眞兩篇寫雪的文章，小民女士的〈歲首天寒憶瑞雪〉，讓我讀後感到特別溫馨，在小民女士的文章中，永遠有一個被遺忘，詩情而典雅的「中國」。保眞的〈夜窗聽雪〉，卻有天涯學人的幽思，讓人讀到蘊含在文字中的思想、韻味與哀戚，讀了這兩篇文章我感到下雪的記憶也特別美。

寫《約翰克利斯多夫》的大文豪羅曼・羅蘭有位妹妹叫瑪德玲，那年羅曼・羅蘭五歲，她比他小一歲，就在波爾多旅次中，瑪德玲病死了，就在瑪德玲死前不久，他們在海灘上留下永難忘懷的一幕：

羅曼・羅蘭因受到別的孩子欺負而嗚咽哭泣，瑪德玲就用她的小手溫柔地撫弄他的頭，喃喃地說：「可憐的小羅曼……」

在羅曼・羅蘭心中，「她」就是上主遣來傳送「慈悲」的天使，在我們生命的旅次中，總也有些人是這樣的人物，我記憶中的一幕不是海灘，而是雪；有一回我們冒着大風雪到英國友人康妮家過耶誕，一進門，她的母親就幫我們倒熱湯，拿乾毛巾，還擔心我們受涼，一定要我們喝下少量的白蘭地酒，這位慈祥的老太太已於兩年前逝世，我對她懷念至深，在我心中，她是另一位「瑪德玲」，也是上主遣來傳送慈悲的天使。

一九九〇年二月二十一日　中華副刊

我愛

民俗事務

小時候經過街頭賣糖人兒的擔子，就會流連不去，那賣糖人兒的老先生，會吹成《三國》、《水滸》裏的英雄好漢，站在賣糖人兒的擔子前，就像觀賞戲劇裏的人物……吹糖人兒，更令人懷念起中國筆記小品中所描寫的湮遠民俗事物，甚麼又是吹糖麻婆孩兒、秋子稠糖、餅風糖……我又想起詞音與詞意十分有趣的中國民俗雜物的詞兒；譬如鷄籠擔子、聖堂拂子、小缸灶兒……

對古老湮遠事物的懷念，也多少含有幾分蒼涼的味兒，一個時代過去了，一個新的時代已來臨，正如都德所說：「在這世界上，一切事物都有它的結束。」雖然這麼說，人免不了懷念過去。

當都德筆下的磨坊老頭兒——哥里耶老先生，守着那座曾經讓他富甲一方的老磨坊。而此時，磨坊生意的黃金時代早為蒸氣磨粉廠所取代了，所有磨坊主人都因此破產，哥里耶老先生也不能例外，但他依舊讓那座老磨坊不斷轉動，他夢想一袋黃澄澄的麥子從磨坊中磨出。

「磨坊」在這個時代早已成為遺蹟，
一些中國古代民俗事物也湮沒了，
甚麼是吹糖麻婆孩兒，甚麼是聖堂拂子，小缸灶兒……

零頭布

也許出自女人的天性，一想到那些花素綾、克絲錦、織金染絲、粟地紗、杜村絹……眼前也會呈現穿着鮮麗衣衫的美人兒，而任何女人都希望自己是位美人兒。

麻屣鶉衣，或衣補綻百結的寒士、道人，是人生另一種清高的境界，但一般女人都喜愛將自己打扮得漂漂亮亮，能贏得丈夫、同事、朋友的一聲讚美固然高興，就是無人讚美，也能讓平凡平淡的日子增加幾許繽紛。

一般女人雖然愛修飾，可也不捨得揮霍，在這種心境下，我也不捨得扔掉那些織着金絲、銀絲、純棉、絲織、絨的、織錦緞的五顏六色的零頭布。收集這些零頭布絕不是想裁成另一件貼貼補補的衣衫，我可不愛穿那樣五色布拼合成的衣衫。收集這些零頭布，祇因愛上幾分浪漫的情懷，迷信這也是生活細節的另一種繽紛。就像在文章中讀到杭州城南冷水峪的桃花關，不能身臨其境，卻掩卷臆想春來桃花數里的情境……

我迷信生活細節中的另一種繽紛，

祇因我是女人。

下午茶

甚麼時候開始，喝下午茶就變成一種氣氛、一種情調、一種生活的品味，也許是來自古老英格蘭人的傳統，也許是來自「人」自己醞釀的詩意，我也愛這個傳統，這分詩意……

在茶香、果醬、黃油、糕點、杯盤、閒談、憨笑之間，找到一個靠窗的位子，將人生的重擔暫時卸在一旁，祇想些極有哲理意味的趣聞，譬如艾略特詩中所寫：已經用茶匙量過自己的一生……

再看看隔桌座上，女人裙端印着典雅的圖案花紋，就如她典雅的臉孔……或着將眼光移向窗外，廉價商店貼着各類標語，穿得筆挺，穿得襤褸的行人穿巡如梭，一夜沒睡的醉漢蜷縮在陰暗的牆角……窗外的陽光、霧、雨，也在穿過街頭……

喝完這杯茶再與我談人生大道理，
喝這杯茶時，請讓我擁有傳統、擁有詩意……

一九九一年五月三日　臺灣新生報副刊

愛的小箋

1 異鄉

在林中，我聽到；
到處有流水的清音，
在水聲潺潺的林中，
我不知置身何處？

——Joseph Friherr Von Eichendorff

我孤獨地住在阿爾卑斯山下的小屋，那裏沒有電，只有煤氣的小燈，在昏昏黃黃的燈影中，我翻讀你的著作，我聽到窗外秋的商籟，我咀嚼你書中啓人深思的句子。我不知道你是誰？在我夢中，你是少年的維特，你是年輕的葉賽寧，你是但丁，也是盲詩人荷馬……你是窗外的夜鶯，也是秋的商籟……

我孤獨地住在阿爾卑斯山下的小屋，白日，我面對高山的崖壁，這裏是法國的邊界，翻過山頭就是瑞士。岩石上的野羚羊，飲馬長河的山民，原野上遍地是石南花、龍膽花、風輪草與海葵，還有許多不知名的高山植物……我細細端詳一朵小花，想從那裏看到一個天國，想從那裏看到你，而我依舊不知你是誰？

在我夢中，你是石南，也是龍膽花，是風輪草與海葵，你是一片盡善盡美的原野，也是讓我泫然欲泣的異鄉。

你，是至情至聖！

2 伊卑科斯之鶴

親愛的鶴羣，我向你們致敬，
你們飛過海洋與我同行……

——Johann Christoph Friedrich Schiller

在席勒一首長詩中，寫希臘詩人伊卑科斯去參加競技大會，路上只有一羣野鶴與他同行，當他死於異鄉暴徒之手，沒有人爲他哀慟，只有一羣飛鶴能通靈性，傳來一陣陣淒涼的鶴唳，就是哀悼這位抒情詩人的輓歌。

那天，我們一同去聽演講，那位女教授講解的就是席勒這首詩，他講得那麼生動，聽完演講，我們在大學餐廳共進午餐，你依舊侃侃而談，談的也全是「伊皋科斯之鶴」。

你後來將話題拉遠了，你說伊皋科斯寂寞在旅途中踽踽獨行，祇有鶴羣與他相隨，他們命運相同，如同人間的「知已」——一談到「知已」，你落淚了，你談起一段往事，那人曾與你生死與共，但又不得不分手，後來歲月蹉跎，你就一個人孤單地生活下來，像巴黎許多「單身女郎」。

人說「愛情」是神仙行爲，畢竟你也曾扮演過神仙的角色。當我再讀〈伊皋科斯之鶴〉，我倒分不清你是伊皋科斯？或是鶴羣？

牠們集成灰白的一羣，
遙遠地飛向溫暖的南方……

3 勿忘我

它懂得語言不多，
它說的話兒也不多，
祇有那麼一句話，

那麼一句：勿忘我。

——Haffmann Von Fallesslеb

傍晚的天空透着薔薇色，我漫步在炊煙繚繞的古老村落中，沿着小徑旁，一簇簇蓬鬆鬆地開遍了「勿忘我」。

你曾說「勿忘我」是一種古代的魔術，它代表着「愛情」，而愛情在二十世紀的現代是不存在的。

在漫步中，我一直思索你這句話，你曾告訴我，你愛過一位男孩子，後來那份愛情在時光潮流中褪了色，那內心的形象也幻滅了，而你再也付不出另一份當年的癡狂，祇想找一份純粹屬於婚姻的「歸宿」。

你才二十七歲，一位二十七歲華年的女孩子，對人生看法竟是這麼「厭倦」。我試圖去揭開記憶那扇門，想知道我二十七歲是怎麼樣的心態，能憑着我的經歷給你一點忠告，有許多細節我實在不記得了。但我依然記得：二十七歲我還是一個善於織夢尋夢的人，我的宗旨是努力去開創生活，在不斷努力中去肯定人生的價值。

「勿忘我」祇是一種像晴空一樣明朗的小花，它既不是古代的魔術，也不是幻滅的愛。它代表溫柔的意思，我默默祈禱上主，移一株勿忘我，讓它在你心中盈盈開放。

4 少年的西格佛里

走在幽靜的林中小路，
我愛靜靜地迎着夕陽，
在荒漫的蘆草岸邊，
懷念你，我的姑娘。

——Nikolaus Lenau

我像德國傳說中那位屠龍的英雄——少年的西格佛里，他離開父親的城堡，遠到森林中去向一位鐵匠師傅學習鑄劍……遠適他鄉，東西飄泊，「劍」逐漸在心中塑鑄成型，那是一把鑄情的劍；是情感，也是智慧。

我愈走愈遠，看到香橙樹在陽光下閃着金光，看到檸檬花開在有月光的晚上，懸泉飛瀑，海浪奔騰，岩窟奇景……我走過像迷宮似的小胡同，置身於中世紀的廻想中。我看過青簷細瓦，殿堂輝煌……但不論我到那裏，我是少年的西格佛里，手持一把鑄情的劍；是情感，也是智慧。

情感與智慧是兩把開啓心靈寶庫的鑰匙，情感是春季的花朶，智慧是秋季的果粒。

一九九一年十二月十八日　中華副刊

花樣年華　寂寞斗室

1 情事

愛情就像蠟與雪，是會消溶的。

少女時代對情事總是懷着優美、浪漫，而又感傷的憧憬……這時狄金蓀（Emily Dickenson）第一位撞進我的世界。

狄金蓀本來是她故鄉安默斯特鎮社交圈一位出色的人物，美貌與笑語經常驚動四座。就在二十三歲那年，她遇到他「宿命的化身」，無緣結合，就黯然遠隱，從此狄金蓀將「他」寫進她詩中的大千世界……

碧落黃泉，生與死，時間與空間都不會將「她」與「他」分隔。

我也嚮往那樣的一段情，將大自然、玄學與人間的絕美都焚成一炷情感的香火……祇要有過人間的至情，就會留下「永恆」。

就如哀傷，不知不覺的，

夏日竟然消逝了……

時歲匆匆，「永恆」不會來敲扣我心靈家園的板門，祇有狄金蓀「殉美」的詩，爲我開啓另一個絕美的世界——文學的世界。

2 寫夢

我的花樣年華——少女時代是十分寂寞的，許多人稱讚我當時很純、很美，但愛情與我無緣，而我有一箱又一箱的書，還有一隻貌不驚人的鳥，牠伴我度過我的少女時代。那隻鳥不但貌不雅，啼聲也很平常，離出谷黃鶯相去太遠，我甚至叫不出牠的名字，想來牠也是名不見經傳的。

在我少女時代沒結束前，我就將這隻小鳥放回林中，對我來說，牠是消失在迢遞的長河萬里之上，牠是隨着遠空的煙雲而去……隨後我走遍了五湖四海，看到各色各樣羽翼鮮妍、啼聲婉轉的鳥類，甚至在阿爾卑斯山下聽到窗前夜鶯的歌吟，我都將牠們想成是我少女時代那隻小鳥的化身，這大概就是情人們所謂的移情作用罷！

當我對人生有較深刻的體會，我知道許多人與事都會一去不回，對我來說，這些人與事，也是消失在迢遞的長河萬里之上，是隨遠空的煙雲而去……

3 花魂

「花」與我的少女時代結下一段不了的情緣。

當林和靖徘徊在水邊、籬畔看到梅花，就歌吟出「水邊籬落忽橫枝」那樣自然流暢的詩句，他又更深一層想到月下飄散梅花的清馥，而寫出「暗香浮動月黃昏」的絕句，林和靖梅妻鶴子的高境，歷代以來常爲文人筆下清談的題引……

有一回我走在一片梅花樹下，那是落英繽紛的時節，梅花飄落，紅的如胭脂花雨，白的如雪花紛飛，一時我竟爲眼前的景象而驚讚不已，那是另一頁《紅樓夢》的章節，那位經常不顧蒼苔露冷，花徑風寒，愛花惜花的林黛玉，癡立在落花時節，感懷傷逝而吟出〈葬花詞〉：「一朝春盡紅顏老，花落人亡倆不知。」也在我少女時代留下絕響。

我愛梅、愛蘭……更愛一種藍色的風鈴草花，鮮花與香水是法國女人生活中的另一種品味，去拜訪法國女人送一束鮮花、一瓶香水，就如去拜訪法國男人送一瓶好酒，一樣是最受歡迎的禮物。

花是會枯的，少女時代之所以愛花，是由於愛花的精神——花魂；那是永不凋謝的一種美。

4 書

我少女時代有一個長而又長的故事，那不是愛情，而是書的故事……

在〈我的磨坊書簡〉，都德描寫一位擅吹六孔笛的老藝人，一邊兒喝着燙暖的酒，正開始他「夜談」的序幕……我也希望親愛的讀友，是坐在散發着茗香，溫暖宜人的夜窗前，聽我來講書的故事……

書是我少女時代精神世界的珍饈，對我展開了一座知識的輝煌殿堂……

書是我的大千世界，它們囊括天地間的智慧。

書也是我的避風港，讓我遠離世俗的紛擾、爭端，讓我在塵囂噪雜中依然能聽到一種清越的聲音……

當談到繆塞、拉馬丁、維尼、雨果、喬治桑、巴爾札克、左拉、史坦達爾、福樓拜……

莎士比亞、喬索、查爾斯、南姆、史谷特爵士，或年輕的拜倫爵士、雪萊或濟慈……那終宵夜談將是另一個「一千零一夜」的故事。

朗非羅將彌爾頓比喻爲另一位麥尼亞的歌者——也即盲詩人荷馬。

濟慈羡慕隨水而逝，他的名字是用水寫的。狄金蓀自謙地說：她的名字將爲蒼苔所湮沒，那也是另一種程度的「千秋萬歲名，寂寞身後事。」

在如花的年華，在寂寞的斗室中，我也曾效法起朗菲羅的「爐邊夜遊」，展開我心愛的書，悠悠然走過了萬水千山……

一九九一年八月十九日　中副

不是愛情

有一個下午，我極度悲傷，女兒要我陪她到凡爾賽宮附近走走，我噙着眼淚，卻依然刻意爲自己修飾一番，我穿上一襲淺橙色白領洋裝，披上一件同色的短外套，短外套領前戴了一朶白色人造緞織玫瑰花，我一向不擦粉，也許怕因脂粉傷膚色，祇用了一點唇膏，卻不忘奢侈地噴點法國百花香精……許多女人利用大量購買，來掩飾內心的焦慮、不安、憂鬱，我刻意修飾自己也似乎患上同樣的「情意結」，我不願意別人知道我內心悲傷……

我們去到離住處不遠的凡爾賽宮路易時代的農莊，面對的是森林、人工湖、草地、繁花……走在華茂的林中小徑，一位老太太對我投來友誼的微笑，柔聲地說：「妳這一身打扮很高雅……」我向她致謝後，我們繼續往前走，林中鳥語呢喃，樹葉散發馨香，我心境逐漸開朗。走到一片繁花前，一位法國男士也帶着他兩個小女兒在花前流連，他有張希臘雕像的臉，中度微胖的身材依然不減其優雅的風度，他很有禮貌要他兩個女兒走在一旁讓路給我們，然後對我投來深深的一望：「妳是中國人吧？是不是中國女人都像妳這麼好看？這麼懂得穿衣的藝術？」我回報以感激的微笑，道聲「午安」又繼續往前去，驀然間，微風吹拂，每一株花木都成了歌唱的禽鳥……

祇要大自然的絕美常在，

祇要人間的溫柔常在，

世界就不會以一種斷然訣絕的態度對我關起大門……

在暮色蒼茫中我們回到家裏，我換下華美的衣裙，穿上家居的便服，我將衣裙掛回衣櫃時，好像珍藏起一朵午間散步採回的玫瑰……

一九九一年四月二十一日　中華副刊

手琴與惠施

有支手琴來自古代的希臘神話。

這支手琴是西梅詩在海邊拾到的一隻龜甲，他在上面豎了七根琴弦，送給阿波羅，阿波羅就轉送給精於琴藝的兒子——奧爾非。

每當奧爾非彈手琴，大自然的音籟都戛然而止，他的琴聲上窮碧落下黃泉，感動着天地間所有的生靈。後來奧爾非失去他的手琴，他死了以後，葬在赫柏納森林，從此赫柏納的夜鶯就唱着特別哀沉的歌聲……

而那支手琴漂流河上，依然奏着淒涼的樂章……在這悲涼故事的後面，有一種隱喻，一種象徵的意味，奧爾非失去手琴，就失去他的音樂，奧爾非死後，他的手琴繼承了他的音樂，手琴與奧爾非如影隨形。

當莊子經過惠施的墓，他慨然地說：自從惠子死了以後，他已經找不到可以談話的對象了……他引了一段比喻，他說郢這個地方，有人將薄如蠅翼的石灰塗在鼻尖，匠石（注：石姓木匠）揮動斧頭輕快如風，將石灰砍掉，而不傷鼻子。宋元君就請匠石照樣做，匠石慨然回絕；他說他以前曾經做過，但要有對象，他的對象已經死去很久了。

莊子自喻匠石，他的對象就是惠施，惠施死後，他愴然寂寞，在茫茫天地之間已經沒有「知己」了。

我是不是也像奧爾菲那支手琴，漂流河上彈奏着悲涼的樂章？像莊周悲悼惠施的悠然長逝？原來我們凡人一樣有這種至情至聖的情感。擁有一位「知己」並不算奢望，懷着柏拉圖的情結也並不觸犯社會的道德倫常，但我們大多數人依然像莊周，有着痛失知己的創傷，依然像奧爾菲的手琴，在時光長流裏，寂寞地自彈自唱……

每當我旅行，我總是在心中默記這兩個故事，讓它伴隨我寂寞的旅程，這裏的「寂寞」不是外在的，我有家人、朋友……這裏的「寂寞」是來自內心的，那種獨立在天地間，沒有人可以傾訴的寂寞，那種面對煙水蒼茫的寂寞……能擁有一位千古知己是何其有幸，若不可得，中國人也有一套涵養的功夫；像屈原，將古代賢士聖人視同千古知己，如百里奚、伊尹、呂望、寧戚、伍子胥、介子推……

像蘇東坡寄情江上清風、山間明月。

秋天時，我旅行經過一條煙茫茫、水茫茫的長河，有三兩匹馬飲水長河。馬兒仰天長嘶，秋風蕭蕭，黃沙散漫……我又想起奧爾非那支手琴，想起莊周與惠施……我說不盡內心的愴然。

一九八九年六月二十日　中副

宮花寂寞紅

地靈

顧阿姨回大陸探親，也順道去遊覽許多名勝古蹟，她去了曲阜孔廟，又去成都看杜甫的「草堂」……我在《陶庵夢憶》裏曾讀到曲阜孔廟有孔子親手種的檜樹，據說這檜樹歷經了周、秦、漢、晉幾千年，不知顧阿姨是否看到這株歷經人世榮枯的神木？還有那大殿的十哲塑像、案上的銅鼎以及孔氏家廟……

而那位歷盡了顛沛流離、干戈戰亂的詩聖杜甫，他在成都西郊浣花溪畔的這座讀書草堂，相傳那兒也有一株數百年的楠木，在月朦朧、霧霏霏，或落花飛紅的時刻，這座草堂又不知是怎樣的一種情景？

中國人是講究「地靈」的，地靈與人傑往往是說在一道，也不一定是先有地靈，才有人傑，經常是一個名不見經傳的小地方，出現了一位舉世聞名的偉人後，這地方就突然靈了起來，於是就有了許多繪影繪聲的傳說，如杭州城因湖光山色之美，出了嶔崎磊落的人物，嚴陵隱耕富春山就是一例。

外國人比較不迷信地靈，愛德華・湯姆斯雖寫了一篇名爲〈地靈〉的文章，但寫的是康瓦爾郡歷經年代的滄桑，地的摺痕與稜角，那自宇宙一方剪裁而來，屹立於大河之岸的古城，那拙樸的石造教堂，皺糙呈灰色的石十字架，沙灘上海藍色山蘿蔔科植物，燈心草科植物與檉柳……與人傑無關。

羅曼・羅蘭是否也相信地靈的說法？當他去瑞士旅行，他去日內瓦湖，羅桑都沒引起內心的震撼，而是在邊界伏爾泰的故居，才頓然穎悟這位偉大的思想家多少年來一直給他啓示，這時他一定也迷信那古老魔法一般的地靈。

在《史記》裏記載一段老聃與孔子的故事，那時老聃是周朝職掌藏書的史官，孔子曾向他請教「禮」，回來很感慨，很敬佩老子道術的淵深，就對學生說：「鳥，是能在天上飛的，魚是在水裏游的，獸能奔走，奔走的可用網捕牠，水中游的可用綸鈎牠，天上飛的可用箭來射牠，至於龍如何乘風飛天，我就不得而知，今天我見了老子，他就是一條龍。」這段孔子問道於老子，過後又謙虛地稱讚老子的史壇佳話，令人更欽佩孔子的偉大與涵容。

老聃後來因感於周朝王道不興，辭官隱居起來，他向西走到涵谷關就不知所終了。他是楚國苦縣厲鄉曲仁里人，也卽今天河南省鹿邑縣東人，但我從沒聽說因爲此地出了一位人中之龍而被列入地靈。

曲阜的孔廟必然會代代留傳下去，但如果新的一代對孔子學說已棄之如敝屣，那象徵性的曲阜孔廟也就沒有地靈的價值了。今日臺灣這些被稱爲「作家」的，有的寧願捨棄豐厚的生活，默默耕耘這片文學園地，在千百年之後，這片繁華的土地是否還記得某某住過永和、板橋……某某住過甚麼街、甚麼巷……而追溯地靈人傑的說法，但生活在繁華中的人必然是健忘的，偉大像孔子如果也寂寞，你我的寂寞又算得了甚麼。

說井

在諾曼地旅次中，我們住進一座農莊，農莊遠離大城，僻處鄉野，沒有現代化的設備，連麵包也是用早期高盧人的土法來烤焙，祇差沒有利用風車風力來做麵包。據法國人說早期利用風車風力做成的麵包經久不壞而且好吃。

這家農莊最特別還保留一口井，有天早上主人以井裏的水沏了一壺茶待客，那茶水就特別甘甜。

我一邊喝着井水沏的茶，一邊欣賞鄉野景色，竟也神思悠然，想那舊的北京城，胡同裏傳來迸井水的馬蹄聲，還有更早期西漢與東周時代的古井。而新疆的坎兒井讓戈壁沙漠也有了綠洲，耶穌基督走向井邊，井邊的婦人給祂水喝，祂就說出生命永生之泉的道理……而像北京的王府井大街，就是因爲有一座王府，有一口井而聞名，當年井旁建有亭榭，圓形的石井南朝着這雕粱畫棟般的王府大宅。

據說王府井的水是甜的，在鬧旱災的年期，井水就是黃金，但王府主人不但不將水井分給左鄰右舍取用，還命令一位老管門看着古井。這位老伯伯心地善良，常乘主人睡覺時將水井讓鄰人取用，這口井，這段故事就成爲民間流傳的佳話。其他如蜈蚣井，滿井都有一段像頤和園銅牛沉在昆明湖底一樣精彩的神話，卻不如王府井的故事有人情味。

「井」也透露了一頁頁悲愴悱惻的故事，玄宗在馬嵬坡賜死楊貴妃後回到景陽宮井時又是怎樣的心境？這景陽宮中的井，在隋兵攻入時，陳後主與張麗華孔貴嬪曾投入井中躲避隋兵。珍妃與光緒帝的一段情就結束在一口井上。而深宮長苑中的井又成了多少命運坎坷女人的青塚。當漢宮露井旁一夜間盛開了滿樹桃花，是否有人還記得漢武帝與李夫人間的舊事？

在李商隱的詩中曾寫過一口井，井欄邊兒雕飾着玉虎，有一位女子剛汲水回來，觸動了詩人感懷傷事的心緒，他想起宓妃心儀曹植的才華，以玉樓金帶枕相贈的一段軼事，而洞澈一寸相思，一寸灰的遺恨……

在清代的筆記小品，我讀到一篇〈救狂砭語〉中提到楚的南方有「狂泉」，泉就在大道旁邊，顏色清純，而味道甘美，路過的人飲之解渴，就染上狂病，這就是一篇警世小品。但「井」畢竟是人生旅次中的甘泉，旅人走過千山萬水，看到垂柳人家，看到井邊汲水的村老，歇下來喝一碗清甜的井水，再邁上漫長的旅途，那旅途看來就不那麼艱苦了……

古代的「井」是生活的眞蹟，

現代的「井」是歷史的翰墨。

宮花寂寞紅

北京城的望家樓據說是清朝乾隆皇帝特別爲維族女子香妃所建的。

那座樓是仿照香妃故鄉，伊斯蘭敎寺院所建的。

因爲香妃住在清宮御苑中並不快樂，因爲香妃想念她的故鄉……

凡爾賽宮當年祇是皇家打獵的莊園，在一六三一年路易十三將它改建爲皇宮，一六八二年五月六日路易十四將它定爲政府所在地，一直到路易十六與瑪麗安東妮在一七八九年法國大革命被迫遷往巴黎舊皇宮爲止，在這一百多年間，凡爾賽宮住過不知多少像李白〈清平調〉所描寫「雲想衣裳花想容」那樣的美貌女子，凡爾賽宮想來也不是爲一位香妃那樣的美女而建的。

現在的凡爾賽宮雖不是朱雀橋邊的閒花野草，透露出荒蕪與淒涼，但自從皇后瑪麗安東妮死在斷頭臺上，宮嬪笑語已成爲傷懷弔古的主題，金屋淚痕，寂寞苑庭已成爲記憶中的三春白雪，一堆荒塚。

我在凡爾賽這座古城住了五年多，我的住處離凡爾賽宮不遠，天氣晴朗的時候，我喜歡步行到皇宮附近遛達。在圖書館的一些早期文獻與地理誌之類的資料，我讀到這座城的史蹟，也看到一些泛黃泛舊的建築圖片，這座典雅的古城自路易時代以來並沒有多少改變。

在凡爾賽宮正對面是堂皇、氣派非凡的巴黎大道，當年路易王朝的馬隊一定是自這條大道進入皇宮。皇宮斜對面有許多路邊咖啡座，其實路邊咖啡座是外國人取的浪漫味兒的名稱，法國祇稱爲酒店——BAR。

西班牙有一家酒店，寫唐吉訶德的塞萬提斯曾經在那兒住過，這家稱爲「松歌」的酒店曾出現在本世紀一位作家的雜記散文中，這家酒店如今還供應塞萬提斯點過的辣味火腿香腸與托萊多葡萄酒，祇是現代的紳士不像塞萬提斯時代，將毛驟兒套上繩子拴牢在酒店門外。凡爾賽這些酒店歷史也是源遠流長，如果有人去考證有多少名流、作家曾在這些酒店吃過大蒜香腸三明治、拿破崙餅，喝過波爾多甜酒，這些酒店的名聲必不在「松歌」之下。

凡爾賽宮除了冬季霜凋碧樹，春夏秋都華蕊吐芳。中國古代南唐皇宮內苑的紅羅亭四面都種滿了紅梅，因此有周必大寫的：「紅羅亭深宮漏遲，宮花四面誰得知」的詩句，紅羅亭紅梅盛開的景象一定是「奇觀」，凡爾賽宮不種紅梅，而每逢夏末初秋滿園紅豔的天竺葵，呈現出一片胭脂花雨的奇景，那多少也寫出宮闈間一些吟懷長恨的舊事……

一九九一年一月十二日　中華副刊

珠淚吟

為甚麼我們哭？

我們懷抱着希望去看這個世界，

我們願意看到開始，而不是結束。

父親來法國看我們，共同度過一段溫馨的時光，又匆匆告別。那天，我送他上飛機，當他走向戴高樂機場出境室，他沒有揮手，也沒說再見，就一直往前走，我望着他老邁的背影，驀然間，一陣傷感襲上心頭，我喊了一聲「爸爸！」他才回轉過身，與我黯然話別。

父親走後，女兒每天上學前就會走到父親住過房間的門外，輕輕敲了幾下，細聲地說：「外公，我走啦，再見！」然後又學着父親沙啞低沉的聲音回答說：「再見！」放學後，做完功課，她就溜進父親住過的房間，一人扮起「祖」、「孫」兩個角色，一唱一答，她日日演着同一齣戲，直到她累了，才悄悄走出房間，將房門關上說：「外公，您也累了，您睡一下，我等會兒再來找您……」

我家中有張西敏寺莎士比亞紀念像的圖片，圖中莎士比亞抱著一大疊書，我稱他爲「阿房河上的天才」，而女兒自小就有外子繪畫的天分，她依照巴黎歌劇院門口海頓的浮雕，畫了一張海頓的像，就稱爲「海頓的沉思」，因爲我曾給她講過一段交響樂之父海頓的軼事；歐洲人對天才人物與聖人的遺體都有保存的習慣，同時也視爲神聖的。據說海頓的頭蓋骨曾被盜走，經過一百四十五年後的一個音樂節，海頓的頭蓋骨失而復得，當裝有海頓頭蓋骨的靈柩經過海頓的故鄉，鄉人演奏「帝王四重奏」迎接柩車的盛況，那又是多麼感動人的場面。

我十幾歲讀《紅樓夢》，最喜愛的人物是林黛玉，我並不特別羨慕她沉魚落雁的美貌，因爲《紅樓夢》大觀園的女子個個都是花朵樣的人物，我驚讚她對人生的看法，她與生俱來的敏銳與多感，她在「聚」中看到「散」，在「花開」時悲悼「花謝」，對世間萬事萬物又懷着難以割捨的情感，她的內心是既溫柔又纖細的。

一七四九年德國法蘭克福出生的歌德，他後來被稱爲最偉大的德國人。在早年，許多哲學家如柏拉圖等人都已在他們著作中引證盲詩人「荷馬」的詩句，解釋道德的觀念，當做立論的基礎，沒有荷馬，也許世上就沒有維吉爾與彌爾頓……荷馬不再是被稱爲最偉大的希臘人，而是代表着世界史詩的經典。而一五六四年在阿房河史特拉福鎮出生的莎士比亞，他的戲劇也不再被稱爲伊麗莎白時代最偉大的作品，而是超越了「時」與「空」，成爲世界上最偉大的戲劇家。

莎士比亞劇中用的是古典英文的句法，尤其一字「Thee」，咬文嚼字，一點也不順口，但當他劇中人物一登場，隨便一句話，也許這麼說：「讓我扮演一位小丑吧！讓我在嘩笑聲中老去……」就如中國雜劇，搖着蛇皮鼓兒，唱着信口腔兒，唱出了蒼涼的味兒……

莎士比亞戲劇磅礡偉大已是舉世所公認的，他對人生的看法就像《紅樓夢》中的黛玉，黛玉在「聚」中看到「散」，莎士比亞在「開始」看到「結束」，他說：「世界是一座舞臺，所有男人女人都是演員，他們有登場的時候，也有下場的時候……」他形容生命祇不過是一口氣，寄託在一個多災多難的軀殼裏。他在生命中看到「幻影」；那是時間老人背包裏面裝滿的「朽壞」……當我關起戶門，走進自己的象牙塔裏，陶醉在莎士比亞海樣深的思潮裏，我忍不住珠淚暗彈。

荷馬的史詩〈奧德賽〉，寫到特勞戰爭十年之後，所有英雄將領都回鄉了，祇有優里賽斯還在海上飄流，他的木筏被風浪擊碎，他落海被人救起，人給他衣服食物帶他入宮，這時候宮中的歌者正在詠唱特勞戰爭的故事，這位希臘大將懷感身世，滄然淚下，那是英雄的淚！

當蒲西尼第一次看〈蝴蝶夫人〉這齣小說改編的獨幕劇那個晚上，他感動的哭了，他要求編劇者同意讓他寫成音樂，因而這齣名聞遐邇的三幕歌劇就在蒲西尼的淚影中完成，那是藝術家的淚！

但孩子自有他們童年歡樂的世界，我的女兒最不喜歡我們說：「這是假期最後一天。」「外婆今天就要走了。」「這是你十一歲的最後一天。」「日曆已用到最後一張。」……就是我們大人也不容易獨自去面對「曲終人散」的場面，何況是小孩子。雖知道「聚」中必有「散」，「開始」必有「結束」，在女兒面前我總是小心哄着她，「我們又可以爲明年的假期來個新的計畫！」「聖誕節過了，還有新年呢！」「快下雪了，那一定是場瑞雪！」「度過了多天，又是遍地的番紅花，多美！」……雖然說這些話時，我是偷偷隱藏起一串又一串的珠淚。

一九九〇年十一月二十日　臺灣新生報副刊

「蘭園」舊事知多少

——悼蒙梭皇家古堡遺蹟

司馬相如的〈長門賦〉背後原有這麼一段故事，當年漢武帝陳皇后被謫入冷宮——「長門宮」，她景慕司馬相如的文名，拿黃金百斤，請司馬相如作〈長門賦〉，希望感動武帝……〈長門賦〉引用「蘭臺」，並非眞有其名，而是形容華美的臺榭，就如「蘭宮」是形容華美的宮殿，筆者以「蘭園」爲題，典出於此，不是杜撰。

墨市（Meaux）原是早年香檳城貴族的領地，這裏紀念一位孤鷹似的人物，他是皇太子的老師，也是墨市的主教：博書埃（Bosset），他爲路易十四皇后瑪莉・達蕾沙寫過〈誄頌〉。

哥德式的聖埃帝因大教堂是十二世紀的建築，容易風化的鈣質巖，宗教戰爭，再加上歲月的駁落，使這座教堂看起來像歷盡滄桑的老人。

櫻桃樹下落花成塚

主教府花園裏正是鬱金香節令，欣賞滿園的鬱金香，就會隨口吟出 Cheophile Gautier 的〈鬱金香〉(La tulipe)，那些詩句都像童謠一般：

我是荷蘭鬱金香，
荷蘭的「風」客為美，
以貴於鑽石的揮霍，
買下我的種子。
我是紫衣袞袞的爵侯，
穿着雕花的長衣，
臉是銀與金。
園丁以太陽光與紅衣帝王
的金粉裝飾了我，
我的裙子像中國瓷瓶，

在園中我豔冠羣芳，
可惜大自然沒賦我
以芳郁。

環繞幾何圖案的花園兩旁是茂密的花林與小徑，餞花時節已過，野櫻桃樹下有落花堆成的「花塚」。

離開墨城，我們來到八公里外城郊的蒙梭皇家古堡（Le Chateau Royal De Montceaux-les-Meaux）。法國思想家蒙田（Montaigne）在一五七〇年，才祇三十七歲就有了十六世紀人對生命危機的看法，就感到暮年已臨，就想隱退林泉。他繼承了父親鄉間土地，在那座圓頂高樓藏書室裏，四壁都掛着希臘拉丁文的格言，他在此消磨他退隱後的大半歲月。

事實上蒙田並沒有結束他早年的活動，在一五八〇年到一五八一年間，他離開塔樓，到德國、意大利、瑞士遊歷歸來後，又兩任波爾多的市長，他在國王亨利三世與亨利四世之間的談判，扮演了很重要的角色，他還不斷撰寫他的「散文集」。

來到這座皇家舊堡的園林中，我就想起蒙田鄉間那座塔樓，但斷垣殘壁間留下不是蒙田打開人類思想的一把鑰匙，而是皇家滄桑的舊事。

經過兩旁開着紅花的野栗子樹通道，進入這片銜接着山坡、野地、森林的古堡遺蹟，破壁、斷垣，再難回想當年木蘭爲椽、文杏爲樑、瓦甓舖地，帷幔低垂的情況了。

締哀黎一世（Thierry I）將墨城這片土地給了聖・丹尼的神父，這是最早的史蹟記載。亨利二世皇后凱賽琳・德・美第奇（Catherine De Medicis）就在一五四七年建爲皇宮，到了一六〇五年亨利四世皇后瑪麗・德・美第奇（Marie De Medicis）請名建築師沙羅門・德・布勞斯重新改建，瑪麗皇后在此度過十一載悠長的歲月，直到一六一七年她突然思凡，重回巴黎，才依依告別這座皇家舊宮。

大自然還在期待一片更美好的世界

路易十三與紅衣主教黎世留（Richleiu）常來此度假，路易十三對鄉野生活不感興趣，倒是黎世留深愛這片大地，每日散步林野之間。太陽王（Le Roi-Solail）路易十四也以此地爲行宮，但雄才大略深愛藝術建築之美，生活十分奢華的太陽王是不會喜愛靜謐的鄉野生活，他愛凡爾賽宮勝過一切，倒是他的大公主經常來此短留。

法國最偉大的寓言詩人拉・封丹（Jean De La Fontaine）經過締哀黎森林與路易十四財政大臣孚蓋（Nicolas Fouquet）的細拉威康特古堡，就一定會來造訪這座皇家舊宮，他歡喜爬上山坡，逗留在斑駁的岩石之間，他的〈馬車夫與蒼蠅〉（Le coche et La mouche）

就是在此完成的。

路易十五對這座古堡更毫無興趣，就將它轉贈給康奇家族（Famille de Conti），法國大革命期間，康奇公主流亡海外，古堡被摧毀，家具、名畫、地毯被拍賣……

漫步在這片荒漫的大地上，就像古生代上期那片蔥翠的「潟湖」，那兒祇有流水聲與風葉蕭颯聲，與樹木轟然一聲倒塌下來，無花、無鳥、更無蟲鳴，大自然還在期待一片更美好的世界……那時甚至沒有多天的落葉林，到處是巨大的禾本羊齒、木賊、蘇鐵羊齒，這些枝幹粗大，高達百英尺的樹木已在世上絕跡，有的已成了化石……

但早年蒙梭皇家古堡的林園一定也曾闐闐芳華，雀鳥齊集，也許沒有玄猿嘯吟，但翡翠色的鳥兒也一定斂起翅翼，棲宿於嘉木瑰樹之間，也許園中孔雀開屏，鸞鳳來儀……

一九九一年七月八日　自立晚報副刊

飄風逝水

流麗委婉的秋意寫在法國歐爾河上，一陣風捲起河岸上的落花飛紅，連秋風也籠着兩袖芳郁，那飄滿落花的岸邊小徑，是否曾讓青驄不忍馳騁？

隨着長夏的遁隱，歐爾河兩岸的林木已掩起一簾翡翠，一幅秋的畫屏展現在眼前……我來到建在歐爾河上的夏蘿綉堡，正是一個乍暖乍寒的秋日。

四年前，我初識莎蓓娜，一位法國中年婦人，她就曾經邀請我們一家到她鄉間小屋去度假：「我的鄉間小屋離夏蘿綉堡近在咫尺，那座堡和它的滄桑往事，自古以來就成爲文人藝術家筆下的流采……」。

四年後，我來到莎蓓娜的鄉間小屋，她的後院就是歐爾河岸，後院木造的廊上爬滿了藤蔓，廊上擺着桌椅，我們就在那裏用午餐與晚餐，午餐時面對園中一片繁花，餐桌上的麵包與紅酒也變成珍饈。晚餐時歐爾河上的星光月影，更是一場精神的盛宴……

但我依舊沒見到夏蘿綉堡，它被濃鬱鬱，一層又一層的秋林所掩蓋，我祇在莎蓓娜午睡的時刻，在夏蘿綉堡附近的森林徘徊，聽到林鳥啁啾，我的心被夏蘿綉堡的滄桑往事所吸引，連那鳥聲在我聽來也是十分淒涼，那鳥聲似乎吟唱的是：

留不住；
夏日的豔陽，
春天的花事，
晚秋枕邊的斜風細雨，
悠悠長流的世事……

夜裏，我聽到窗外楓木落葉聲，有幾處的花影留在有月的窗前，聽不到春天的葉底歌鶯，廊櫟上空留着鴿子的舊巢……我想的是夏蘿綉堡的滄桑往事。

我終於見到夏蘿綉堡，它縵廻廊腰，高啄簷牙，如一座臥於煙斜霧橫波光上的長橋，如一座建築在水上的城郭……

在十六世紀，自西元一五三三年起，夏蘿綉堡成爲法國王朝的產業之後，這瓊樓玉殿也成了嬪妃王孫朝歌夜絃，秋日狩獵之地。

夏蘿綉堡自一二四三年起就屬於馬可的家族，這家族曾效忠查理七世與路易十一世，一五一二年由於債務，就以一萬兩千五百英鎊賣給包葉家族。在一五二一年法蘭西斯一世曾經造訪夏蘿綉堡，深深爲夏蘿綉堡的石鑿之工，林木水沼之美所吸引，他念念不忘這座建在歇爾河上，風光如畫的古堡。一五三三年承繼這座古堡的安東尼・包葉，因涉及還清政府大筆的罰金，國王就准許他以夏蘿綉堡爲抵償，於是夏蘿綉堡就名正言順變成王朝的產業了。

歇爾河一帶原是中世紀王侯貴族建立輝煌基業的溯源地，羅馬建築與歌德建築相映成趣，郡王的采邑華邸與王室氣魄宏偉的城堡沿河屹立，但像夏蘿綉堡這樣一座水上宮殿，將歇爾河兩岸的山川麗景，如一道石鑿的虹橋，連接在一起，畢竟是建築學上的神來之筆。

法蘭西斯一世有他獨有的小沙龍——他的家族與親近的朋友，常在這兒享受休閒的生活，在這小沙龍中也包括他的兒子——即後來的亨利二世，與一位風華絕代的才慧淑女——黛安娜。黛安娜美如女神，她比年輕的王子亨利二世大十九歲，但她的美貌似乎永不衰褪，她肌膚如雪，麗質天生，從來不用脂粉，她是年輕王子心中至情、至聖、至美的朋友，是他永恆的愛人。

歇爾河兩岸是華美的森林，想當年法蘭西斯一世這一小沙龍裏的人物，飛鷹走犬，逐獵林野之趣，森林中禽飛鹿奔的盛況……當夜幕低垂，夏蘿綉堡燃起萬盞燈火，河上是燈影，是衣香鬢影，開瓊宴，飛羽觴，吟詠絕句，即興成詩的情景，直到今天還成爲文人墨客、藝術家筆下傷懷弔古的題材。

參觀夏蘿綉堡需漫步過一條長長的林中小徑，林中蕭瑟的秋聲，似乎也是這闕宮廷舊事的餘音，林中的紅葉不是華豔，而是淒絕，孤鶴零雁與飽閱人世興亡的心情，也像南朝樂府的哀調，彈唱在西風落葉之間……

「我記不清楚來過多少次夏蘿綉堡，幾乎每年的夏天，每年的秋天，我都會來度假，回到我的鄉間小屋，就一定會去看夏蘿綉堡，每次來到夏蘿綉堡，我內心就有一種說不出的清愁……」陪伴我們遊夏蘿綉堡的莎蓓娜幽幽地說，她感傷的聲調也是來自秋風落葉間……

走出最後一片秋日的華林，眼前出現一方絕美的幾何圖形的花園，那是水湄河岸的百花之園，法蘭西斯一世死後亨利二世繼承王位，他想不出世間還有甚麼奇珍異寶比夏蘿綉堡更適合贈送給黛安娜，他將夏蘿綉堡當成一份厚重的禮物送給黛安娜。黛安娜是位有智慧、有野心的人，同時也是熱愛林園藝術之美的女性，在她擁有夏蘿綉堡這段時期，她建築了一座橋，將古堡與天然美景連在一起，她在園中蒔花植木，享受林園之趣，她喜愛清晨騎馬馳騁林間，喜愛在冰冷的水中沐浴，一生不用化妝品……清水出芙蓉，天然去雕飾，正是這位絕代佳人的圖像。

隨着參觀的人潮，我們觀賞了皇宮內部，古代東方的掛毯、古代的名畫、黛安娜臥室，與她用過的家具、古玩珍奇……而自每間宮室、廊臺、樓閣的窗口望出去，都可觀賞歇爾河上綺麗的風光，在不同的窗口、不同的角度、歇爾河上也展現不同的風貌。有時是茸茸苑草，與夏日留下藤花的一抹姹紫，是河上輕舟暗渡，是兩岸的華林在水中映成倒影……有時河上驚鴻一瞥飛起雙棲的鳥，就好像黛安娜與亨利二世已化作一對紫鴛鴦……

盛時畢竟難長駐，亨利二世在一次比武中不幸發生意外，就在四十歲壯年溘然長逝。亨利二世死後，皇后凱賽琳就施展一連串的報復，她要黛安娜交出所有的財富，並將她逐出夏蘿綉堡……對黛安娜來說，這是永遠的放逐，夏蘿綉堡有她生命中最美好的一段記憶；那位英雄人物亨利二世——腰橫轆轤劍，身被鷫鸘裘，威武的國王，對她的金石之情，如果沒有這份情，縱然她擁有財富、美貌、聰慧……也無法成爲法蘭西歷史上永不被人忘記的人物。

黛安娜五十九歲被逐出夏蘿綉堡，生命雙重悲劇的打擊，使她憂悱不已，七年之後，她含恨而終，死時六十六歲，但直到死，她那典雅女神的形象永遠不變，她就是神話中女神——黛安娜的化身。

「人人都愛黛安娜，這段愛情發生在十六世紀，經過將近四百多年，依然像莎翁名劇〈鑄情〉的故事一樣令人神往，黛安娜一生不用化妝品，卻麗質天生，容顏永不衰褪，現在流行各種美容術，仍難以讓女人的青春永駐，這實在是令人百思莫解的問題……」我想任誰也難以解開這段青春之謎，但人世恍然一夢中，昔日曾是王侯貴族寄興的夏蘿綉堡，與它那段憂悱纏綿的愛情，都隨世事流離轉徙，而蕩爲飛灰。

杜宇數聲，覺餘驚夢。

碧欄三尺，空倚愁腸。

黃昏離去之前，我聆聽林中低嘯的風聲，聆聽迸裂成鏗鏘嘎玉之聲的流水，恍如聽的是遠去的笙歌，飄蕩在水殿瓊臺之間，那殘餘的落照讓人有不堪回首之意。

一九九〇年九月二十二日　中副

懷念逝去的海棠草

在巴黎孟仙園，我看到這樣一株紫白藍相間的海棠草，不知它是否在法國圖盧茲（Joulouse）的百花詩賽中爲詩人所吟詠，或在古羅馬的「花神節」展出？

芳菲都已凋盡，
別的朋友都已離去，
海棠草也會兜落薄薄的葉瓣，
回到泥土的香塚裏……

一株海棠草，一株逝去的海棠草，就在這樣一個吹着微風的清晨，飄過我的心頭……

夏　莊

一九八四年我回到日夜懷念的臺灣，在一個夏日黃昏，我獨自去淡水河畔，去看那座我們昔日住過的「夏莊」。

當初在非律賓經商的二伯父滙給我們一筆款子，母親就決定買幢房子，我陪她走遍臺北近郊，就在淡水河畔我們看上這座「夏莊」。

也是夏日的黃昏，臨窗眺望，淡水河上浪飛魚躍，西沉落日的彩暉，像煅過釉彩的海棠草，不再是紫白藍，而是五彩繽紛了。母親就決定買下這幅浪飛魚躍的「畫面」。那年夏天，我們搬進去，我十九歲，母親還是那麼年輕。

整個夏天，弟妹們都樂壞了，我們自鄰人果園菜圃買新鮮的菜蔬、地瓜、番石榴，鄰人自焙的餅乾，到附近竹林子挖竹筍，在岸邊揀拾沙貝，坐在淡水河畔草地上，像枕在綠色天鵝絨的軟墊上……

記憶中，天空特別蔚藍，

祇需風兒寥寥幾筆，

雲朵就化成飛去的羽翼……

有幾個炎熱的夏夜，難以成眠，就熄了燈，祇讓窗外螢火蟲的光芒透進屋來……母親與我聊起她童年的舊夢，直到檠燈的螢火蟲都已宴散而去，那最後留下的數點光芒，就像火光殘燼將熄，我才依依向這個夏夜告別，回房就寢。

在母親的詩詞選集——《緗痕吟草》有「環山皆峻秀，一水抱村流，我愛此中靜，卜居在沙洲。」就是吟詠這段田舍鄉居的生活。母親是世間少有的性情中人，她生活在一個恬淡、溫柔、知足的心靈世界；她自己營造的世界，「香暖綉閣壓金線，夜靜小窗學詠詞。」是她閨秀氣質。在人世顛沛滄桑之中，始終能保持一顆與落霞、雲樹、松風、竹韻相依偎的心情，在成長歲月中，我們這些兒女就沒聽過母親大聲呵責，或說出一句不好聽的話。

我們住在「夏莊」的日子並不長，地處偏僻，我們都還在唸書，每日要搭遠程郊車上學，頗不方便，父母就決定再搬回士林。

多少年過去了，

「夏莊」就成了我們那個夏天的一個記憶，一個夢……

在異國生活這些年，我們經常四處旅行，也並不一定要去造訪名城、名鄉，祇是爲了尋找可以治療鄉愁的一處角落，與追求母親所教給我恬淡、寧靜的精神生活。

有一個夏夜，母女共同漫步在淡水河畔，母親知道我有出國求學的打算，她悠悠地說：「有一天，當妳走遠了，離開了這片鄉土，再回憶此時此境，妳也會覺得這也是一片夢想中的『迦南美地』……我五歲喪母，十歲喪父，十一歲就獨自離家寄宿在一所教會辦的女子學校，每次回憶家鄉，就感到特別美，環山如畫，溪流清唱，我的父母都葬在那兒……」

記憶是蜂兒，將花朶都釀成蜜，

記憶也是霜濃十一月天的一杯苦茶……

自從那個夏夜，我慈愛的母親每做一件事，都是爲我遠行而默默籌劃，偷偷爲我存錢，當成我遠行的「盤纏」，將一串她最喜愛的珍珠項鍊藏在箱底，做爲我未來婚禮的禮物，將她的詩册和墨跡包在繫着緞帶的紙盒裏，留着我日後紀念……一家人去野餐，母親也不忘帶束花，爲這無形的餐桌增加隆重的氣氛，在那花束中一定也有這麼一朶我在孟仙園見到象徵的「海棠草」。

一九八四年那個夏日黃昏，我浴在夕陽餘暉中，去拜訪「夏莊」現在的主人，一位慈祥的老太太爲我開門。

「您不會認識我的，十幾年前我住過這座房子……」我說。

「這幢房子已換了好幾位主人，人人都說這幢房子的風水好，住過的主人不是自己晚境好，就是兒孫福氣好……」

辭別了老太太，我漫步淡水河畔。

昔日綠色天鵝絨的草地不見了，河畔堆積建築廢料，鄰人的果園菜圃也不見了，都蓋起公寓，河水沉濁，已不見浪飛魚躍的情景……

已經多少年過去了，

「夏莊」已成了我們那個夏天的一個記憶。

一個夢。

歲月是不再回轉了，我已不再是十九歲，遠居美國的母親也不再年輕，但有些極美的思維還是會再回來，會在清晨的柔風中飄過。

仿古瓷爐

在瓷器的王國裏，清代郎窰紅、酒藍、茶葉褐、鱷魚黃等數十種彩色的釉，使彩瓷更出落得瑰麗、精緻、繁豔……

我家就有一件仿古瓷爐，那是仿明清時代的青花瓷，雖脫不了匠氣，但已能將繪畫熔入燒瓷藝術中。

「當然它比不上明初永樂、宣德的青花瓷，但這瓷爐用彩沉厚，花紋凹凸有立體感，而且也還典雅精巧，足以說明臺灣在審美藝術上已不斷進步……」父親說。

就是不談審美藝術，這件仿古瓷爐是十分實用的，每逢寒流來的時候，或過農曆新年，家人圍爐，其樂融融，大妹愛吃烤魷魚，爐上經常飄着魷魚的鮮味焦味。

多少年過去了，我們兄弟姐妹都懷着美國詩人朗費羅的心情：

孩子的願望是屬於風的，

青春的夢想是悠遠的……

我們都懷着「風」一樣的夢走向五湖四海，後來母親也遠居美加，留下父親與那件仿古瓷爐……

在寒流來的日子，父親就獨自到巷口小店買幾斤炭，回到家裏燒起炭火，自己泡壺茶，然後翻開寄自五湖四海兒孫的相册，細細品味那份孤獨中的溫暖。

我回國那年，在冬天寒冷的夜晚，父女經常圍爐對坐，他談起童年、少年、青年時代許多往事，也談起他早年仕任的生涯、報國的熱誠、躍馬沙場的歲月……

「九歲那年，一位遠親請妳祖父吃喜宴，妳祖父讓我代他去，那時家中貧苦，三餐不繼，我是赤着腳長大的，當我赤腳來到這位遠親家裏，他一臉鄙夷的神色，結果我連一口水也沒喝轉身就走……」

「我千里迢迢去外地求學，一路上看到秋天的蘆葦，禁不住傷感落淚……」

「我十九歲出任國民軍團長，二十七歲擔任福建省安溪縣長，三十左右任政治處長已是將級人物，能有一點成就，都是歷盡艱辛血淚換來的……」那些故事，父親講了又講，我不知聽過多少回，但我還是耐心地聽着，一遍又一遍……

又是一個寒流來的日子，父親攜着我的女兒——他的小孫女，去巷口小店買炭，我目送祖孫的背影走在街衢間，父親總是小心將他的白髮漂染爲「青鬢」，但經過漂染的髮總是隨着時日褪了顏色、光澤，一霎時我見到父親後腦幾綹白髮，他微駝的背脊……我的眼睛濕潤了……

仿古瓷爐又燒起熊熊炭火，父親的陳年故事正當序幕，我依舊耐心地聽着父親說過一遍又一遍的故事，沒有告訴他，我們回國相聚的日子又匆匆來到結束的時刻，也沒有告訴他，我們的行李又都一箱一箱由海運寄走了……

仿古瓷爐爆起炭火迸裂的聲響，火光四射，在一明一暗的火光中，似乎有一座星光所築起的樓突然倒塌了，星光都像水晶石般碎成閃亮的星星點點……

仿古瓷爐的炭火漸漸燃成灰燼，我又加了新的，父親的一壺茶早已涼了，父親的故事還沒完……

「爸爸，夜深了，去睡吧，留下您的故事，明天晚上再講吧……」我柔聲地說。

我聽到仿古瓷爐又爆起一聲極爲細碎炭火的迸裂聲；一種令人心碎的聲響……

一九九一年十二月三十一日　臺灣新生報副刊

藍色多惱河

小學時，我曾經是一名鼓笛隊手，我能吹笛，也能打鼓，我最愛以笛子吹出「藍色多惱河」。

那天我陪女兒逛巴黎的樂器店，女兒買了一本樂譜，我拿起一根笛子，愛不釋手，就買了下來，那是一根英國製的銅笛。

回到家裏我先試試笛音，我拿起笛子想吹那首「藍色多惱河」，竟然發現那些音符已經無法從我的記憶中跳出來，兒時吹了不知多少次的「藍色多惱河」，已經完全忘記了，我心中一陣悵然……

我當然可以去買一份「藍色多惱河」的樂譜，從新開始學吹這首曲子，但我記憶中的「藍色多惱河」已經與我童年的時光一起消逝了……

因爲我忘記「藍色多惱河」，我忽然了悟這首曲子已經變成一種象徵、一種不朽……就像契訶夫的「櫻桃園」一樣；明日的世界是在砍伐櫻桃樹的聲音中開始……對我來說，童年的世界就是一首被遺忘的「藍色多惱河」。

我無法記得「藍色多惱河」，也無法記得映現在我童年世界一張張慈祥的臉的名字，但我依然記得教我這首曲子的音樂老師。

小學三年級，我參加了學校的鼓笛隊，我學過鋼琴，喜愛音樂，卻一點音樂天才也沒有，就像我欣賞畫，筆下畫不出一幅像樣的畫……

母親安慰我，因爲我的天才是在「寫」。

但小學三年級的我，一心想成爲鼓笛隊手，尤其是希望能在兒童節到中山堂表演。教我們的是位胖胖的年輕音樂老師，他很有耐心，先教我們讀譜、看譜，又講解音節、拍子，以及諸如C大調與F大調的特色……他很和藹，娓娓道來，打動每一位在座的小小夢想家，於是大家認眞地做起一位小鼓笛隊手的夢。

我們的笛是竹做的，爲了使音色更美，那位音樂老師教給我們一種秘方，就是將竹子劈開，中間有一層薄膜貼在笛孔上（普通就以薄紙貼上即可），這個秘方讓一根平凡的竹笛發出清脆的笛音。

剛開始他祇教我們吹奏簡單的短曲，我依然吹得荒腔走板，我羨慕那些天才的孩子，好像天生就是濟慈筆下那位善笛的牧神。

兒童節卽將來臨，我們學習過程已告一段落，「鼓笛隊」也代表學校的榮譽，不得不採取「精兵制」，也就是許多吹不好的隊員就要被淘汰，那位音樂老師開始個別測驗，許多孩子沒能通過這一關……終於輪到我，不知爲甚麼我內心一直在說：「我要成爲一名鼓笛手！」因而就發揮成堅毅的力量，雖然我沒有音樂細胞。

我走進音樂教室，那眞有點像冰心女士〈赴敵〉一詩裏的情境：

朝陽在地，
鳥聲相媚。
迷胡里捧起湖泉，
磨着劍兒試。
百戰過來，
誰知此次非容易？

所不同的是我的劍是一根竹笛。我開始吹指定的曲子，是一首快板的曲子，音樂老師神色有些嚴肅，後來他又讓我吹一首慢板的曲子，他的臉色慢慢舒展開來，就在我曲子吹完的時候，他笑容滿臉地拍着我的雙肩說：「吹得很好，你被錄取了！」那簡直是貝多芬之吻！我已「赴敵」凱旋歸來，禁不住偷偷流下幾滴英雄淚……

「藍色多惱河」開始排演了，緊鑼密鼓的氣氛已經上場，音樂老師教得很認眞，我們也學得很認眞，每一個拍子，每一段音節，都經過細細琢磨，一遍又一遍，那樂譜都已熟記在腦中，我們沉醉於音樂的長河中——藍色多惱河，河中漂流着希臘神話；音樂之神阿波羅的兒子奧爾菲那隻手琴，淒婉悲壯的音符在悠悠長流中發出永恆的廻響。

我們的鼓笛隊在中山堂演奏「藍色多惱河」時，贏來如雷的掌聲。

多少年過去了，我走過世界許多名都、名城，我也聽過無數世界名交響樂隊的演奏，我幾度去巴黎的歌劇院……

因爲我的心中，有一個藍色多惱河的世界。

2

希臘神話奧爾菲那隻手琴從河漂流入海，又漂流到一個島上，逐漸與許多枯葉一起朽壞……

有一位失意的日本武士，在一座城，一片林場的木材底下挖出一根沾滿塵土的笛子，那是一根祖傳的名笛，這根笛歷盡了無數的悲歡與滄桑……

巴黎是一座藝術之都，也是音樂之都，到處有樂器店。在我居住巴黎近郊凡爾賽，有一家樂器店，我與女兒經常光顧這家樂器店。我喜歡看櫥窗中的樂器，口琴、吉他、小提琴、短笛、長笛、黑管……尤其是那散發着歲月寒香的七弦琴、大提琴，與蘇格蘭的風笛……

主持這家樂器店是兩位年長的老姐妹，衣着優雅，風度很好，與他們交談之下，才知道他們兩位都曾經是樂隊的一員，姐姐瑪格麗是小提琴手，妹妹莎蓓娜則是鋼琴手。

瑪格麗年輕時代一定是位美人，因爲已經老邁的她，依舊有着白裏透紅的膚色，熠熠發光的雙眼，纖巧的身段與動人的微笑……瑪格麗也像櫥窗中歷經悠長歲月的名貴樂器，散發着歲月的寒香。

我端詳瑪格麗那張臉，我想的是另一張臉，一張瑪格麗年輕時的臉；依舊是白裏透紅的膚色，熠熠發光的雙眼，纖巧的身段與動人的微笑……那是一位東方女人，不是金髮的瑪格麗，是我小學老師，她也是位小提琴手。

新學年開學第一天，走進教室，發現站在講臺上是位年輕貌美的女老師，她穿了一襲藍得像海水一樣的衫裙，她笑起來像一朵藍色的矢車菊。

那時學校正在改建大樓，教室不夠用，上午在教室上課，下午則雨天在走廊，晴天在校園的大樹下上課，將教室讓給另外一班的同學。

我們喜愛在大樹下上課，席地坐在校園的草地上，抬頭一望滿眼綠意，夏日的華蓋遮去炙烈的陽光，大樹的枝葉密密低垂，有時垂得像我們小小身子一般低。在唱遊課的時候，老師就很小心打開琴盒，取出一隻精巧的小提琴，拉起小提琴，爲我們伴奏，我們稚嫩的歌聲，和着她動人的琴音，空氣中是校園的花香、草香……

她很鍾愛我，那年我不但是班上的模範生，也被選爲全校的模範生。早晨上學經過她家，她總要我等她一塊到學校，每次經過她家，遠遠就聽到她在拉小提琴。

「我渴望成爲一位眞正的小提琴手，我從五歲就開始練小提琴，一直到今天，沒有間斷……不論學甚麼，毅力是很重要的，鍥而不捨，你就會成功的……」有一天在上學的路上她這麼說。

下課的時候，經常有一位個兒高瘦，濃眉大眼的男士來等她，大家都知道他們已訂婚，就準備在這個暑假結婚。

一天上午，她正在爲我們講唐朝的歷史，校長神色凝重走進教室，在她耳旁一陣低語，顯然發生了甚麼重大事件。我們看她扔下書，垂着淚，焦急地奔出教室……

「各位同學，老師的未婚夫發生車禍，已經送到醫院急救……現在我們繼續來講唐朝的歷史……」校長站在講臺上黯然地說，老師的未婚夫不幸在這場車禍中喪生了。

當她再回到課堂上，我們看她藍色短袖襯衫的袖口佩着一塊黑紗，她還是認眞教學，祇是不常笑，笑起來也淒涼得很。

她教我們一年，第二年我們又換了新老師，小學畢業聯考過後，我與另外一位同學去看她，她親切地招呼我們，還爲我們準備一份點心與冰紅豆湯。她袖口還戴着那塊黑紗。我看到她的小提琴掛在牆上，當她示意要拉一首曲子給我們聽，我的同學就從牆上取下小提琴……

「不，不是那隻小提琴，那是他送我的，他死了，那隻小提琴對我來說就是永遠的紀念，永遠……」她柔聲說，將那隻小提琴又掛回牆上，然後從書架上取出另一隻小提琴，那個下午，她爲我們拉了兩首曲子；一首是貝多芬的，一首是巴哈的。

臨走時，我幽幽地望着牆上那隻小提琴，那裏有一首無聲的、永恆的曲子在四季流轉，在時光中彈唱；那是奧爾菲的手琴，那也是那位失意日本武士手中那根歷盡了悲歡與滄桑的名笛……

我們知道悍勇無比的成吉思汗曾經五度攻打西夏，而屢屢敗退。當一二二七年，成吉思汗又以大兵攻打西夏，西夏國王才遣使者向成吉思汗投降，那時成吉思汗已是武功震世，地球有一半領土歸屬於元朝。

西夏是那些祇有漠野、平沙、牲畜與驍勇善戰的遊牧民族心中一座美麗的城。

西夏的文明在這些野蠻民族心中簡直是太奇妙了，第一次成吉思汗攻打西夏，西夏的城裏彈起豎琴、吹起銅笛、擊着戰鼓……就這樣不戰而屈人之兵，就這樣使成吉思汗的人馬節節敗退……，然後西夏才動用超人的箭術，將進攻的蒙古軍一個個射中……

西夏人以豎琴、銅笛、鼓……當成抵禦敵人大軍的武器。英國作家格林說：「文學是一種逃避。」他認爲寫書、作曲、繪畫……能逃避人類與生俱來的瘋狂、悲哀與恐懼，這句話以一般來解釋，應該是文學、藝術、音樂都具有潛移默化的作用，有提昇性靈的作用。我不知道是否有人願意以文學、藝術、音樂當成一種心理學上治療的工具？如果眞的運用到心理治療是否有特殊的效果？但拜倫與雪萊也曾具有反叛的個性，舒曼晚年在精神上遭遇了很大的磨難，但他們仍不失其爲文學的天才，音樂的巨擘，他們對世界文學音樂的貢獻是精深博大的。

下面有一個小故事，那故事的結局是，音樂是一種治療。

我小學有一位女老師，才四十幾歲，但人看起來很蒼老，她春夏秋冬的衣服總共不超出三套，她的便當有一次不小心被同學打翻了，裏面祇有白飯、醬瓜，與幾片薄薄的豆干……但她國學涵養極高，熟讀史書。

寒假的前一天，我們提早結束課業，離放學還有一段時間，老師就講了下面一個眞實的故事：

「音樂、文學、繪畫……都可以陶冶心性，我祇有一個兒子，小時候還算好，到了少年時期，結交了一些不好的朋友，性格上起了很大的變化，漸漸變成太保型的人物，我先生責備他，甚至動手打過他，我兒子不但沒改好，而且變本加厲，功課一落千丈，漸漸面臨退學的危機……

「我想不出甚麼辦法可以改變我的兒子，有一晚我心煩得很，就打開收音機，正播出一段舒伯特的小夜曲，我聽着聽着，內心就不再煩躁，而且很平靜，我靈機一動，何不讓兒子學一樣樂器，我記得我兒子小時候總是吵着要學小提琴，但因家裏經濟不好，始終沒讓他學，現在開始學也不太晚……

「我將我的意思告訴兒子，兒子最先並不熱中，我主動去幫他買琴、找音樂老師，每星期一次到音樂老師家上課，漸漸的我發現兒子不再與那些不良少年往外跑，他常常留在家裏拉他的小提琴，現在他高中二年級了，文質彬彬，功課也都在中等以上，琴藝更是日日進步，兒子常這麼說，是音樂救了他……

「所以，我希望各位同學在寒假中要做點有意義的事，學學畫畫、音樂，或看幾本有意義的書……這裏我來給大家介紹幾本好書……」

我終於明白爲甚麼老師的便當祇有白飯、醬瓜與幾片薄豆干了，爲甚麼她一年四季祇有三套換洗的衣服，當時一位小學教員的收入很有限，爲了讓孩子學小提琴，老師過的是多麼儉樸的生活。

4

在波昂卡斯街一座古舊的房子裏，有多少滄桑往事一頁一頁映現在樂聖貝多芬眼前——

從母親葬禮回來的心境，

看到母親生前的衣物在市場上販賣的心境。

命運帶來沉痛的打擊，關閉了他聽覺的世界，讓他聽不到風與雨、潺湲水聲與海浪澎湃，聽不到他自己創作至情至聖的樂章……

有一天老師講完課，就講樂聖貝多芬的故事給我們聽。

我帶着這個故事走過我多感的童年，走過少年時光，又帶着它走遍了一鄉又一鄉、一城又一城、一國又一國……後來我斷斷續續又買了許多研究貝多芬的資料與書籍，貝多芬樂曲的唱片……我知道自己對貝多芬的研究與了解要比老師深入而廣博，但我帶在身邊依舊是他講給我聽的那個故事……

我平生受到師長的愛與鼓勵，是無法一一以筆墨來表達，但這位老師除了愛與鼓勵，他對他教過的學生——「我」具有無比的信心。

「孩子，你在老師眼中是位天才，我不會看走眼，你會成爲人上之人，如音樂中的琴笙……」那是我在參加天才兒童比賽取得優等，又在全省兒童作文比賽取得第一名後他感動地對我這麼說。

我從沒有以天才自許，在中國這麼多優秀的人才中，我更不敢奢望成爲音樂中的琴笙，但在文學這個寂寞的象牙塔裏，有時我也看不到一點光明，我曾多少次像位盲人在黑暗中尋尋覓覓，往往就在我感到最黑暗的時期，我的心中又亮起一盞火燭，我看到老師眼中對我的信心與期望，於是我又拖着幾分沉重的步子，繼續在文學這條艱辛的路途上跋涉。

一九八九年十一月一日　臺灣新生報副刊

謫凡記

拉馬丁有一首詩寫天使賽德下凡，愛上塵世的達麗達，他失去他的天堂，但對我們這些活在塵世的人來說，天堂並沒有失落。

1

在星光還依稀可見的清晨，我醒了，我突然有種奇異的想法：「我，也是下凡的一顆星……」這種想法，讓我也懂得珍惜這平凡的人世。

昨夜的冷茶與未讀完的書頁依舊擱在斗室的書桌上，我握着一枝筆，甚麼時候我都稱它爲——一枝碎在水星手指中的筆，因爲我深信筆耕是一種崇高的理想，因爲我心服那位傳說被他的百姓所放逐的國王；波斯詩人奈尙・艾・古斯拉的話：

你的文字是種子，

你的靈魂是農夫，
世界是一座園圃。
農夫辛勤的耕耘，
園地就出產豐富。

午夜的星火殘燼將息，黎明的曙光已透進窗櫺，鳥兒將「啾」字拉得長長的……空氣中是薰透了的草葉香氣，淡淡的流雲勾勒着花朵般的紋縷，天邊宛如一塊混濁的紫水晶。漸漸地，幽暗化成明朗，模糊化成清晰，光緩緩舒展，在一片紫色中點染了輝耀的朱紅，於是，清晨一路灑着陽光的金波，一路向我走來。

光，豐富了大自然色彩的世界，山丘像紫色石南堆砌而成，湖水鑲着五彩的波紋，樹葉蘸着光波層層變幻深淺不同的顏色……因爲早起，我能擁有一段寧靜的時光而感到特別知足。

我擱下筆，去爲家人預備早餐，我知道這頓早餐將會特別豐富。在早餐桌上除了牛奶、咖啡、麵包、奶油、果汁這些歐洲大陸的典型早餐，我們還有一束昨天我買回的「滿天星」，我也要剪下天邊的一朵紫雲，捧住幾滴清露，錄下啾啾鳥語，懷着感謝的心來用這頓早餐。

在凡爾賽通往蒙巴那斯的火車上，我看到一位阿拉伯老人在火車上讀一本法文詩集，他讀得那麼專心，於是，車窗外的景色，車中的人物，似乎都不存在了，似乎都寫進他讀的詩集裏……

讀中世紀阿拉伯波斯詩人的作品，常引起我對「生命」的沉思，他們對生命的探討與哲學觀，試圖以奇光異彩的文字去揭開生命神秘的面紗……是否也影響後來的沙特、詹姆斯・喬艾斯、艾略特、懷特等人？中世紀波斯在政治上受到阿拉伯的入侵，被蒙古人所征服。在一本波斯詩選中有一幅插圖——波斯詩人獻詩圖，圖中一位十三世紀的波斯詩人正將他的長詩獻給蒙古王。政治的動蕩不安並不影響詩歌的創作，中世紀是波斯詩歌的黃金時代。波斯第一位偉大詩人洛達基據說像荷馬一樣是位盲詩人，他是詩歌中之王，他既能歌又精於琴藝，他有一首〈酒歌〉，他形容酒是一把出鞘的偃月刀，在日午陽光下閃爍。是玫瑰露，經過蒸餾而變得清純。是睡神的手掌輕撫過的雙眼……他寫酒，而以酒象徵生命，他歌吟的生命不是螳臂當車，而是堅韌光芒，是經過歷煉的。我最愛他兩句詩：

你可以稱那杯子為雲，

酒是從雲中落下的雨點。

寫詩寫到崇高的襟懷，恬淡的心性，將「至美」鑲嵌在字裏行間，已經是詩中的高手了。

3

當女兒的課程開始介紹法國印象派的畫，他們的老師就決定帶他們參觀 Mus´ee d´orsay，這裏收藏極多印象派大師的畫。他們參觀博物館也歡迎學生家長參加，於是我得以參與這次藝術的盛會。

談到印象派的畫，就會想起自然主義大師左拉寫過的一篇文章，爲當年尚不能在畫壇獲得立足之地的印象派畫師不平的遭遇大筆力書。他當年祇有二十六歲，而這種仗義直言的行爲，卻在文壇留下千古佳話。

他的〈我的沙龍〉一開始就揚言要爲一批孤軍奮鬥，被拒於藝壇沙龍門外的藝術家挺身而出。

左拉以馬內的畫談到印象派畫師擯棄一切現有的知識，前人的經驗，他們是通過細心觀察去攝取藝術的形象，讓畫筆聽從心靈與感官的呼聲……他曾在文中發出呼聲：「馬內將成爲明日的大師！」

經過一個多世紀，印象派大師贏得藝壇的肯定，二十六歲仗義直言的左拉，成爲藝術預言的先知。

印象派繪畫是十九世紀藝術上的創新，印象派大師如迪卡、畢沙荷、塞尙、馬內、莫納、高更、梵谷等人是最早改變色彩學的傳統觀念，他們等於是在視覺網上動了一次手術，將視覺帶到一種新的境界。

就以畢沙荷的「女人、園圃，與歐哈尼春天的陽光」一畫爲例，這幅畫構圖與布局都十分簡單。但一幅簡樸的畫由於印象派畫師擅長運用色彩，與視覺上高度的技巧，而顯得十分清新。如莫納的「喜鵲」是以雪野、冬木與農舍爲背景，襯托這畫中唯一的主角「喜鵲」，看起來是黑與白的構色，但絕對不是單純的黑與白，莫納以一種經過混合與創新的色彩來作畫。畫中縞素的色彩是經過調合與創意的，這幅畫意境很高，但又十分樸素。印象派畫師教給我們一個眞理，他們以繪畫當成自然哲學，又要我們懂得一切知識也來自「視覺」，畫中展現閃爍不定的光，而形象與物的表面就不再那麼重要，色彩的和諧與美，將視覺的知識拓廣了。印象派大師的畫是不易描摹的，它不是單一的顏色，用色成了畫家的秘密。

很多人在迪卡的「苦艾酒」一畫前攝影，這題目 La'bsinthe 一字在法文有兩種意思，一是苦艾酒，一是痛苦，畫中沉寂抑鬱的氣氛從兩位人物的神情刻劃出來，既寫苦艾酒兼寫痛苦，畫來十分傳神。廸卡在一八六八年至一八六九年之間完成的「歌劇院的交響樂隊」，將每一位樂師畫得生動無比。他們各有不同的表情，短笛手的寧靜溫和、提琴手的沉思、黑管笛手的專注……同樣在一八七三年完成的「舞課」，也是一幅描繪人物的動人畫幅。藝術指導特別給孩子們講解馬內的「陽臺」一畫。在法國一本雜誌上也將馬內「陽臺」中的三位人物當成角本，選擇面貌相似的人物，以同樣的陽臺爲背景，穿同樣的服裝，扮同樣的神態，扮得維妙維肖。然後將兩幅攝影形成古與今的對比，喚起人對繪畫藝術的興趣，藝術不再是象牙塔裏的東西，而是屬於每一個人的。

塞尙的「藍瓶」是靜物中傑出的作品，他的「玩紙牌的人」與「咖啡屋中的女人」都有一種古拙、淳樸、敦厚的風格。莫納的「園中仕女」是蛻化的古典，他的「藍水蓮」用的是經過渲染的藍色，藍的光與彩形成整幅畫的主色。不知道這位畫師從那裏獲得運用色彩的靈感？水蓮開在夏季，他是否來自夏日黃昏的靈感？但欣賞畫的人已經看不到原來開在莫納園中的夏季水蓮，它純粹是一幅藝術品了。

梵谷的畫展現是一幅幅天才的手筆，以彎曲線條構成的教堂，教堂背景濃厚紫色的天空，它，不再是古羅馬時代莊嚴典雅的建築物，而是這位寂寞男子內心深處狂熱的宗教信仰。梵谷筆下的紫苜宿田，成了散在空中樸素的陽光花環，一株株彎曲的老樹成了石雕瓷塑的藝術品，他的人物描摹變成他生命熱情的詩篇……沒有人像梵谷，爲了藝術而如此忘我，爲了藝術而走在人類痛苦的心路歷程中。梵谷也像所羅門王寫了歌中之「雅歌」，把自己內心最好的東西獻給了人類。

Renoir 的人物精巧、古典、高雅的趣味與高更充滿了濃厚熱帶的風土人情又是多麼不同的風格！這裏又回到達芬奇的藝術觀念，他不贊成羅馬時代畫家互相摹仿的作風，他認爲這是羅馬藝術一代一代衰頽的原因，畫家若以別人的作品當成圭臬，他的畫就失去價值。相反的，若努力從自然的事物去觀察、學習，就會得到好的成績。以達芬奇的藝術觀念來解釋印象派大師獨具的風格與新的創意，大概是不會錯的。

4

在一片空曠的野地上，我與女兒席地而坐，野地上是馬兒長嘶，是風的細語，馬兒在風中抖散灰白色的鬃毛，風聲並不喧嚣，風有一種特別的語言、特別的智慧，逝去的往事都又重回心頭。風用的字眼是震顫人心的，它的歌聲永遠沒有完……

我是寂寞的歌者，

挨家挨戶我走過……

野地上長滿一種刺莖的菊科植物，開着紫紅色的花，在小溪流的邊岸零零落落着報春花。法國老太太喜愛買花，也喜愛到野地上採些花花草草，當成瓶花來欣賞，有時是一枝紅葉、一束野藍鈴、一枝鳳尾草、一串 digitale……我不愛採摘花草，祇希望它們在野地裏逗留得長久些。一片空曠的野地，也是一幅縮小的天堂，是造物主所賜下的。偶爾在原野上散步的老太太也和我們寒暄，彼此交換一個溫暖的微笑，友誼的眼神。

夕陽逐漸沉落，白日將盡，在星光尚未撚亮天宇之前，野地呈現着黃昏的暗影……緊接着是一身灰袍的僧人，將一卷黃昏的畫軸收起，關起黃昏的門閂，他的僧袍在四野散了開來……天宇的四壁是一片沉寂，黃昏已從田野失蹤，這種刹那短促的變化，讓我感到我站立的這片大地也是以無限的速度，向無限的空間疾駛而去，一襲深沉的哀感襲上心頭……

沒有多久；
星花灑上天宇的四壁，
撚亮了穹蒼，撚亮了四野。
我爲美好的一天而感謝上主，
我的天堂並沒有失落。

一九八九年五月九日　中華副刊

迦南的婚宴

美惠與湘元的婚宴是借布朗家的農莊舉行的，那是六月天，鳥語花香的六月天，可不是六月老伏天，有着灼人的豔陽，飛騰着塵沙與熱浪，讓人心裏煩膩的六月天……寂靜的鄉野，一望無際的綠色草原，牛羊徜徉其間，沒有籬笆的鄉村古屋零零落落散佈在林木深處，鄉村教堂的塔尖高高像座燈塔露出在樹的頂端，布朗家的房子垂滿了常春藤，門前是一片藍色的風鈴草花……

布朗家的母牛全依照法國女人的名字命名，在婚宴開始前，他剛給一頭新生的母牛命名爲——貝亞妮雪。

婚宴的請柬是以優雅老式的文體寫成的，紅色的請柬邊緣上還印了一圈燙金的花邊。請柬是早早就發出的，避免賓客因時間匆促，旁生枝節，無法來赴婚宴。

賓客魚貫入場，善於縫紉、烹飪的蘇西還特別趕工織成一條白色刺繡的桌巾當成禮物，並自願擔任婚宴的主廚。賓客都穿上最體面的衣服來赴盛宴，米歇爾老先生照例抽着他的煙斗，小心翼翼打開煙草匣子，裝滿了煙絲，他生有異相，而且頗有慧根，如披起袈裟，準像位「老道」。吉咪老太太穿了一身紫，連衣上也散發紫色薰衣草香精的味道，詩人黎歐也許多喝了幾杯波多酒，也許這場婚宴格外觸動他的心弦，他多年前已與妻子離異，女兒已是玉樹臨風般的少女，他在婚宴上吟誦自己的詩作，他沉着、喑啞的嗓音隨風囂鳴……

賓客中也有好幾位是湘元、美惠的中國同學，湘元一改往日藝術家的作風，文質彬彬地扮起新郎官。美惠一向儉樸，她雖不是錙銖必較的人，但自小家境清寒，也就養成一種節儉就是美德的生活習慣，從不蹧蹋寸繩片紙。但今天她打扮得華貴非凡，雖不戴着珠翠冠兒，但一襲鑲荷葉邊的長禮服，襯托她纖巧的身段，一串眞珠項鍊配合珍珠耳墜，臉上薄薄的脂粉雖難以掩蓋病後的蒼白，兩頰的腮紅卻增添了幾許顏色。

當一對新人相偕來臨，賓客都報以熱烈的掌聲。

「美惠，妳好嗎？」我坐在美惠身旁，看到她弱不禁風的身影就忍不住問。

「我很好，而且我不想在命運與愛情前讓步……」美惠說話的語氣很堅強，但我聽來格外傷感……

與美惠相知相交不過短短一年間，初認識時，她異鄉孤零，懷着陶潛〈歸去來辭〉的心境，她的歸路不在三徑就荒、松菊猶存的田園，而是臺灣這片國土家園。幾度她忍受不了異鄉寂寞的煎熬，想輟學賦歸，朋友總是勸她，既然出來一趟不容易，還是先將學業告一段落再說，雖然她勉強在異鄉撐下去，但「登東皐以舒嘯」的心情時時流露在言談之中……

不久，她與北京來法國留學的年輕藝術家湘元相識、相愛，日子就變得充實而有意義，無形中也沖淡鄉愁的情緒，湘元給她的來信，一封封她都珍藏着，對她來說，那是另一套「西塞羅書信集」。

美惠身子一向羸弱，臉色特別蒼白，體重也不斷減輕，經湘元力勸，她才到醫院做了全身體檢，竟不幸證實患了癌，在美惠接受治療期間，湘元照顧她無微不至，化學藥物治療常引起噁心嘔吐的反應，更沒有食慾，湘元就爲她烹調營養高，她平日特別喜愛的餐食。逢到美惠實在沒有胃口的時候，湘元就爲她燉鷄湯、肉湯，或以新鮮的蔬菜水果在果菜機裏攪拌，製成果菜汁讓她飲用……湘元自始至終給她鼓勵、支持她，並決定在美惠出院後與她舉行婚禮，湘元這種決定遭到北京父母的反對，但他不顧一切：「我父母是愛我的，總有一天他們會了解我也是爲了愛一位我所愛的女子，才不惜違反他們的意思……」湘元聲淚俱下。

美惠病況已好轉，癌細胞也已獲藥物與鈷六十所控制，在醫生的同意下出院了，祇是以後的發展，誰也無法逆料。但美惠抱着樂觀的態度，湘元也神清氣爽，兩人忙着佈置新家，買家具、添新裝，他們未來的新家仍是設在湘元目前居住的套房，房間雖小，但有廚房、洗手間、浴室，充當小倆口的新家還是挺理想的，法國房東還親自動手粉刷一番，是美惠喜愛的粉紅色，顯得很有喜氣。

粉牆上掛着兩幅畫，一幅是瀟湘水墨圖，一幅則是十分工筆的中國舊宅邸；圖中給人感覺像是投南轉北，轉了一個又一個彎兒，就在胡同裏突然出現石獅子、紅漆大門，進得門來是一道又一道的廂房，廂房的門窗全掛着斑竹簾兒，這兩幅畫全是湘元親筆作品。

「這幅瀟湘水墨圖是畫給美惠的，我是捻土焚香畫地爐，就跟抱佛腳一樣的情況下完成的，畫得實在不好，但美惠喜歡……另外這一幅畫的是我外祖父的宅邸，是依照母親保存的一幀舊照片畫的……」湘元爲我解說這兩幅畫時，美惠則含情脈脈依在他的身旁。

一個暮春下午，美惠和我在湘元房東的院子裏喝茶，欣賞滿園繁花……

「如果人死後會化爲花花草草，妳喜歡化成甚麼？絳珠仙草？水仙花？」美惠突然這麼問我。

「絳珠仙草是林黛玉，水仙是希臘神話的美男子——納雪賽斯，我喜歡特別一點，譬如風鈴草花……」我說。

「我倒想幻化成一株胭脂草，就是聽說古代的婦女用它來點唇的……」美惠幽幽地說。

在一些民俗風物的雜記作品中，我曾讀到有關河北省大興縣東南有一座聚燕臺和它背後那齣悲涼的神話；在聚燕臺附近的村子裏住着一對小兒女——紅兒與小燕，兩人自小一塊長大，情感特別親密，紅兒後遭到父母反對，不准她與小燕來往，她一腔幽怨，就在緞布上繡出一隻又一隻的燕子，她將它送給小燕，當她繡到第一百隻，燕子繡得傳神極了，就跟眞的一模一樣，就在她完成最後一針時，燕子幻化成眞，飛了起來……而不幸的事也跟着發生，小燕被發配到海南，不久就死了，燕子傳來訊息，紅兒聞訊，沉痾不起，死後埋在村子南邊，那兒就是高高的聚燕臺，土丘上生滿了胭脂草（又稱燕支草），婦人就用它來點唇……

每年秋天燕子就回到海南，將紅兒的訊息捎給小燕……

我不知美惠是否讀過這類民俗神話？但我始終沒與她提這個故事，我故意轉了話題，談些風馬牛不相關的事，就爲避免她傷感。

婚宴入鄉隨俗，用的是法式餐點，按法國規矩，先是飯前酒，然後上湯，再來是拿破崙烤鴨上桌……餐桌上排滿了美酒、鮮花、乾酪與水果，每人座席上都有一份今天盛宴的菜單。

「沒有蝸牛大餐，遺憾！」在喝飯前酒時夏朗特故意這麼說，他一說竟引起一場嘩然大笑，原來法國人愛吃蝸牛，就如他們素喜食青蛙一般。從記載尼安德特人的歷史，我讀到他們吃野生的果子、榛子、山毛櫸果、野櫻、野醋栗、野生李、花楸果，也吃菌類植物，還吃一種鄉下人稱之爲「隕星」的念珠藻，當然他們也吃動物，甚至蠑螈、蝸牛、青蛙……後來諾曼地與布內塔尼這些地方還視青蛙與蝸牛爲「美味」。

婚宴在歡樂的氣氛中繼續着，連沙繆葉那樣索然寡味的話題也覺得動聽了，我想到《聖經》上記載的一段故事，在迦南的婚宴上，耶穌基督顯神蹟變水爲酒……我爲美惠與湘元的地久天長獻上祝福，我衷心地祈禱這是另一場「迦南的婚宴」。

一九九一年七月二十二日　中副

大奇蹟與小奇蹟

《聖經》上記載：先知以利亞能以祈禱來行神蹟，他能呼喚求雨，使天降甘霖在乾裂的大地上，也能使雨消失，但就算這樣，在他的時代，苦難還是不斷發生……

大奇蹟可遇而不可求，

生活中到處有溫馨動人的小奇蹟，

祇是我們在世事奔波繁忙中給忽略了。

去年八月間，我們開車到石東湖畔去度假。臨行前一天氣象報告風暴已來臨，許多度假勝地在河湖之畔，潮水高漲，不幸喪生的事件已經發生。朋友來電話，勸我們不要上路，我們也想改變旅行的計畫，但第二天清晨陽光普照，一點也沒風暴的徵兆，所以依照計畫，一清早就出門。

一路上秋高氣爽，法國道路兩旁是遼濶的原野，是寂靜的林地，小鄉小城如德國版畫中的世界……外子幾度停車，檢查機件，他一向小心，沒想到竟疏忽沒將前面的車蓋關緊，就在駛上一處崎嶇山路時，突然風雨大作，車蓋在風暴中掀起，一時我們感到天昏地暗，車子在無光的世界滑出幾尺之遠，而山路兩旁都是懸崖絕壁……

當人在面臨生與死邊緣的一剎那，已經來不及恐懼，女兒還在繼續唱一首法國童謠……像奇蹟似的，車子在幾分鐘內停住了，就安全停在離懸崖絕壁祇有數尺的公路上。這時女兒才好奇睜大了眼睛問發生了甚麼事。外子驚魂甫定，一句話也答不出來。我沒告訴女兒我們曾經徘徊在生與死之間，雖然是短短的幾分鐘。我說：「孩子，就爲平安感謝上主吧！」

女兒繼續唱着她的童謠，

而車窗外危岩獨倚，也是一幅奇景。

2

在古史中我讀到這位克來蒙主教的妻子，在興建教堂期間，由於她想以畫幅來裝飾教堂內部，她就閱讀古代豐功偉業的史蹟，好指點畫師應該在牆壁上畫些怎麼樣的題材……她經常將書擱在膝上；她因年事已高就穿着黑衣服。有一天她在教堂讀書，有位窮人來教堂祈禱，他見了這位主教夫人也以爲她是位窮人，就將一塊麵包擱在她衣兜上……

克萊蒙主教夫人對這份禮物不但不輕視，反而十分珍貴，她每天拿出來祝謝了吃，直到吃完這塊麵包。

這位窮人贈送的一塊麵包在她眼中是樁「奇蹟」——一位過路的人，一位窮苦的路人，竟然會憐憫另一位他眼中的窮人，默默將自己的食物分贈給她，那就是耶穌基督教導人要有「愛」。

弟弟參加大專聯考之前，曾因身體不適到榮總醫院檢查，就在等候門診之前，他還是手不釋卷。他因忘了手錶而向一位年老的榮民問時間；那位榮民就與他聊了起來，臨別時竟脫下手腕上的錶送給弟弟；弟弟不肯接受，他就顯得很不高興。弟弟內心很感動就不再推辭。

弟弟回來告訴我這個故事，我嘖嘖稱奇……這個故事已經過去好多年了，弟弟考上臺大，畢業後又進入美國威斯康辛大學研讀；取得博士學位後，又逐漸在自己本行嶄露頭角，目前是美國東部一所大學的校董；這份成績畢竟是年輕人所羨慕的。

我不知道弟弟是否還保存那位老榮民所贈的那只手錶？我不知道弟弟是否還記得那段贈

錶的故事？但弟弟一直是位有愛心的人……

我想，如果弟弟還保存那位老榮民送他的錶，

那只錶也一定已經朽壞，

但一只錶，一塊麵包，

在上主眼中必定有另一種解釋——

「愛」必不朽壞。

3

法國人的祖先，法蘭克人的歷史曾提到這麼一件奇蹟：在早期高盧時代，匈奴進犯高盧，許多城市付之一炬。當匈奴人來到奧爾良，準備攻下這座城，當時主教亞尼亞奴斯，智慧過人，早已預料到匈奴人會來攻城，所以就先與羅馬帝國大將艾提烏斯取得聯絡……

匈奴人入侵奧爾良，羣眾驚慌失措，流着淚圍着亞尼亞奴斯，亞尼亞奴斯鎮定地領導羣眾祈禱，並要求羣眾三次仰頭向城牆上面觀望；第一次、第二次，援兵都沒到，待第三次祈禱完畢，眼看敵人就要攻下城來；就在此時，英勇的艾提烏斯來了，帶領千軍萬馬擊退敵人的大軍，這座城與百姓也就平安了。

奧爾良這座城得以保全，是法蘭克人歷史上的奇蹟。

今年五月間，午餐過後，女兒班上的老師布格曼先生突然來電話，告訴我女兒跌傷了，我一驚趕到學校，看到女兒小腿全是血迹，正半躺在教室一角哭泣，布格曼一直在安慰她：「不要哭，看媽媽來了……」我上前摟住女兒，看到女兒小腿上三寸長的傷口，心疼得不得了，眼淚再也忍不住了。

「不要擔心，會沒事的，校醫已幫她在傷口止血塗藥，但傷口不算小，最好還是送到醫院……」布格曼轉來安慰我，但他神色凝重，我們都在擔心會不會跌碎了骨？如果傷口不限於肌膚表皮，而傷了腿骨事情就嚴重了，但布格曼忍住沒說……

在救護車上，我默默祈禱，女兒已不再哭泣，祇呻吟着說小腿很痛，並說是因與南妮玩「跳羊」的遊戲，南妮在背後猛推她，她才跌倒……到了醫院急救室，一位年輕貌美的外科女醫生爲她縫補傷口，整整縫了三大針，我木然站在急救室外面，聽到女兒痛苦低泣聲，聽到女外科醫生溫柔鼓勵女兒的談話聲……緊接着女兒又接受骨科X光檢驗，終於證實腿骨安然無恙，毫無跌碎的現象。

「這眞是奇蹟，傷口跌的這麼深，竟然沒有傷到腿骨，你眞是位幸運的小女孩！」美貌年輕的外科女醫生吻了女兒的雙頰，並叮嚀我們一星期後來醫院拆線。

經過這次意外，我眞想勸女兒不要再玩「跳羊」的遊戲，但一想孩子的歡樂童年是那麼短暫，我就忍住沒說……

「媽媽，下次我玩跳羊遊戲一定會特別小心，我絕不讓南妮在背後猛推我……」

在家裏休息了兩天，第三天我扶着女兒上學，校長與布格曼先生都給我最誠意的問候與關懷，而南妮含着淚，怯怯地望着女兒，低低地說：「對不起……對不起……」她默默接過女兒的大書包，背在自己小小的肩上……

4

法蘭克人的歷史談到一樁慘劇：勃良第王族兄弟間的殘殺，那被殘害的家族衹留下一對姐妹沒有蒙難，姐姐當了修女，妹妹機智聰慧，美貌動人，後來就成了克羅威國王的皇后——也卽克勞蒂爾德王后。

克勞蒂爾德王后經常向克羅威王講述造物主的神奇，陽光普照大地，星宿閃爍穹蒼，水中的游魚、地上的走獸、空中的飛禽，蘋果樹上、葡萄藤上綴滿果粒……但克羅威對這些全無動於衷，直到有一天他與亞勒曼尼人作戰，那時他的軍隊傷亡慘重，全軍卽臨潰敗，他就虔誠的祈禱他的百姓能自敵人手中獲救，而奇蹟竟然發生了，克羅威王轉敗爲勝，亞勒曼尼人轉身潛逃……

日常生活中像克羅威王所遇到的奇蹟就如一部傳奇，不祇是不可遇，也不可求……但正如克勞蒂爾德所說的，天與地、大海、陽光、星辰……處處顯示造物主的神奇，翻開大自然這部書：

潮來時的千軍萬馬奔騰，
潮退時的空曠寧靜，
黎明的曙光，
蟄隱的歸鳥，
天宇岑寂的寒星，
山麓水涘的幽麗，
瀲灩的波光……

大自然豐厚無比，也是另一種奇蹟。

5

寫《法蘭克人的歷史》作者，格里戈萊主教的祖先曾經發生這麼一段曲折的故事：

在早年王權時代，有許多元老家族的子弟淪爲奴隸，這些奴隸隨着國與國之間的紛爭，就歸屬於王室領土上的資產，成了新監管人的奴隸，其中有的幸運潛逃回國，有的依然沒有自由之身。

有一位名阿塔魯斯的青年人，也淪爲奴隸，他就是格里戈萊主教的祖先，他爲法蘭克人飼養馬匹，他的叔父是朗格洛的主教，就遣人送禮要贖回侄子，但法蘭克人拒絕了，他說：「這種有名望家族的子弟，非得要十磅金子才能贖回的。」十磅金子在當時顯然是大數目，主教付不出這筆贖金。主教的厨子——利奧就毛遂自薦去救阿塔魯斯，結果失敗了，他就與主教商議了一則妙計，讓主教將他以十二枚金幣賣給法蘭克人。

法蘭克人就問這個新奴隸會做些甚麼活兒，利奧信心十足地說：「我最擅長給王公貴人烹調佳饈，我的烹飪技巧是第一流的，如果你有意請國王來參加盛筵，我會親自主厨這場筵席。」

法蘭克人要試試新厨子的手藝，就邀請親朋筵聚，這時利奧展出驚人手藝，賓客餐後讚不絕口，法蘭克人就重用了利奧，讓他掌管財務。

一年過去了，利奧就與阿塔魯斯在一個深夜裏潛逃回國，在逃亡途中歷盡了驚慌、飢餓……就在絕望之時，他們看到一株掛滿了果實的李樹，找到果腹之糧，才有體力繼續上路……而法蘭克人也追到了，幸好夜色已降臨，他們躲入荆棘叢中才沒被發現……

清亮鐘聲響起，就在逃亡的第四天黎明，他們逃到一位神父家中，神父將他們藏了起來，並給他們食物；當法蘭克人來此追問兩位奴隸的下落，神父就機智避過了法蘭克人，並與主教取得聯絡，將阿塔魯斯安全送回主教家中。

利奧的忠心與機智不但救回阿塔魯斯，從此也恢復自由之身，愉快的與家人在這片土地上生活。但李樹、神父、夜色也在他們逃亡中扮演了奇蹟的角色……

如以懷特小說的觀點去看人生，

人生必需經過苦難，才能大徹大悟，

人性要走過煉獄，才能見到眞純。

以阿塔魯斯來說，他的「自由之身」得來不易，但人生路上雖然坎坷，仍然有利奧的忠心、友愛，還有一些小小的奇蹟……

活在這個時代，我們一直在尋找奇蹟。其實每一個新的日子，都是奇蹟——平安就是「福」。

一九九〇年七月二十日　世界日報副刊

表姐

隔着一扇屏風，屏風畫的是一幅「燃藜圖」，我聽到表姐絮絮叨叨與張大哥在說「典」，先是解《紅樓夢》十二金釵的判詞，說甚麼「霽月難逢」是指晴雯，「停機德」說的是薛寶釵，「詠絮才」就是林黛玉……

表姐在長輩眼中是有佛家所謂的「宿慧」，她出落得冰清玉潔美人模樣，長髮垂肩，水靈靈的大眼，小巧的鼻與唇，膚色是白裏透紅，身段修長……那年她才大一，張大哥比她大了十來歲，是大學的講師，張大哥卻老跟着我們喊「表姐」，張大哥引《紅樓夢》的詞打趣地說：「搖車裏的爺爺，柱拐的孫子，雖然我比你歲數大，山高高不過太陽……」言下之意他是很敬重表姐的。

那時表舅表舅媽一家還沒搬來臺北，表舅是×大的教授，表舅媽精通古詩詞，他們在坐落基隆海邊二層樓的家宅前，掛了一幅古色古香的匾，就叫「秋苑」。

表姐是兩老的掌上明珠，一般貌美有才氣的女孩子都很高傲，表姐卻是又沉靜又謙虛。

二十多年前，臺灣的社會風氣還是比較保守，每逢張大哥來找表姐，表姐總是讓我跟他們在一塊，表姐一點也不嫌我當電燈泡。那時候年輕人也不時興坐咖啡館、逛舞廳，張大哥與表姐不是說那沒完沒了的文學典故，就是到基隆海邊散步……

基隆海港在我記憶中是另一首王爾德的黃色交響樂（Symphong in yellow），唯一不同，構成王爾德渾黃色調是驛馬車在橋面上行駛，引出他筆下黃色的蝴蝶，裝滿黃澄澄麥粒的大駁船是被濃霧的絲巾罩掛着……而我的渾黃色調是來自古老城鄉——基隆，在昏黃的暮晚，一種夕陽與燈影所組合的渾黃色調，多少年後我走過歐洲許多港灣小鎮，就爲尋找這樣一座記憶中的古老城鄉。

當張大哥挽着表姐走在基隆海邊，我總是知趣地遠遠落在他們身後，我覺得張大哥與表姐眞是天生的一對，雖然張大哥比表姐大了十來歲，但表姐沉穩，眉宇間透露早熟的智慧，使表姐看起來比較年長，張大哥肚子裏既是裝了百寶智囊，說起話來也一樣笑語驚四座，他生得俊，活潑外向，看起來比實際年齡小。

二十歲生日那天，表姐將長髮挽了髻盤在頭上，穿了一襲表舅媽年輕時代留下的水紅綾旗袍，美得像位少婦。表姐在穿衣鏡前兜了一圈，那樣子好像她是鳳冠霞帔走在結婚的禮堂，走向紅毯的另一端，她天生酡紅的雙頰，鮮豔像兩朵海棠紅。但我不解，每個女孩子總是儘量裝扮年輕，爲甚麼表姐要將自己扮老了？表姐對我莞爾一笑說：「看樣子我突然年長了十來歲……」她將張大哥的信都收在一個精緻的錦匣裏，一本詞選裏壓着一朵枯花，是與張大哥從學校校園散步撿來的，一張褪了色的照片是張大哥上成功嶺照的，還有張大哥那兒借的書，她總是有意延遲還書的時間，讓那些書伴她縈燈欹枕，度過一個又一個夜晚……

二十歲生日過後不久，表姐突然病了，家人以爲她偶感風寒，那知竟沉疴不起，在病中她將張大哥送她的生日禮物——一個鍍銀的音樂盒擱在枕邊，一再反覆聽那首「少女的祈禱」。張大哥幾度來探望她，她總是談笑自若，還計畫她病好要讀些甚麼書。

也是一個雨港基隆的暮晚時分，夕陽與燈影組合成渾黃色調，表姐要我扶她到窗前看海景，並要我爲她沖杯熱茶，音樂盒裏播出輕巧的「少女的祈禱」，表姐雙頰酡紅的色澤不見了，臉色蒼白得像一床剛換洗的白被單……我忍不住躲在那扇畫着「燃藜圖」的屏風後哭，表姐窺見了，臉上飄過一絲悲傷的神情，在一霎時間，我感到表姐就要離開我們了……

「小瑩，妳知道這屏風畫的『燃藜圖』的故事嗎？」

「不知道……」我故意搖搖頭，其實表舅媽早就將這故事不知說了多少遍，那是勸人勤學的故事……但那個黃昏，表姐與我都有意避開談到悲傷的話題，「燃藜圖」的故事就在表姐微弱的聲音中又重覆了一次：

「劉向在天祿閣夜讀，見一黃衫老人，手執藜杖，叩門而入，老人見劉向在暗中讀書，就吹氣將杖端燃亮，親自傳授絕學，直到曙色方曉才離去，劉向恭問大名，他祇說是太乙之精……」。

茶香銷盡了，茶也冷了，表姐一口也沒喝，她蒼白的雙頰印着在冷風中凝聚的淚痕……

表姐葬禮才結束兩星期，張大哥就來與表舅媽辭行，他將赴美深造，自從表姐辭世後，張大哥就不言不笑了。

「你的年紀也該成家了，若在國外找到志同道合的對象，就不要再猶豫了，結婚時也發張紅帖子給我們，好讓我們都安心……」表舅媽含淚對張大哥諄諄叮嚀。

表舅媽雖不燒丹煉汞卻信佛信得很誠，她相信表姐是生來就有慧根的，她相信一定有位披着褡褳的道人來將表姐接走。

一九九二年二月十八日　臺灣新生報副刊

蕾金

華玆華斯筆下創造了一位採草藥的老人，他懷着樸素而堅定的宗教信仰，像岩石一般堅定不移，他的生命和品格中有一種反生命的元素，因此使他變得更爲完美。

住在我對面公寓五樓的西蒙老太太，她先生生前是位教授，藏書豐富。我因讀到華玆華斯筆下提到一位採草藥的老人，與反生命的元素，心中有些困惑，就打擾了西蒙一個下午，想從她先生的藏書中找到答案。我翻讀一本又一本的書，臨走時，西蒙問我：「找到了答案沒有？」我說：「沒有。」

「這樣吧，如果你不嫌長途跋涉，我可以介紹你一位老太太，她住在夏蒂拉，那是一座美麗的山城。她以前是位文學教授，是我先生的同事，退休後就隱居在高山上，她的藏書很多，也許你可以在她藏書中找到反生命元素這個答案，說不定不在她藏書中，而在她本人……」西蒙露出一個神秘的微笑，她翻開記事本，在一張紙片上記下一個電話號碼與地址，又幫我寫了一封介紹信，署名給一位叫「蕾金」的老太太。

去年秋天我們一家計畫登白朗峰，就決定住在夏蒂拉這座山城。我小心自書架上一本厚厚的法國文學史中取出西蒙爲我寫的介紹信，擱進我旅行皮箱裏。

爲了去見蕾金，我穿了一件妹妹送我的黑白兩色洋裝，衣領上是一幅手工織成白色的花邊，一件白色的薄呢大衣。平日我不大愛穿黑色，但在一位老太太面前，我盡量穿得「嚴肅」，我戴上編織空花的白手套，穿着黑色亮皮的平底鞋，身上祇有黑與白兩種構色。

蕾金住在一座新建公寓的二樓，面對偌大的人工湖，背景則是華茂的山林。她的住處離我住的旅館不遠，祇有十分鐘車程，我按了門鈴，應門是一位穿着玄色衣裙的老太太，她銀髮如霜，神態軒昂。我以「教授」稱呼她，遞上西蒙的介紹信，並將一本巴爾札克的《人間喜劇》送她，她一面打量我的穿着，一面謙虛地說：

「你太客氣了，你這身打扮來拜訪我實在太恭維了，我已經不是教授，我祇是位退休的老太太。」

她的公寓內部是現代化的，小巧、精緻，祇有一間臥房，一間客廳，而到處是書，書佔去大部分的空間，蕾金將沙發上的書移向一旁，才勉強讓出一個空位請我入座。不一會一隻哈巴狗自沙發底下闖了出來，牠似乎也找不到一處空間，就乾脆蹲在一本厚厚的書上。我看着這幢「書屋」，這樣一位女主人，這麼一隻善解人意的小狗，就禁不住莞爾一笑。

「我快要變成扁型人物啦，像珍・奧斯婷筆下的伯特拉姆夫人……」蕾金因我一笑，她的思路轉得眞快，也很幽默。在珍・奧斯婷的《曼斯非爾德莊園》裏的女主人伯特拉姆夫人與她的哈巴狗都被描寫成簡單的，就像紙板一樣，是扁型的，蕾金的典卽出於此處。

「不，您絕不是扁型人物，我們都不是簡單的扁型人物，否則不會在書堆裏自尋煩惱！」我說，蕾金聽了我的話，爽朗地笑了，她這一笑無形地將我們之間的距離拉近了。說笑過後，蕾金就鄭重其事提到西蒙給她打過電話，緊接着，她談起許多理性的知名學者，她含英咀華，一一加以分析。後來她又談到傑納德・溫斯泰萊與費爾汀，我靜靜地聽着，雖然我也讀過溫斯泰萊的論文，費爾汀的許多劇作與他的小說《湯姆・瓊斯》，但這些都不是我要尋求的答案。終於，蕾金的話題開始尖銳地接觸到我的主題，我形容「尖銳」，是因爲蕾金所提的喬治・艾略特的思想深深刺痛我的心。

那是一個煙雨霏霏的五月傍晚，F・W・H邁爾斯與喬治・艾略特在三一學院校園中散步，艾略特談到神、不朽與責任，艾略特認爲「神」是難以想像的，「不朽」是無法置信的，祇有「責任」是不容推辭的，是肯定的……F・W・H邁爾斯這樣形容艾略特：

「可能從來沒有人以那麼冷漠的語氣談到這種無比權威，沒有回報的自然法則，我聆聽着，夜色蒼茫，他那嚴肅的臉對着我，好像黑暗中一張希比爾的臉，冷冷從我手中將兩卷名為希望的卷軸拿走，祇留下最後一卷，讓我面對令人震懾，無可逃避的命運。」

「生命不可能永遠是光芒萬丈的，有時也會添幾筆陰影，但艾略特畢竟太悲觀了，也許我與他的觀點不同，我有宗教信仰，我也相信世間有許多不朽的事物……」蕾金說。

當我感到就像F・W・H邁爾斯，見到是黑暗中一張希比爾的臉，他冷冷將「希望」的卷軸拿走的時刻，突然間，蕾金的話卻讓我自希比爾手中，將那名爲「希望」的卷軸又取了回來，我感到溫馨，我必將不再獨自面對命運的黑暗。

「將茶喝了吧！我們出去走走，午後的陽光這麼好，老逗留在斗室裏多可惜！你的假期還長，想向我借書看，還有的是時間……」我喝了口茶，才知道我們已經聊了很久，因爲茶都冷了。

我們沿着那偌大人工湖的邊岸散步，陽光眞的很好，照得一片湖水更藍，那正是葉賽寧所形容的：陽光沐浴在藍藍的水中，將它的聖帶扔到我的腳邊。我們鍍着一片秋日午後的陽光，就像在這條聖帶的邊緣走過。一刹時，蕾金與我都像僧人，蕾金玄色的衣裙，我白色秋大衣露出一角黑色的裙邊，我們談論又是那嚴肅的人生主題……

第二次我去拜訪蕾金就不再穿得那麼嚴肅，我穿了一件淡黃的襯衫與同色的裙子，繫了一條紅色寬邊的法蘭絨腰帶，白色的便鞋，白色的風衣。我爲蕾金帶了一籃水果，我進門時，蕾金正在厨房裏忙，她親自烤了蛋糕，她說：

「這附近有一處稱爲沓邦東的小山村，那兒有一方面積不大的湖，名爲楓丹湖，你見了一定會喜愛，我們就去那兒走走，也順便將我們的茶點帶走。」我幫蕾金將奶茶裝進熱水瓶裏，擱在野餐籃中。

坐在蕾金的雪特龍車裏，我一路都很擔心，山路崎嶇陡峭，有時依着絕壁，有時面臨深淵，而且山林茂密，光線並不很好，開車又是位已退休的老太太，看她手持方向盤，在彎曲窄小的山道上驅馳，可眞有些令人膽戰心驚！

「我已經有四十年開車的經驗，知識也是經驗的累積，生活更不能缺少經驗，像我活到這種年紀的人，就懂得該怎麼讓自己過得好一點，我說的就是怡然自得……」這時我才留意蕾金，她手持方向盤，不慌不亂。她一身淡綠色的褲裝，脖子上圍着淡綠色的紗巾，比車窗外的「秋色」還要年輕。

到達沓邦東，我們下車步行上斜坡，在半山腰的野地上席地而坐。四周的山峰盡在眼前，有一條山路可以直通到瑞士，兩旁長滿了落葉松，而楓丹湖就在我們腳下……。

「在冬天，這片山野是灰暗而荒涼的，但到了春夏，光禿禿的斷岩殘壁突然長滿了高山植物，於是，一面面斷岩殘壁都是一幅幅畫軸……」蕾金說着，一邊取她的手風琴與颯颯山風合奏一曲。她彈奏的是一首法蘭西民歌，但我覺得她更像一位蘇格蘭的風笛手。

我一直認爲人生的風燭晚年是很淒涼的，在凡爾賽我的鄰居中就有好幾位老年人，有的孤苦零丁，有的病痛纏身，有的獨自面對死亡的恐懼……他們雖與我非親非故，但一想到這些老年人的處境，我就很難過。我到這座山城來的前三天，吉咪老太太在浴室中跌倒，暈了過去，被送進醫院。我臨走之前，遠遠看到她窗前亮起燈光，才知道她已安然歸來……

「有生命就有衰老、病痛、死亡……生命的元素中沒有不朽，懷特認爲人性必須經歷苦難，才能大徹大悟……艾略特看不到神與不朽，衹有看到責任……」我陷於冥想中，不知甚麼時候琴聲已戛然而止，我聽到蕾金的聲音像來自山谷裏的回聲。

「但華玆華斯是以另一種心情去看人生，他愛大自然，他愛那些樸素的人，在歌讚大自然山川景物之美的同時，他驚嘆造物者的神奇，他寫下那些淡遠、寧靜、雋永的詩篇，他也創造這樣一位採藥草的老人，與他所持有反生命的元素……」

「反生命元素其實一點也不深奧，依我個人的解釋；那是來自堅定如磐石的宗教信仰，清澄如湖水一般樸素的心靈，同時也是來自知足快樂的心境……像我，我不知道我生命還剩餘多少日子，但每個日子對我來說都是金礦，我要小心去挖掘，小心去利用它，我讀書，我拉手風琴，我看山看水……」

對凡爾賽那些年老的鄰居，我心懷悲憫，而對蕾金，我心懷敬仰。啊！陽春召我以煙景，大塊假我以文章！蕾金與我們中國古代讀書人的心境相去並不遠。

在我們踏上歸程之前，山巔間的流雲已逐漸染上薄薄的灰色，黃昏幽微的夕陽透過搖晃的樹影，露出倏明倏暗的光影，零落的三兩隻蒼鷺掠空而去……這時有一種深沉的寂靜落在山野間……

假期還長，我還會再去拜訪蕾金，向她借書看，但對「反生命元素」這個名詞，我已不再感到困惑。

一九八九年八月十四日　中副

神匠

對那些辛勤的匠工來說，人生最大目標就是生存，他們歷盡坎坷，備嘗辛酸，他們掙扎奮鬥，爲的是要如何生存。他們，讓我自覺渺小。

修鞋郎中

我稱都馬爲修鞋郎中，因爲他修鞋店標籤上就寫着兩句話：破鞋進門，新鞋出門。他的店祇是兩家店中留下的一道窄窄的通道，其中還裝有修鞋檯，店中又擺滿待修的鞋，如果腰圍粗一點兒的人走進去，還眞擔心走不出來。

都馬四十多歲，粗糙的手因經年辛勤工作而顯得節隆指曲。他沒讀過多少書，十二、三歲就當學徒，學修皮鞋，所以那句佶屈聱牙的辭句——破鞋進門，新鞋出門，都馬自覺寫來頗爲文辭達意。

「在我小時候，讀書算不了甚麼奢侈的事，但我無父無母，孤苦零丁寄養在叔父家，叔父是位鞋匠，他連二十六個字母都弄不清楚，他覺得人生最穩當不是滿腹經綸，而是一技在身。我雖不同意他的觀念，但寄人籬下，最迫切是如何生活下去，所以早早就跟叔父學修皮鞋……」都馬一邊做活一邊說着，他的手藝已到了出神入化的境地，也就是說他靠着一把錐子過活一點也不含糊。

「我當學徒吃盡了苦頭，叔父是位粗人，對我管教很嚴厲，脾氣又暴躁，我學不好，就得挨他一頓訓斥，我經常偷偷哭泣，經常想到我死去的父母……但當我手藝學成了，他就很高興，他就像一位以弟子爲榮的老師父……。

「我當過學徒、助手，反正一輩子脫離不了一把錐子，修了二十幾年皮鞋，我才有這家小店，能在巴黎有一棲身之地，我滿足目前的生活，我很高興我的兒子能受好的教育，他書唸得好，將來想當律師……」

我記得鋼琴家魯賓斯坦曾經說過：「不管好歹我都熱愛生活，沒有任何條件。」

這位修鞋郎中的生活態度也是如此。

木匠維多

從工廠敞開的大門，我就聽到鋸木聲，那聲調有點像磨坊的風車，單調而又軋軋響個不停……毫無疑問的，木匠維多又開始一天的工作，他顴骨很高，看起來很有智慧，看他一雙笨拙的大手，做起活來，卻精緻細巧，他的技藝是臨摹與創作兩者兼備。臨摹也是仿古，現代人喜愛古典的家具與木工藝品，仿古的風尚歷久不衰，維多的生意愈做愈好，但他也會突發奇想，做出十分現代化的家具與木雕刻，專門供應對現代藝術有特別鑑賞眼光的顧客。

維多工作時身旁一定擱着一瓶老酒，他絕不像一般嗜飲的人咕嚕咕嚕一大口一大口喝着烈酒，卻有點像攜壺酌流霞似的淺酌慢飲。說來令人難以置信，維多得過藝術學院的文憑，是專攻美術工藝設計，所以他很自傲地說，他能仿路易時代的風格仿得維妙維肖，幾可亂眞。

「我絕對不是一位藝術家，雖然我也雕刻藝術品，也學習獨立創作，但做一位藝術家就得付出代價，我付不出這個代價，我要生活，爲了生活，我是一位木匠，日出而作，日入而息，我辛勤工作，供應市場的需要，我得到我應得的酬勞……」

「耶穌基督也是一位木匠，這位木匠指示我們生命的眞理。我高興人稱我木匠維多，因爲我不是守在藝術象牙塔裏的人，那種披着無形的冑甲，上面綴滿了斑駁的熱望——那種偉大的人物……」

維多也許不是藝術家。

維多也許不是守在藝術象牙塔裏的人。

維多祇知道辛勤的工作。

「辛勤」二字就是披着無形的冑甲。

而生活本身也綴滿了斑駁的熱望，維多雖渺小，卻在時日中囤積偉大。

李荷與繡

李荷是位年輕的越南女子，一雙明亮的大眼睛，巧克力色的皮膚，是位典型的南國姑娘，看到李荷就令人想起南國的椰樹與海洋……像所有因戰火、因離亂而離鄉背井的越南人，李荷也有一個悲慘的故事……

去年耶誕節我想送一份較別緻的禮物給一位法國朋友，這位朋友是女市議員，對我們一家很好。偶然我走過李荷的製衣坊，我被那一幅幅細巧的刺繡所吸引，有的當成服飾，有的直接繡在披巾上，有的繡在枕套與桌巾上……

走進坊裏，一位年輕的越南女子一邊刺繡，一邊哼着歌兒，她哼的是托馬斯歌劇——meguon 的「可知我故鄉？」

可知我故鄉？

那兒有金橘花盛開，纍纍結果，

那兒微風輕送，鳥歌飛揚，

那兒四季如情人的軟語溫言……

李荷的歌聲音色很美，後來我去她店裏次數多，與她較熟稔，才知她在越南進過音樂班，學過聲樂，而她的刺繡則是她中國華僑母親教給她的。

「我父母都死啦，死得很悲慘，祇有我和弟弟逃過刼難，幸運的來到法國，我自小跟母親學得一手縫衣織繡的手藝，沒想到這份手藝卻讓我在異鄉，養活自己與弟弟。我先是在製衣廠當女工，我的活兒做得又快又好，後來弟弟在中國人經營的超級市場找到工作，兩人存夠錢，租下這家製衣坊，但租金昂貴，我必須不斷工作……」

李荷喜愛繡中國古代的花鳥人物，也許因爲屬於古典中國事物特別吸引洋人，在市場上也較受歡迎。她繡桂花秋月、繡牡丹、繡蘭梅竹菊……再以人物鳥獸爲陪襯，譬如在松風長歌中必有幽人和琴，在牡丹盛開時，也有賞花對吟的人物。當然，她也繡鴛鴦嬉水圖，如落葉般飛馳的野兔、千姿萬態的孔雀、喜鵲棲高枝、鯉魚跳龍門……一針一線紋理分明，濃淡合宜，繡來有韻有致。看到李荷的刺繡就想起母親年輕的時候，她能寫詩又精於刺繡，她繡的《紅樓夢》大觀園的人物，繡得栩栩如生。

「我愛刺繡，也愛聲樂，假如有一天我存夠了錢，不必再爲生活拚命工作，我會考慮進法國音樂學院，我常夢想有一天我能在舞臺上演唱浮弟的歌劇——阿伊達，或蒲西尼的蝴蝶夫人……」

上一次去李荷的製衣坊，爲了女兒班上排演一齣舞劇，需要一件舞衣，李荷連夜趕工幫她製成一件古色古香水荷色織錦緞的舞衣，胸前綉着一株古梅，旁立着一位古典仕女，我們稱它「仕女圖」。女兒這件舞衣贏得無數的讚美……我去製衣坊，是想將這份讚美轉告李荷，遠遠的，我就聽到她柔美的歌聲。

想想李荷那樣的一位姑娘，腰間束着荷包兒，手中一根針穿着五彩繽紛的線，在那一匹匹光滑的緞布上穿刺，那樣的畫面，不也可以繡成一幅圖樣。

瓷匠比爾

第一次我走進古城比爾的店裏，像走進斷瓷殘垣堆中，又似乎是一座大型的罎，遍地是瓷的骨爐。

瓷匠是比爾的自謙，其實他是位懂瓷的專家，又是位瓷的古董商，而他卻以破瓷匠自稱。

「我愛瓷是來自母親的遺傳，外祖父是英國一位爵士，家裏也愛收藏古董字畫，尤其是收集中國古代的瓷器，那是外祖父的傳家之寶。母親是學藝術的，她嫁給一位瓷器商，那就是我父親，母親親自爲那些瓷器設計圖案花紋，她設計的圖案雅俗共賞，很受顧客的喜愛，父親還在這方面發了一點小財，後來母親就將她的手藝傳給我……」

比爾店裏燈光灰黯，四周的牆像石壁，但在這裏，泥沙卽是錙銖，那釘鐺玉石，金銀珠礫來自一雙雙精巧藝術的手。他收藏了幾件中國的古瓷，價格是天文數字，路易時代的古玩，價值也很驚人……那古代的瓷據比爾說大都來自宮廷世家，所以走進比爾店裏，似乎也以可廻想流觴曲水，廊腰漫廻的亭臺樓閣，與簷牙高啄的城郭。

價值太高的古瓷，大都是無人問津的，大多數客人走進比爾的店是以欣賞的眼光來品賞那一套套高價的古瓷。但走進店裏總要買點甚麼，那些構思極爲姸麗、精緻，而價格又極爲便宜的瓷器，就成爲客人購買的對象。一套仿古藍花色調茶壺與六隻小杯，在茶宴上可能極爲出色；一套英國傳統式，細巧小花的高座咖啡壺與咖啡杯，以及點心果盤，擺在客廳的茶几上也頗有貴族氣氛。一些大型的湯盤，看來古樸而不失高雅。就是那些有紀念性的小煙盒、小碟子也都玲瓏剔透，讓人看了喜歡，讓那些千里迢迢的觀光客一手一件帶回去「禮輕人意重」，當禮物送給親友。這就是比爾獨具的生意眼光了。

我流連在一片斷瓷殘垣堆中，看到遍地是瓷的骨燼，也看到泥沙即是錙銖。

一九八九年十二月七日　臺灣新生報副刊

才女

希臘古代抒情詩人 Pindar 說：「時間的門扉開了，美麗的植物看見了芳郁的春天。」而透過時間的門扉，我們看到一個華麗而又典雅，溫柔而又深情的精神世界，它是由一雙雙才女的手所雕塑的世界……

1

古代希臘有位被稱爲第十繆斯（tenth Muse）的，她就是最偉大的女詩人莎孚，繆斯原是司掌文藝的女神，一共有九位，莎孚被稱爲第十繆斯，可知她的詩章瑰麗無比。她不但被稱爲第十繆斯，還被稱爲「歌蕾斯女神之花」（Flower of the Graces），歌蕾斯是希臘神話中司掌美麗優雅的三位女神。

莎孚大約生於西元前六世紀，她的詩留傳下來都是一些斷簡殘編，有些零碎的詩章是被發現寫在埃及的紙草上……我站在巴黎博物館莎孚的雕像前流連駐足，她的側面雕像美如女神，她自己形容「美」是：

甜透的蘋果，
成熟在最高枝頭……

在希臘雅典的落日海灣，在斷垣殘壁的希臘古廟旁，一定還會有人吟唱起莎孚的詩，那些絕美的詩章有的永遠也找不回來了，「失掉莎孚的詩，就是失去人世間最寶貴的財富。」不止是 J.A Symonds 這麼說，世人中讀過莎孚詩的人也會這麼說。

而美國女詩人狄金蓀就被認爲是自莎孚以來最偉大的女詩人，她的詩美在空靈、美在玄學、美在與自然溶爲一體……狄金蓀鏗鏘的詩章已不是人世間的語言，而是綸音天語。每當我讀R・魏爾伯描寫十月波特南楓葉的詩句：

這些葉子不久就將凋落，
卻從沒像今天這般永恆……

就會想到狄金蓀的詩句，就會爲之黯然情傷……

英國詩壇有對兄妹詩人，羅賽蒂兄妹，羅賽蒂的妹妹克麗斯汀娜，與伊麗莎白・白朗寧齊名，同被稱爲英國聞名的女詩人。克麗斯汀娜以《哥布林市場》(*Gablin Market*)，有的作者譯爲《鬼市》一書揚名於世。

左思的〈三都賦〉曾掀起洛陽紙貴的風潮，但少有人知道左思的妹妹左芬也是位才女。晉武帝知道左思的妹妹有文才，以爲必是絕色，就選入後宮，但左芬相貌平凡，得不到晉武帝的寵幸，就在深宮長苑中度過漫漫寂寞的歲月。

她與兄長左思手足情深，經常以詩、以賦互相酬答，左芬雖然不美，但文彩都麗，思想清標，我最偏愛她的一首短詩——〈啄木〉詩：

南山有鳥，自名啄木。
飢則啄木，暮則巢宿。
無干於人，惟志所欲。
性清者榮，性濁者辱。

這隻啄木鳥不就是左芬的化身嗎？讀了這樣的詩句就會覺得造化常常帶着幾分嘲弄的態度，來安排人生的情節，讓這麼一位性情中人，這麼一位機杼之才，隱藏在平庸的外形裏。不過左芬一定另有超然的看法，她安分守己，她就是南山的啄木鳥，追求志節的清標，而不爲俗世所濁染。

左芬是我心儀的才女，也是我爲人處世的典範。

3

談到中國才女就不會忘記李清照、朱淑眞，與因一句「未若柳絮因風起」而流芳千古的謝道蘊，能詩能畫的管夫人……

管夫人一首詞曾被譜爲藝術歌曲，也是大家所喜愛吟詠的，那就是：

你儂我儂，忒煞情多，
情多處，熱似火。
把一塊泥捏一個你，
塑一個我，
將咱兩個一齊打破，用水調和。
再捏一個你，再塑一個我。
我泥中有你，你泥中有我。
我與你生同一個衾，

死同一個槨。

朱淑貞是繼李清照後的女詞學家，她的命運坎坷，遇人不淑，詩詞中含有濃厚的感傷色彩：

滿院落花簾不捲，
斷腸芳草遠。

寫的就是她自己的心境，所以她的詞就名爲《斷腸集》。現代的才女如果遇到重利輕別離的不淑之人，或嘮叨，容易拉長臉孔的丈夫，又是怎樣的斷腸心境？現代的才女必然不寫另一部《斷腸集》，反而像操縱電影鏡頭一般，逐漸將人生的情節，淡化出一個文學的世界。

4

唐朝的上官婉兒、魚玄機、薛濤都是才女，後人愛在這幾位人物身上加上浪漫色彩，可能與她們極爲淒豔的身世有關。

其實上官婉兒對當時的文學有諸多貢獻，她也是當時聞名的女詩人，後來因韋氏案失敗而被殺。魚玄機也因婢女綠翹的死而入獄，她在獄中寫的「明月照幽隙，清風開短襟」的詩句，就讓人覺得詩的作風浪漫而開放。薛濤出自煙花柳巷，是位名妓，她常與元稹互相以詩句切磋，詩才極高。這些女詩人，尤其是上官婉兒與魚玄機，不同於中國歷代那些傳統、溫淑、幽靜才女的典型，而是女性中的異數。

5

現代的詩有人認爲是一種文字遊戲，對這類評議，見仁見智，各人的看法不同，但現代詩是充滿了哲理玄機的，譬如美國現代詩人龐德（Ezra Pound），一九一二年在倫敦就曾與幾位年輕英國詩人提倡「意象主義」，龐德的詩有時被喻爲「天書」，因爲他的詩常引入其他多種語言文字，尤其他對中國古典文學涉獵極多，經常引中國文學的典故，譬如他的〈第四十九詩章〉寫的就是中國的湖山，讀這首詩就如觀賞一幅中國畫幅，其中茅屋、蘆葦、竹林、秋月、沙洲雁、漁燈……甚至中國農工界掘井飲水、耕田吃糧的情景都是詩章的內容……

我們中國古代有兩位才女，一是蘇若蘭，她以五色繽紛絲線所織的〈回文詩〉，也即〈璇璣圖〉。一是作者姓名已失傳的〈盤中詩〉。這兩首詩作盤桓屈曲，連閱讀都是一種玄機，而引起古今文人諸多評議，這兩位才女不但文采絢然，而且心思極巧，慧心慧性。不論是〈璇璣圖〉或〈盤中詩〉都是寫給自己的夫婿，古代女子生活範圍小，情感的對象就是丈夫，這兩位才女對夫婿都一往情深，用盡了心思、巧筆，寫出另一種華茂的文彩，在文彩中也蘊藏自己的思念與情感。

6

法國有一本文學名著《書信選》（*Letrres Choisies*），作者是十七世紀的西維奈夫人（Madame de Sévigne），她從沒夢想自己有一天會在法國文壇上佔一席之地，躋身於不朽文人的行列中，她深愛她的女兒，以一位慈母的心情寫下她的宮廷見聞、崇尚大自然的喜好、對美與文學的觀感……書中沒有一句粗俗鄙夷的話，連對人生負面的評判也是帶着溫和的態度。這部《書信選》不但具有史料的價值，也是很優雅的散文，是可以放心給孩子讀的。

而寫《德意志論》的斯達艾夫人（Madame de Stael），風格就完全不同了，她是她那時代的風雲人物，是她自己沙龍裏的主角，她寫的書對她那時代的社會背景是一粒反抗的種子……

但不論是西維奈夫人或斯達艾夫人，法國文學史始終沒有遺漏對他們生平事蹟的描述，與思想著作的剖析。反觀我們的文學史，許多作者生平不詳，譬如寫〈子夜歌〉又是怎麼樣的一位才女？《唐書・樂志》說〈子夜歌〉是晉曲，「晉有女子，名子夜，造此聲，聲過哀苦。」這就是我所得到關於〈子夜歌〉作者的資料。

我常想關於我們這片土地，這個時代的許多作家，也許也會在文學史上銷聲匿跡，誰會記得這樣繁華的地方，文學創作又如此不被重視的一個時代？

不過任何時代都有傑出的文才，讀到〈子夜歌〉這麼眞摯、自然，而又哀怨的戀詩，我們心中對「子夜」這麼一位才女印象並不模糊。

今日已歡別，
合會在何時？
明燈照空局，
悠然未有期……（〈子夜歌〉）

7

中國歷史上兩位撰史的英才命運都十分悲慘，寫《史記》的司馬遷因李陵案入獄，並受到殘酷的宮刑；寫《漢書》的班固，因竇憲謀反受到誅連，死在牢獄中。班固死的時候《漢書》尚未完成，就由他的妹妹班昭繼續執筆。

班昭以一女流，卻通曉《漢書》中古今知識，在當時不僅女性，就是堂堂男子中也少有她那樣博學的人。而左曹越騎校尉班況的女兒班婕妤也是位才女，她受到漢成帝疏遠寫的〈團扇辭〉，不但代代留傳下來，也成爲大家喜愛引用的典故：

新裂齊紈素，鮮潔如冰雪。
裁為合歡扇，團團似明月。
出入君懷袖，動搖微風發。
常恐秋節至，涼風奪炎熱。
棄捐篋笥中，恩情中道絕。

班婕妤以機上剛割下來的絲裁成的合歡扇形容自己，也隱喻與漢成帝的情濃，但內心常常擔憂秋天一到，秋扇隨着炎夏的消逝，而被拋棄在竹篋中，往日的恩情也中途斷絕了……寫來多麼眞摯自然，讀起來又十分流暢，運用隱喻的筆調在文學上也是屬於一流的手筆。

8

我小時候最崇拜的一位才女是蔡文姬，她是蔡邕的獨生女，蔡邕這位左中郎將博學多才，而又通曉音律，蔡文姬與「焦尾琴」的一段故事，也是音樂史上的佳話。文姬自幼隨父課讀，也精通文史，而且才慧很高，她寫的〈悲憤詩〉、〈胡笳十八拍〉氣勢澎湃有如史詩。

在疾風千里、塵沙飛揚的異鄉，在冰霜凛冽，面對胡人肉酪雖飢而不能餐食的時刻，在感受烽火戰亂百姓流亡，心中的悲憤、苦楚就化成她筆下血淚的文字。〈悲憤詩〉與〈胡笳十八拍〉裏情感的悲淒已不是馬致遠筆下「今日漢宮人，明朝胡地妾。」可比的了。

在文姬歸漢的時候，她與胡人生的二子娓娓訴別，兒子上前抱住母親，母子不忍相離，馬兒踟躕，車不轉轍的場面，令人歔欷，正如她在〈胡笳十八拍〉所寫的：

十六拍兮意茫茫，
我與兒兮各一方，
日東月兮徒相望，
不得相隨空斷腸……

眞是寫盡了流離傷痛，母子深情。

古今中外的才女，與她們生平事蹟要寫是寫不完的，此文所寫的數位才女也祇是在極有限範圍中，屬於個人的一點知性與感性而已。

一九九〇年　中華副刊

秋河月冷

——談張愛玲的小說世界

序言

小說中的背景，其實就是人類精神的背景，能將人類精神的眞髓反映在小說當中，就是其中的高手。擅長寫鄉土故事的小說家——福克納（William Faulkner），就在他的小說中寫出人類精神的眞髓。

威廉・望・奧康奈（William Van O'connor）認爲福克納受詹姆斯・喬艾斯（James Jogce）的影響，在他作品中常有心靈的獨白，表現意識流的手法，以及複合語（Partman-leaucoords）的運用……有的文評家又認爲福克納作品有佛洛依德心理學與現代的哲學的跡象，甚至受到自然主義作家左拉等的影響。我認爲福克納小說的風格是獨特的，多樣的，並不純粹表現生命不是「敍述」，而是一種「印象」，也不完全如佛洛依德表現潛意識的情意結（Complex），雖受左拉自然主義的影響，但並不像自然主義那麼乾脆說明小說的內容是科學，如左拉的《盧貢・馬卡家族》（*Les Rougon-Macquaro*）裏的人物，被限定在遺傳因子的活動範圍，人的命運操縱在「遺傳學」的巨手中。

但福克納、左拉與巴爾札克三人也有其共同點，左拉寫《盧貢・馬卡家族》以五代的大家族爲背景，一部巨著包括一千多個角色，也是二十篇小說構成的巨著。而巴爾札克的《人間喜劇》，也是以他那時代生活背景中許多故事寫成的巨幅著作。福克納的短篇，寫的其實就是他所生活的「鄉土」——密西西比老家長而又長的故事。

「鄉土」才是福克納創作的重心與關鍵，福克納獲得諾貝爾文學獎後，美國總統甘廼廸在白宮設宴，邀請當代藝術家和諾貝爾獎獲獎人，福克納也被邀請，但他以年老體弱，不願長途跋涉而婉拒了，他也不願與其他文人批評家來往，或出席研討會之類。他說：「我不是文人，祇是一位農夫。」他買馬、養騾、打獵……過着紮根於大地的生活，他的作品亦然，表現出鄉土濃郁的特色。

談到張愛玲的小說，尋根溯源，就不得不提起西洋文學巨匠，尤其是詹姆斯・喬艾斯與福克納，特別是福克納，並非張愛玲小說用的是意識流的筆法，她的小說用敍述的筆法也不少，但歸結到她小說的宗旨，人生往往是齷齪的、破碎的，生命並不是渾圓，她如福克納一樣並沒有主張人生的終點，可以啜飲智慧之杯。

張愛玲的小說一再廣泛地受到同時代評論家的重視，她開始創作的年齡極早，才慧極高，她的小說像來自廣遼夜空的一道神秘光芒，迸裂出火花萬丈。

從「愛情」看張愛玲小說

福克納小說中最富有浪漫氣氛要算是〈愛彌麗的玫瑰花〉，福克納說：「現在愛彌麗已加入莊嚴名姓人物的行列中，他們都已安息在環繞着雪松的墓園裏……」除了這段「堂皇」的文字，愛彌麗一生並不堂皇，祇有「死」是堂皇的，這點與張愛玲的看法多麼相像，關於這類價值觀念，容後再加以敍述。

她——愛彌麗遁隱在一幢老舊、佈滿塵埃的古屋中，服侍她的是一位黑人，她埋葬之後，人們設法撬開她的一個房間，屋裏塵灰散漫，那木床上留着一具男子屍體與一綹鐵灰色的長髮——愛彌麗的髮。

福克納又說：「永恆的安息戰勝了愛情的折磨，他所剩下的軀體已在破舊的睡衣下腐化……」福克納仍然相信有份永恆的愛情，寄託在一個腐朽的軀殼中，而張愛玲筆下並沒有

「至情」存在；如〈殷寶灩送花樓會〉中殷寶灩心中的愛人羅潛爲例，橫在殷與羅之間不是羅潛的太太與三個孩子，而是羅潛本身的缺點；殷寶灩幽幽地說：「他就是離了婚，他那樣有神經病的人，怎麼能同他結婚呢？」又如〈年輕的時候〉中的潘汝良，這年輕人喜歡在看書時，握着鉛筆畫出一個臉的側影，他終於遇到他畫中一模一樣的人，在寫實小說家或浪漫主義小說家筆下，這樣的一段情節一定要寫成一篇動人的愛情故事，但作者塑造潘汝良一角讓人讀後，甚至無法勾勒出他的個性，也許張愛玲是以潘汝良說出她自己對「愛情」的看法：「祇有年輕人是自由的，年紀大了便一寸一寸陷入習慣的泥沼裏，不結婚、不生孩子，避免固定的生活也不中用。孤獨的人有他們的泥沼。」持有這種看法，愛情就無足輕重。

如〈留情〉裏張愛玲又說：「生在這世上，沒有一種感情不是千瘡百孔的……」又如〈花凋〉寫川嫦：「川嫦從前有極其豐美的肉體，尤其美的是那一雙華澤的白肩膀……小小鼻峰，薄薄的紅嘴唇，清炯炯的大眼睛，長睫毛，滿臉的『顫抖的靈魂』……」大姐夫介紹川嫦認識了章雲藩，與他相愛，但這段愛情卻被一場癆病所毀了，病後的川嫦「一天天瘦下去，她的臉像骨格子上繃着白緞子，眼睛就是緞子上落了燈花，燒成兩隻尖尖的大洞。」在這種情況下，章雲藩就有了別人……

《紅樓夢》最後雖是鏡花水月一場，在人生與情感方面都來到「空」的禪境，但寶玉與黛玉的感情卻是眞摯的，地久天長的，從仙草與頑石，到幻化人世後的綿綿情長，直到黛玉死後，寶玉出家……雖是以悲劇結束，這份感情是屬於精神的、永恆的，永遠令人感動，而張愛玲的愛情觀與她的人生觀一樣悲觀。在〈花凋〉她又寫着：「……川嫦自己也是這許多可愛的東西之一；人家要她，她便得到她所要的東西。這一切她久已視作她名下的遺產。然而現在，她自己一寸一寸地死去，這可愛的世界也一寸一寸地死去。凡是她目光所及，手指所觸的，立卽死去。她不存在，這些也就不存在。」

「愛情」在川嫦身上也一寸一寸地死去，當人家要她的時候，她也得到她所要的愛情，當她變成這世界的負擔時，愛情早已不存在，這類在張愛玲筆下所表現的「人性」與「現代精神」，比《紅樓夢》要悲觀的多。《紅樓夢》讀後，我們仍然擁有一種古典悲劇的情緒，一種極崇高的情緒，我們啜飮着智慧之杯，讀到禪的哲理，在張愛玲小說中就沒有「智慧之杯」可供你我啜飮。

從「人生」與「人類價值」看張愛玲小說

法國當代小說家米歇爾・吐尼埃（Michel Tournier）對哲學的興趣極濃，他的小說也經常透過哲學的意味，表現出他獨特的風格。讀張愛玲小說，我就會聯想到吐尼埃的小說

〈薇紅尼克的裹屍布〉(Les Suaires de V'eronigue)，這篇小說中的女主角，熱心於追求藝術，喜愛人體攝影，卻活生生犧牲了一個模特兒的生命。

〈金鎖記〉裏寫着：「七巧似睡非睡橫在煙鋪上。三十年來她戴着黃金的枷。她用那沉重的枷角劈殺了幾個人，沒死的也送了半條命。」其實張愛玲的小說不祇七巧一個人戴着黃金的枷，她筆下的角色，往往背荷着生命的枷，那個枷是沉重的，足以扼死人的。那也像〈薇紅尼克的裹屍布〉，表面是華澤光潤的，裏面正在腐朽，所以有人說張愛玲的小說是一片死的世界。

雖然福克納並不主張人生的終點可以啜飲到智慧之杯，福克納在他小說〈八月之光〉中曾說：「他（喬）身上確有一種浮萍似飄泊的形跡，幾乎每座城市都不屬於他，沒有一條街、一堵牆、一寸泥土是他的家……」這也是人類在大地上寄居的心態，人生的終站也是如此，沒有一座城市、一條街、一堵牆、一寸泥土是屬於人類的。但在〈不朽〉(Shall not Perisho) 我們又見到福克納另一種思想的層次，就如其篇名是引自林肯的演講詞，也是淵源自《聖經》的一句話。小說的開端，正在田裏工作的家人接到一封訃聞，他們的家人彼德已在珍珠港戰役中犧牲了，信上說：「有一條戰艦，現在失踪了，你的兒子是艦上的一員。」這家人的悲傷是無可形容的，但彼德的死並不是寂滅，福克納說：「沒有人能告訴我們彼德死在那裏，所以地球到處都可以讓愛彼德的人爲他立碑，彼德無所不在，他是鬥士中的一員，不論是生是死……」，這個短篇寫在第二次世界大戰期間，福克納以〈不朽〉來鼓舞人心士氣，闡揚愛國情操，並道出美國立國的精神——爲維護自由而堅強奮鬥。

彼德的死不是結束，而是一個開端，是人類希望的開端，彼德也是那些爲改造自然環境，熱愛家國英雄中的一員，福克納說：「這些人是永垂不朽的，他們歷盡艱辛、忍耐、奮鬥永不屈服，他們失敗了仍要持續戰鬥，他們字典裏沒有失敗二字……」所以在福克納的小說中我們仍然能夠看到生命的曙光，而張愛玲的小說在人生與生命價值方面都是黑暗的，否定的。

在〈花凋〉裏川嫦的碑上寫着：「……川嫦是一個稀有的美麗的女孩子……十九歲畢業於宏濟女中，二十一歲死於肺病……回憶上的一朵花，永生的玫瑰……安息吧，在愛你的人的心底下。知道你的人沒有一個不愛你的。」但張愛玲立刻接下去說：「全然不是這回事……」川嫦病了兩年，她父親視她爲「拖累」，「現在西藥是甚麼價錢……明兒她死了，我們還過日子不過？」「一天兩隻蘋果，現在是甚麼時世，做老子的一個姨太太都養活不起，她吃蘋果！」

張愛玲又說：「總之，她（川嫦）是個拖累。對於整個世界，她是個拖累。」

川嫦死了，死得並不動人。

但祇有「死」在張愛玲小說中反而是一種「淨化」，〈金鎖記〉裏七巧死之前：「她摸索着腕上的翠玉鐲子，徐徐將那鐲子順着骨瘦如柴的手臂往上推，一直推到腋下。她自己也不能相信她年輕的時候有過滾圓的胳膊。」「七巧挪了挪頭底下的荷葉邊小洋枕，湊上臉去揉擦了一下，那一角的一滴眼淚她就懶怠去揩拭，由它掛在腮上，漸漸自己乾了。」

「死」帶來寧靜，也帶來憐憫，死就不再戴着黃金的枷了，這也許是張愛玲要說的話。而人生，生命的價值是甚麼？是〈華麗緣〉中一場鷺鷥戲，〈沉香屑——第一爐香〉霉綠斑斕的故事，是〈茉莉香片〉傅慶家那一座大宅：「他們初從海上搬來的時候，滿院子花木，沒兩三年的工夫，枯的枯，死的死，砍掉的砍掉，太陽光曬着，滿眼的荒涼。」也是一隻繡在屏風上的鳥：「年深月久了，羽毛暗了、霉了、給蟲蛀了，死也還死在屏風上。」

在張愛玲小說中，生命是一連串有形與無形的磨難，人性又充滿了愚昧無知、齷齪……懷特認爲人生經歷苦難，終有醒悟，張愛玲筆下的人物直到羽毛暗了、霉了、給蟲蛀了，還無法離開悒郁的紫色屏風上，死沒有「醒悟」。

張愛玲小說的藝術手法

福克納的小說受到愛倫・坡、霍桑、詹姆斯・喬艾斯或伊麗莎白時代、詹姆斯一世時代戲劇文學的影響，他的小說有夢魘式的情節，也有思維所得。美國另一小說家路易士（H. S. Lewis）在寫作之前，不像別的作家先選擇一個主題，或以「性格」爲出發點，他是先以一個社會特定的區域爲題，他帶着筆記本去跟他所要描寫的人混雜在一起，搭火車、睡臥舖、在旅館的走道上、在俱樂部裏、在老舊破落的街道上……他留神看着、聽着，細心地做筆記……這也是他寫〈巴比特〉(Bobbitt) 的過程。我不知張愛玲寫作時是否也像路易士一樣做筆記，但就題材的範圍來說，張愛玲也經常選擇一個特定的社會背景來寫她的小說。

無可置疑的，張愛玲是一位很特出的小說家，她像福克納那麼會講故事，早年傅雷曾經在「萬象」上發表〈論張愛玲的小說〉，他認爲〈金鎖記〉是文壇最美的收穫之一，他大爲稱讚張愛玲的寫作技巧。

張愛玲的小說各有主題，如〈茉莉香片〉寫一齣類似精神分裂的傳奇，〈沉香屑——第一爐香〉寫一位女孩子葛薇龍在花花世界沉淪的故事，〈心經〉探討佛洛依德的心理情結，〈金鎖記〉寫中國半新半舊的社會型態，塑造〈七巧〉這樣一位人物。而〈傾城之戀〉是張愛玲小說中較有喜感，趣味性較濃的作品，是近乎傳記體的文學。

張愛玲一定對古典文學有深入的研讀，在〈金鎖記〉裏她用的語言就如《紅樓夢》中的語言，她極爲講究遣詞用句，雖是小說，並不平舖直敍。有時以烘托的筆法寫出心靈的剖白，一個來自內心的動作，她會運用文字如操縱電影的鏡頭，他的文筆有一種悱惻悲涼的風格，也都是經過再三推敲，功力托實而深厚，悱惻的意致纏綿於字裏行間，讓人讀後，回味無窮。

「隔着三十年的辛苦路望回看，再好的月色也不免帶點淒涼。」

「三十年前的月亮早已沉下去，三十年前的人也死了，然而三十年前的故事還沒完——完不了。」

以上節錄的兩段是〈金鎖記〉中極有意味的話，一前一後互相呼應，小說反應人類思想情感的路程，張愛玲已久不寫小說（除了以舊作改寫），如果她再提筆寫小說，她的思想、她的人生態度、她對人類前途的看法是否會有所改變？人生到底是齷齪的、破碎的，還是一個渾圓？是不是人生有朔風囂鳴的時刻，也有風和日麗的晴朗？一位小說家縱然是機杼之才，在「人生」這個大主題之前，也需要更沉穩更深入的思考。

一九九一年　臺灣新生報副刊

零落丹楓霜天裏

——我讀《賽金花》的原著

趙淑俠女士寫的長篇小說《賽金花》，將情感、意念與個人對人生的剖析溶入文字情節中，使這部含有傳記意味的作品脫胎換骨，《賽金花》不再是「傳」，而是經過錘鍊的文學創作。

風格醇厚・鑄辭特異

趙淑俠刻意描寫就是「空曠」與「破敗」，她透過陽光、北風、街道、古董攤、房屋和家具這組文字素描，讀者就獲得一種概念：那人生浮華的夢，最後是來到佛學「苦海無邊，回頭是岸」的地步了。

趙淑俠擅長以「景」來寫「人」，景物的凋零也串演人事的凋零，所有的「景」與「物」也有生命，花兒不是自開自謝，綠葉華蓋，葉落花凋不是純粹大自然的運轉，而是緊緊扣住「人事」這個重要的環節。

「落光了樹葉的枝幹尚未冒出新芽，春天要開的花也還沒打苞，河水看着冷幽幽綠慘慘的，幾艘青瓦紅柱，亮晶的玻璃上描着金色花紋的畫舫，與它的錦繡華麗那麼不調和的，寂寞的傍岸靠着。」

「鑼鼓在吹打，嗚哩哇啦的。說是喜樂，聽着倒像五音不全似在嚎哭……」

以上這兩段文字是寫綠呢大轎擡着金花到洪狀元家的時辰，趙淑俠在描述熱鬧喜慶中，卻很細緻透過「景」與「聲」寫出悲劇的氣氛，在淒美的文字中透露出的依然是「凋敗」。

「時節已進入臘月，北京城下了入冬以來的第一場雪。雪花輕過羽毛，縹縹緲緲在無風的冷空氣裏浮游，天井、屋瓦，彎彎上翹的房簷，月洞門旁邊的兩棵大棗樹，全像剛從漂白的染缸裏撈起，白得不見一絲雜色。祇有廊前的大圓柱子仍然又紅又亮，在漫天漫地的潔白之中，反而更鮮豔搶眼。」

再看這段文字寫來多麼優美流暢，但趙淑俠並不純粹寫景，她以景反映金花緬懷舊友的情緒，以景來刻劃金花內心的感觸，並回憶國外一段美好的時光，華爾德、蘇菲亞、瓦德西夫人等人對她眞誠的友誼，而自己中國人卻是那麼踩她、壓她、賤視她……

漫天漫地的潔白，鮮豔搶眼的紅，一種色澤代表「純淨」，另一種色澤代表「赤誠」，這裏又看到作者以景來反映心理意識的型態，金花對純淨赤誠的友情、愛情十分神往，那不是她生活世界所能擁有的，她生活的世界是勢利而汚濁的，但透過世界——染缸，終於能洗盡世間的浮華，漸漸步入佛學六根清淨的境界，這是作者最後所要表達思想層次的伏筆。

身爲小說家的趙淑俠不但擅長素描，她小說中的對白流暢，人物塑型逼眞，情節中的「衝突」與「危機」構成戲劇性很濃的過程，所以也很受到影劇界人士的推崇。在寫情方面也不落俗，譬如她描寫金花與華爾德的一段情，這段情祇是大主題下的小挿曲，不是小說情節的主線，但寫來淡雅清麗，耐人尋味……

所謂「一段情」也並非悲壯激烈的，祇不過是剎那交會時互放的光芒而已，但「片刻卽是永恆」，這是趙淑俠對感情的看法：

「他們並坐在一根折倒在地的枯樹幹上，遠遠觀望跳舞的人羣。野火仍燒得熾旺，光豔耀目的火苗一陣陣往上竄，寧靜的夜空裏傳來輕曼的樂聲。他們說着。華爾德回憶童年和少年在巴伐利農村中的生活……」

趙淑俠以燃燒野火的光豔來象徵他們相會的光芒，以農村生活的回憶來襯托華爾德純樸的心性，緊接着她又這麼寫着：「『我願意跟你（華爾德）這樣坐到地老天荒，我願意這一刻永遠不要過去。』她（金花）內心裏又在嘶叫。但這一刻終於過去了。野火的光芒在暗淡，歡聚的人在散去，手風琴停止了樂聲，月亮變成透明的奶白色，正在隱入雲層裏。」

野火光芒已熄，
風琴聲停了，
月兒也不見了，
終於來到「曲終人散」的一刻，
愛人並沒有一起坐到地老天荒……

在慕尼黑到柏林的特快車上，金花回憶這段「純情」並不黯然神傷，像一般通俗小說那樣的描寫，而是感到因這樣純潔的一位年輕人，他透明像水一樣的純情，洗淨她平生的「屈辱」。金花默認自己的命運，她和華爾德沒有未來：「未來卽是終點，就像這串奔跑的列車一樣。」趙淑俠寫來眞摯動人。

闡揚宗教的「慈悲」

趙淑俠的思想傾向是比較接近老莊的，但她不純粹表達「人世」就是「空」這樣的哲理，她擁有宗教的慈悲心腸，引《賽金花》下册最後一段對白：

有人問賽金花：「『那些人曾經欺侮過妳的人，妳不恨他們嗎？』

『恨？也不必了。那些給過我痛苦的人，我原諒他，幫助過我，給過我快樂的人，我謝謝他……』他說着又頓住了，半張着形狀優美的嘴唇微微抖動，凹下去的眼窩裏被水樣的東西浸着，亮晶晶的。

『為人在世原是如此的，眼望天國，身居地獄，這樣的苦苦掙扎便是……唔……便是一生啊！』聲音裏含着那樣多的苦澀，和深深的慨嘆。」

趙淑俠以宗教寬恕的心情，以佛學爲思想的基礎，來結束這部長達七百一十七頁的小說，「賽金花」在世俗的眼中是不道德的，但她不依照以前戲曲野史對「賽金花」反面的描寫，她讓讀者以自己的看法，以自己的良心去對這樣一位「菩薩不保佑，天地不容納，父母推出門，任人蹧蹋的苦命人」給予更公平的批判。歸結「命運」這個主題，趙淑俠筆下的賽金花就不祇是一位傳奇人物，她是活在宿命悲劇中的一位女子。

一九九一年八月九日　中華副刊

千秋業

鏡子反映出白髮紅顏，反映出衆生的形象，但一面鏡子卻無法對內心蘊藏的奇珍映現在眼前，祇有經過千錘百鍊的作品，它就是一面無形的鏡子，反映人類思想的眞髓。

屈原一生追懷古代賢士彭咸的遺風，俯仰之間無愧於古今。葉賽寧在燃燒白樺的光焰中，懷念他的祖國，寫出沉邃的鄉頌。透過王維的《輞川集》，我們接觸到大自然的聲音形象，空山鳥語、湖上輕舸、四面八方拂來清風薄靄……山僧浣女、高人隱士、鄉野牧童都是他詩中的主角。而有井水的地方就要歌詠柳永的詞……

在文學磅礴的宇宙中，吳苑宮闈，廣陵臺殿也許都成了斷垣殘壁，但今夕的月仍是采石磯的月，今夕的水仍是汨羅江的水，祇因爲文章千古而不朽。

繆塞寫第一齣戲時，用的是散文體，演出十分失敗，但他仍不放棄戲劇創作，他追求的是甚麼？那個文學世界眞是那麼引人入勝？那裏眞的有四季不凋的花朵？那裏佳木美樹，泉香酒冽?每位從事文學工作的人必然也曾經歷一個迥然不同的世界，那裏冰雪沒徑、天寒苦凍，那裏山寂寞、鳥無聲……

有兩篇古文，讓我聯想起一位從事文學工作者的辛酸與艱辛，一是陶潛的〈五柳先生傳〉，一是韓愈的〈雜說〉，雖然這兩篇文章風格不同，前者的耿介，後者的諷諭，這兩篇文章不但風格迥異，也與文學無關。韓愈的〈雜說〉談到世上先有伯樂，才有千里馬，因爲世間少有伯樂這樣的人，所以雖常有千里馬，因無伯樂的「知遇」，千里馬就駢死於槽櫪之間，日子一久，就不以「千里馬」稱之。

在英國文學史上有位少年夏特頓，他仿古寫成了《柔黎詩草》，卻僞稱是在一古敎堂裏發現的，是一名爲「柔黎修士」所寫的，他十八歲貧病服毒而死，世人才解開這個文壇的「謎」，而無限哀悼這位少年天才。夏特頓就如韓愈筆下的千里馬，而茫茫人海中誰又是伯樂?至於陶潛筆下的五柳先生，短褐穿結，簞瓢屢空，而銜觴賦詩，以樂其志，那種超我的境界，就不是年輕的夏特頓所能體悟的，那已經在人世上有相當的閱歷與修養。

莊子的〈逍遙遊〉說到有一株椿樹，以八千歲爲春，八千歲爲秋，而蟪蛄春生夏死，夏生秋死……若以文學與莊子深而博的思想相提並論，從事文學工作就是經營一份千秋大業，那是一株椿樹，與宇宙長青，那是遠超越於世俗的生命——蟪蛄之上。

經營這份千秋大業就非得有鍥而不捨的精神不可，巴爾札克每日寫作時間極長，連睡眠的時間也儘量縮短，《人間喜劇》就在這種情況下完成的。三十年的寫作生涯，直到五十一歲腦溢血死於巴黎寓所，他還在構思創作他的小說。史谷脫（Sir Walter Scolt）也是抱着這樣的寫作精神，他祖先是蘇格蘭貴族，他的名字就冠上男爵（Sir）的稱呼，少年時代就能將〈史賓賽仙后〉與其他古篇，連篇累帙背誦。他寫〈拿破崙傳〉篇幅冗長，影響他的健康，〈皇家獵宮〉也是在痛苦遭遇與不佳的健康情況下完成的卷帙浩繁的巨著。

在建安時代，中國文學史卻來到一個光輝絢燦的時代。一般以爲當時中國的文學開始於沈約，事實上在沈約之前曹家父子，與建安諸子，已經將民間流傳散漫拙樸的文學風格，引到一個工整、雕塑與奇麗的時代。曹家父子，曹操、曹丕、曹植都是詞彩高曠的人物，曹操〈短歌行〉：「對酒當歌，人生幾何，譬如朝露，去日苦多……」膾炙人口，老少都能背誦。他的〈苦寒竹〉更是得力之著，當我們讀到他的「樹木何蕭瑟，北風聲正悲……」那樣自然的句子卻流露一種回風颯颯，鴛馬悲鳴的逸致，這種「逸致」就形成他獨特的風格。而曹丕的〈典論〉、〈論文〉都有高人一等的見解。

曹植更是機杼之才，這位鍾嶸形容他的文章是人倫中的周孔，鱗羽中的龍鳳的建安才子，他的詞采字字珠璣，字裏行間流露感人的摯情，如他的〈七哀〉，他的〈贈丁儀〉讀後令人欷歔。

在我們評論文學作品的時候，經常以工於雕琢爲病，主張樸實自然，但思想是要經過淨化，才能見到眞純，文字也是一樣，是需要經過潤筆。建安時代講究雕琢，講究詞彩，讓我們讀到另一種不同風格的文學。西洋古典戲劇講求 The Three Unities（古典戲劇嚴格的三一律），與西洋古詩講求 rimed couplets（古詩中的兩行一韻），也一樣寫成偉大的戲劇，偉大的詩篇。

我們中國文學史不將一位作家比喻爲一個時代，譬如莎士比亞、亞歷山大、波溥……，在英國文學史上被稱爲「莎士比亞時代」或「波溥時代」……喬索、達萊鄧、約翰生等人也都被稱爲一個時代，那是作家何等的殊榮！我們的李杜，雖不被稱爲李白或杜甫的時代，而：

太白的飄逸，子美的沉鬱。
太白的金樽對月，子美的殘杯冷炙。
太白的激昂豪歌，子美的潛隱悲辛。
太白的淋漓大筆，子美的藝術造境……
詩聖，詩仙將盛唐的詩歌推展到登峯造極。

每次我逛書店，經常看到紀德的作品被束之高閣，在紀德早期作品《地糧》就顯示他沉邃的思想。一般讀者祇想以書籍來消磨時間，就將思想性的讀物視爲畏途，但研究文學的人對紀德與普魯斯特（Marcel Proust）的作品還是很珍惜的，在普魯斯特《尋找逝去的時光》，也讀到紀德小說中引人深思的理念。當然，紀德深受尼采、王爾德與杜斯陀也夫斯基的影響，與普魯斯特小說的風格也不盡相同。但大仲馬、喬治桑、雨果、巴爾札克、左拉、福樓拜等人的作品在巴黎各大書店的銷售量是歷久不衰的。

愛倫坡這位美國詩壇怪傑是否也將寫作看成千秋大業？或許他的小說、他的詩，甚至他的一生都籠罩在一種幽暗、象徵與不可知命運的神秘氛圍中，那優美淒鏘的韻腳中卻有東方古老魔法的色彩。

朗費羅（H.W. Longfollow）的風格顯然要雋峭穩健得多，他十三歲開始寫詩，十五歲就表現語言與文字的天分，他到歐洲唸書，遊歷北歐，很精細去研究他們的文學，很顯然的，朗費羅是將寫作看成千秋大業，他寫詩，他翻譯但丁的〈神曲〉，他在文壇享有盛名與地位也證實了這一點。當年歌德還不被美國接受與肯定，朗費羅當時任教哈佛大學，挺身而出推崇歌德，成爲文壇上一段史語。

「愛情」在千秋業中是否也佔一席之地？英國女詩人伊麗莎白與白朗寧夫婦間曾有一段

極爲感人的戀史，白朗寧是英國詩壇上的彗星，他的聲名與丁尼生一般響亮。而伊麗莎白是自學成功的女詩人，自小就熟讀希臘史詩，十三歲也寫成詠希臘的馬拉松史詩，由父親爲她出版。她愛希臘史詩，剛開始祇讀譯本，後來苦學希臘文，並嘗試翻譯希臘悲劇與詩篇，除了希臘文也學拉丁文，她的好學不倦完全基於她對文學的潛心鑽研與興趣。十五歲自馬上跌落，傷了脊椎骨，從此纏綿病榻，活在命運的陰影中，任年華的光澤日日消褪，直到她認識白朗寧，得到他的鼓勵，才衝破悲哀的環境，燃起生的意志。

比起伊麗莎白，狄金蓀（美國女詩人）所得到的感情祇如一顆殞落的流星，匆匆而來，匆匆而逝，沉默而短暫。但就以文學千秋永世的大宇宙看來，甚麼又是「得」？甚麼又是「失」？對狄金蓀來說，一刹時的火花卻留下千秋永世的光華。在現實生活中，她遽忍一腔沉哀，度過長年清寂的歲華，但她的詩篇卻丰采無比。伊麗莎白被喻爲英國偉大的女詩人，狄金蓀卻超越了國籍，被喻爲自莎孚以來最偉大的女詩人。伊麗莎白文采清麗、溫婉，狄金蓀文采淒鏘，充滿了玄學的美，將「詩」帶入永恆的化境。

「得」與「失」有時是難以分別的，每當人類面對一種無可彌補的創傷，一種情感上的傷痕，那種悲傷深深震撼人類的內心，眼看着生命中的「奇珍」已經永遠失落，但就在那一刹那，上主又賜下補償；那就是狄金蓀詩中「殉美」的境界，上主對狄金蓀的補償就是

「詩」。

每當面對大自然的景觀，如在一片廣茫無際的大海邊岸，看飛濤撲岸，海天之間的飛鳥。如在夜的穹蒼看到流星掠過天邊，倏忽而逝……看到山峯的鵠立，三生古木或湍流擊石，或聽一片松濤，浪花的嘯吟……常常引起我的深思：在大自然季節的歷史長河，我原祇是扮演一個極小的角色，祇是一介過河小卒子。「生命」原是稍縱卽逝，就是以華壁巨宅爲生命的厚殼，也一樣支離破碎，而我是那麼肯定，有某種東西必將自生命的軀殼中脫穎而出，那是智慧與情感熔爲一爐的精神世界——千錘百鍊的文學作品。

後記：

有感於「歐洲華文作家協會」與「世界華文作家協會歐洲分會」會長趙淑俠女士，諄諄善言，鼓勵全體會員創作的熱忱，特撰此文與「歐協」會員，以及所有已走在文學創作這條路上，或將以寫作爲終生理想的學子共勉勵。

一九九一年六月八日　臺灣新生報副刊

萬象紛呈

當我長途跋涉來到莎樹堡——「巴爾札克博物館」，面對這幢中世紀的建築，我默立門前，肅然起敬。

法國文學巨匠巴爾札克說：「寫一系列人間喜劇，對我來說原是一場好夢，也是我所憧憬而沒有實現的夢想，祇好讓它如煙雲般消逝……」但寫一系列「人間喜劇」的念頭一直纏擾着巴爾札克，一般成功小說家筆下所塑造人物典型都極爲有限，巴爾札克卻野心勃勃，他要讓他親自經歷拿破崙時代、波彭王朝、七月王朝……的人物，以及他所熟悉中下層階級的人物——世間形形色色的人物，來串演他筆下這齣「人間喜劇」，他深受但丁《神曲》的影響，將《人間喜劇》比喻爲神的喜劇；一如但丁的作品《神曲》。

在法國文學史上，史坦達爾、巴爾札克、梅里美等人是代表了另一個時代——寫實的時代。在十八世紀的法國文壇，一種舊有傳統古典的時代逐漸宣告結束，英國拜倫似的浪漫氣質，擺脫嚴肅的古風，與仿古的習俗，逐漸盛行於法國文壇，浪漫主義的作家儘量發揮筆下的文采，不但不受古典戲劇三一律的影響，在思想與創作的範疇，字彙的運用也擺脫了古典主義的約束，拉馬丁、維尼、夏都伯里昂、雨果、繆塞、大仲馬、喬治桑等人都是浪漫主義的代表作家。而史坦達爾與巴爾札克同樣曾經接受浪漫主義思潮的洗禮，但他們的天才與風格已逐漸走向寫實作風。

我來到法國歐爾河莎樹這座小鄉城是下午一時半，博物館則是下午二時才開門，但門前已停了不少車輛，那些衣冠楚楚的紳士淑女都是等着參觀這位文學巨匠生前曾在此創作「人間喜劇」的地點。

沒有洶湧的人潮，一位位來自世界各地的紳士淑女臉上都有一種優雅的神情、斯文的氣質，沒有人因爲「等」而脾氣火躁，雖然此時正是陽光炙暖繁花的夏日。一位文學巨匠的精神依舊在他死後一百三十九年的一個夏日午後影響我們這些「人間過客」，因爲懷着共同的心情——景仰巴爾札克，就在陌生人與陌生人之間搭起一座橋，一座溫馨友善的橋，大家排隊買票的時候也顯得特別親切與禮讓。

進入莎樹堡樓下會客室，依舊保留着一八三〇年代的典型氣氛，寬敞的起居室。據說巴爾札克經常朗誦他的小說，他也在此構思他小說中的角色，揣摩他們的個性……二樓收集了許多巴爾札克與他家人、朋友的畫像，臥室則還是當年他拜訪莎樹堡時的情景，在臥室靠近窗口有張小桌子，他的許多偉大的作品都在這張小桌子上完成。緊靠臥室的房中展出當代畫家爲巴爾札克與他同時代作家所畫的「速寫」，最後一間展覽室陳列有關巴爾札克著作的文件，以及他「人間喜劇」裏面形形色色人物的素描，這些原是小說家筆下虛構的人物，卻生動地活在書中與畫中。

巴爾札克的作品曾經廣泛地被譯成各國文字，在莎樹堡也展出世界各國《人間喜劇》的譯本……走出博物館，一位年輕的園丁一邊修剪花木，一邊與我談起，他說莎樹堡現在已不屬於私人財產，而是國家博物館。

「巴爾札克經常拜訪莎樹堡，經常在這裏寫作，現在莎樹堡是屬於國家的，我們這裏的幾位工作人員也是國家所雇用的，但莎樹堡原先主人就住在隔壁，是她祖先將莎樹堡捐給國家……」園丁指着緊鄰莎樹堡一座繁花似錦的鄉村住宅說。想到捐獻這樣一份產業給國家，是多麼寬廣無私的胸懷，而法國當局懂得珍惜文學界的天才，將它改成巴爾札克博物館，又是多麼富有意義的一樁盛舉！

我徘徊在莎樹堡的林園中，園中的古松寫出一份蒼勁之色，庭花景然，這片林園緊連着岑寂的四野，當巴爾札克自小木桌窗前向外望，他見到了他〈幽谷百合〉中的場景，他也見到他小說中那些囊括天地間的人物。夏日裏濃綠的葉蔭是一座天棚，從窗口俯眺，春日葉末枝柯間有知更在營巢……秋天谷地間響起秋風的號角，那是來自中世紀的樂曲——但丁的《神曲》，在遠隔人間擾攘喧囂的莎樹堡，巴爾札克構思了另一部包羅萬象的神曲；神的喜劇，承繼了但丁的思想，加入新的意念，新的時代背景與人物造型。因此，人世間冬日的灰黯，翻山越谷的朔風，不再讓他感到是一種磨難，他懷着感恩的心情；他從紛雜的思緒中理出一系列的清晰明朗的思路，開始寫《人間喜劇》。他忍受世人的攻擊謾罵與一連串的筆墨官司，因爲他心中也像但丁，認爲自己也是黎明的先驅，是預言白晝來臨的使者，他感激當代肝膽相照的友人，支持他的寫作生涯。

巴爾札克很自豪地說：「描寫一個時代兩三千名人物形象的特色並不容易，這就是這一代人物呈現的典型，也是囊括『人間喜劇』典型的總和。」如〈光榮與失望〉巴爾札克描寫了一位精明的商人，「他」是巴黎那時代的一位典型人物，雖然生活在新時代，依舊像法國生物解剖學家兼自然史學家屈衞艾考古時所掘出遠古時代的生物一樣：「他朝着聖特尼街四周的商店，就像遠遊歸來的旅客，在勞亞福爾港口下船，再度看到法國一般……」「他綠色小眼像用鑽子鑽得凹了進去，頭顱像犂過田地，前額的皺紋如衣服上的摺痕一樣多……」巴爾札克寫來極含有諷刺的意味。又如〈莫黛斯德・彌麗歐〉裏寫「比查」一角，對他女主人懷着忠誠而又絕望的感情，刻劃得絲絲入扣，比查貌不驚人，頭腦卻是足智多謀，巴爾札克描寫這位人物妙趣橫生，可與莫里哀筆下的史卡賓並美。在〈堂兄──朋〉他藉一位可憐古董商人潦倒、寄人籬下，來寫出世態的炎涼，並諷刺社會的現實──〈錢包〉的開端，巴爾札克說：「中世紀的畫家、雕塑家將兩位虔敬的信徒安置在一位美麗的女聖徒身旁，他們儘量讓三個人如同手足一般相像……」他在這齣「人間喜劇」中，塑造一位女聖徒，她是沒落家族的後代，雖然貧窮卻是品格高尚，「她」，某一種姿態，與迴蕩在記憶中悅人的聲音驀然再現，如水底的沉物再度漂浮水面。

讀過巴爾札克的作品，再觀覽莎樹堡所展出「人間喜劇」的人物素描，更令人回味，如〈錢包〉中的阿黛拉伊德，畫的就如巴爾札克所描寫的「纖弱嬝娜，窈窕動人，服飾樸素整潔……」，其外如「楓丹納」的貴族造型，莫黛斯德的風姿綽約，比查的活靈活現……毫無疑問，巴爾札克與他筆下這些虛構的人物同寢同息，「他們」一再擾亂他的思維，在一片幽谷中，他筆下的「百合」出現了，那是一位風華絕代的女主人，而〈幽谷百合〉的故事也正展開它的序幕……在另一個小說單元中，他又藉彼魯都兄弟的悲劇寫出人類的悲劇。掘墓女人、鄉村醫生教士、政治人物、軍隊中的寫實都是他的題材，〈高老頭〉一角就有莎士比亞〈李爾王〉的影像，許多法國人說〈高老頭〉是巴爾札克最好的作品。

巴爾札克跟着他的人物受苦受難，跟着那些浩繁的人物浩繁的情節翻沉起落，有時忍辱偷生，有時堅毅不拔，有時在黑暗中摸索，有時苦盡甘來，有時是圓滿的結局，有時發出悲哀的興嘆。左拉曾經很嚴肅、很敬佩地談到巴爾札克，他說：「在巴爾札克那些眞實、動人的人物造型之前，古希臘羅馬人物就顯得毫無活力，而又蒼白，中古世紀的人物像鉛製的玩具兵卒一樣，仆倒不起。」

在〈莫黛斯德・彌麗歐〉這齣「人間喜劇」原有那麼一段眞實故事，那是巴爾札克與韓斯卡伯爵夫人之間的故事，巴爾札克在聖彼德堡遇到韓斯卡夫人，她是一位波蘭貴族，她曾經寫過一部小說，敍述一位少女與一位名作家的愛情，稿子寫完後，她怕遭世人嘲笑而付之一炬，巴爾札克深受感動，就以她原來的故事題材寫成書信體的〈莫黛斯德・彌麗歐〉。並以此書獻給一位波蘭女子，他在書前寫着：「你的愛，你的想像力、誠懇、經驗、憂悱，希望與憧憬，是這部小說的經與緯……」這位波蘭女子當然是韓斯卡夫人，他們相愛了十五年後才結婚。

巴爾札克出生於都爾城，這座城原是王朝的溯源地，人文萃集，但巴爾札克出身清苦的家庭，自幼就愛上文學，他一生都在債務的壓力下過日子，二十三歲開始創作，他將寫作生涯視爲馬拉松長跑，經常晚上十時入睡，凌晨三時卽起床開始寫作，一天平均寫作十四、五小時，他的歲華，他的健康，就在長期的寫作生涯中逐漸消耗殆盡了。一位被稱爲文學巨匠的人物畢竟是嘔心瀝血所換來的，生命的光華燃燒成紙上的永恆。

一八五〇年八月二十日，巴爾札克因數十年艱苦創作生涯，已積勞成疾，終因腦溢血而死於巴黎寓所，死前他還在振筆力書他的小說，就如生前一樣，「精於藝，死於藝」，他死時祇有五十一歲，上主並沒依照當代出版商所祈禱的意思給他長壽，因爲出版商一談到巴爾札克就會說：「願主賜給他長壽！」但上主給了巴爾札克永垂不朽的文名。

我默然站在偉大雕塑家羅丹爲巴爾札克所塑造的人像前，他；肥胖的身軀，碩大的頭顱，赤身露體；但我內心充滿了嚴肅的敬意，他體內裝滿了寫作細胞，他的身軀就是一座巨廈；這也許就是羅丹所要表達的。

我又再次從他生前寫作的小木桌窗口向外望，屬於人世間冬日的灰黯，翻山越谷的朔風早已不再讓巴爾札克感到磨難，雖然他一生都在經商破產、負債掙扎中度過，他對上主依然滿懷感恩，因爲他寫了《人間喜劇》。

一九九一年二月十四日　中華副刊

鏡與人生

晨光透露出橘瑰色的輝彩。

春天的聲音已經將厚厚的積冰敲碎了。

阿爾卑斯山滿山遍野是芳蘚橫翠，我自窗前的一座描金古鏡中看到春事如許——

春天原是青蕪的季節，不是關山斷雁，聲聲引人哀思；也不是流階霜月，縱橫着悱惻的秋情。春天原是美好的。沒有衰紅敗翠，寫盡了凋殘零落之意。但因映在這一座描金古鏡中，讓我看到鏡花水月一般的空幻，等到窗前落葉飛紅，霜飄風嘯的季節一到，映在鏡中的景象就更淒涼了。

鏡中的景象並不久留，

生命也像悠悠逝水。

透過一座描金古鏡，我看到一個悱惻的世界，也看到一個更溫柔、更寬容的世界。

一九九〇年四月八日　世界日報副刊

省思小語㈠

沒有人在立志之初想學螢火蟲。

當一位典型的英國紳士，清晨或傍晚走向田疇，他會脫帽向太陽致敬，向月亮問安，如果他見到螢火蟲，他一定把帽子朝下緊緊按着，唐突的、蔑視地走過去。

畢竟，螢火蟲的光芒太微弱了。

可是當夜色降臨林中，月光是照不到濃密的林中小徑，這時螢火蟲就點起一盞盞小燈，照亮了遲歸的林鳥……

我想，這世界上總有一些渺小、不被重視的人，卻在某一種特別的情況下，微妙的發揮他們的光芒，於是，讓這世界顯得更爲完美。

* * *

在精神世界，我們不是僕從，

我們是自己的主人，如果要讓這座精神殿堂燭火輝煌，那點燃火燭就是「我」。

羅曼・羅蘭說，我們人類存在就爲傳播「它」的光明，捍衞它的光明，我們要勇敢地在暴風雨的黑夜中，指出那顆北斗星……

甚麼是羅曼・羅蘭的北斗星？那就是「眞理」——自由的，沒有止限的，不分國界，沒有種族歧視或偏見的「眞理」。

年輕的孩子，讓我們在立志之初就懷着羅曼・羅蘭那種崇仰眞理的心情，也讓你我的精神世界永不被黑暗所征服。

十五世紀逐漸重視個人完美，也就是「全才」教育，當你漫遊意大利佛羅倫斯等地，看到莊嚴古典的教堂，你就會想起偉大建築家里昂・巴底斯塔・阿爾伯蒂（Leon Battista Alberti），他不但是位傑出的建築師，也是人文主義的代表作家、畫家、音樂家……他是一位全才。

* * *

阿爾伯蒂自小就從事各種體能訓練，他能雙腳並立跳過人的頭頂，他能馴服駑馬，能在大教堂內擲出硬幣，直落到遠處的屋頂。除了體能，他也不斷學習各種知識，他能作曲，精通律法……就在二十四歲那年，他發現自己記憶已衰退，就轉向理學、數學方面，並以藝術家、學者，甚至修理匠、工匠爲師……並學習繪畫與造型藝術。

「天才」也必須經過艱苦而漫長的學習路程，

不要讓天才來得太容易，

否則我們就要失掉像阿爾伯蒂那樣的「全才」。

* * *

如果你想再到大學裏去修一個學位，或祇是純粹出於興趣的研究，你就不要顧慮太多，將你的深思熟慮用在有價值的事物上，如果有人認爲你年紀太大或家庭牽累……你大可不必將這些閒言閒語擱在心上，你所要堅持是「毅力」，充實你自己對你個人與家庭都是件「好事」，而且做件你認爲有意義的事，至少你不會覺得虛度光陰。

一九八九年十月十日　中華副刊

省思小語㈡

先知摩西曾以聖約櫃來珍藏上主的法典。
在人生崎嶇不平的道上，
我們曾經失望，
我們曾經跌倒，
我們曾經被蔑視，
我們曾經那麼孤立無助……
我們知道摩西依舊在那裏高高舉起「聖約櫃」，在不平、孤立、苦難、無助、黑暗的人間。

如果我們懷着眞理而跌倒，
我們必會因眞理再度站立起來。

古代的苦行僧嚴格遵守「守貧」的清規。

杜甫詩窮而後工。

釜有蛛絲，甑有塵，

古來將相出寒門。

許多富貴人家的子弟不知上進，

許多窮苦人家的孩子苦學有成，

「十年寒窗」的精神依然歷久彌新，成功的第一個條件是「勤」。

* * *

古代的人追求的目標是簡單的，

守青燈，

吃黃虀，

捱盡了窮困，

祇要通文達武就可以一朝衣錦榮歸，玉馬金堂……

現代人追求的目標顯然複雜多了，就算衣錦榮歸，也沒有那種洋洋喜氣，社會型態的變更，人心也就叵測了。

現代人要尋回單純的快樂，就要走更遠的路，再回轉到人類行程的起點，返樸歸眞。

* * *

單靠閱讀是不夠的，

還要思想。

波特萊爾的美學觀念，並不認爲美是純粹出於自然，卻偏向美是出於人爲的。他的「美」不是針對大自然的湖光山色之美，我們可以將他的美學觀念用到藝術創作上。

閱讀好比欣賞山川自然，我們腦中吸收了許多美的音籟、形象、色彩……如何將這音籟、形象、色彩表現在文字上、畫布上，還需要通過思想的路程。

精而博的閱讀，

深而廣的思想，

一定讓我們走向更「沉穩」的境界。

* * *

選定了一個目標就努力去耕耘吧！

生命的時光並不太長，
不容許我們有太多的選擇，太多的浪費。
要學一位農夫的精神，他播種，他期待種子的發芽，他默默耕耘，他收穫……周而復始，他又期待另一個秋收的季節。

* * *

在化裝舞會上，我們祇需要「上妝」，祇需要將歌劇院看到的那一套「戲」默記在心上，效法王侯的舉止，或扮起一代名臣名將，或祇是一個跑龍套的角色……在人生嚴肅的舞臺上，要演好一個角色就不單靠「上妝」與「舉止」了；
怎麼去揣摩一齣腳本，
怎麼去背誦冗繁的臺詞，
怎麼去下功夫演好一齣戲，
那都是人生的歷練。

* * *

「成功」的前面橫着一張厚皮；
那張厚皮刻遍人性的弱點；懶，沒有耐心，怕受挫折，經不起失敗……

意志是一把利刃，祇有它能劃開橫在成功前面這張厚皮。

意志還有一羣同胞兄弟：勤勞，忍耐，堅強，不屈不撓……

* * *

燕趙之收藏，

韓魏之經營，

齊楚之精英，

幾世幾年……倚疊如山……

這是〈阿房宮賦〉秦人收集金銀珠玉的情況，如果將它引用到另一個好的角度；

知識也是這樣一點一滴的收集起來，

成功也是這樣一點一滴的收集起來。

* * *

許多人將他們的作品寄給海明威，

許多人都懷着成爲一位偉大作家的夢，

海明威祇需要讀完第一頁，就毅然斷定這篇作品缺乏想像力，而且永遠也不會有，於是

海明威婉轉地告訴這人；要掌握寫作的本事，而且要寫得好是一種「幸運」，而卓越的天才

更像中彩券頭獎一樣，一百萬人之中祇有一個人交上好運，如果大家認爲你會成爲傑出的工程師，就請放棄當作家的念頭，努力做好一位工程師……

後來類似的來信太多了，海明威就盡量將信件回得越來越簡單，他祇說：「寫作是件苦差事，假如可能的話，還是別隨意被捲進去……」

也許有人會責怪海明威，

自己當了偉大的作家就不讓別人剽掠其美，其實海明威祇是說出最誠懇的勸告。

世間有千百行業任我選擇，

上主賦予每個人不同的才能，

而條條大路通羅馬。

＊　　＊　　＊

人人嚮往爬上成功的巔峯，

在通往成功的路上不乏超人的智慧，超人的毅力，但一朝步上巔峯就遇上最大的難題：「再也無法超越自己了。」

許多偉大的天才在這樣難題前倒了下來。

易卜生的戲劇中刻劃了一位傑出的建築師，以這位建築師寫出自己晚年的心境，「他」

也逐漸感到無法超越自己了。

海明威的兒子——格雷哥里在回憶中談到他的父親，他說他父親是位想像力非常豐富，具有絕對思維能力，而且能冷靜分析事理的人，這樣能將各種資質兼備於一身是世所罕見的，但在他發覺再也無法超越自己，也就是生命漫長多天降臨的時候……

易卜生與海明威都留下不朽的傳世之著，是否能超越自己已不重要。當步上巔峯之後，儘管不能超越自己，也應該保持淡泊的心性，並能接受「江山代有才人出」的雅量。

一九八九年十二月十日　中華副刊

最後的華爾滋

輓歌

我們人生在世的日子是否也會像法國當代小說家克勞德・法拉吉（Claude Faruggi）《最後的影像》（*La dernieré image*）裏那位沉默寡言的奧斯卡，感到自己已經長久在一個荒涼的世界飄泊，最後選擇一處僻寂的鄉土，寂寞地死去？

爐火雖已熄滅，
心卻不破碎。
通向永恆的幽巷，不是一齣沉悶的啞劇，而是一首歌。

歐佛利亞

英國畫家米萊斯（Milais）一幅收藏在倫敦泰特畫廊裏的畫，是以莎士比亞悲劇〈哈姆雷特〉一劇的女主角「歐佛利亞」爲題。

歐佛利亞浮在水面，在銀色鏡般的水面。水面浮着花和葉、延命菊、蕁麻、金鳳花……死後的歐佛利亞依然那麼典雅端莊。

這幅畫的背後也有齣悲劇，當年米萊斯和他的朋友羅賽底發現他們夢想中的模特兒──希達爾，是一家帽子店的助手，後來羅賽底就娶希達爾爲妻……

當時爲了要畫歐佛利亞，米萊斯就要求希達爾經常泡在浴缸裏，這就造成希達爾早早病逝的原因……

希達爾竟爲這幅不朽的畫，

化爲莎士比亞筆下的人魚、水鳥……

追隨歐佛利亞而去。

廢　堡

一座荒涼的廢堡，坐落在昏暗而又寂靜的野地，像一塊墓碑。

斷牆殘壁，以及光禿禿空洞像窟窿似的窗戶，迎着白楊與蘆葦送來的晚風……

沒有有關這座堡的歷史記載，也沒聽人說起這座堡的主人、祖先與子孫……

「他們沒有在墓石上鐫刻希望的詩文，就因死於一片黑暗中……」(They carved no hopeful verse upon his tombstone, for his dying hour was gloom) 霍桑說。

但我們這些異鄉人，路過這座廢堡，還是懷着哀穆的心情，在這墓石上留下無形的碑文，默然獻上「追悼」。

詩　琴

在一座古堡的長廊上，看到天花板上的浮雕，牆上是撲滿歲月灰塵的掛毯，還有一幅女主人的畫像，她的一生裏哀怨淒涼……

走出古堡，漫步在林園裏，我驀然想起悲鴻傑（D. Béranger）的詩句：

她的心／
是一把詩琴／
每當你撥弄／
就會發出鏗鏘的琴音。

愛倫坡

讀愛倫坡的作品，就覺得有種神秘、陰暗而又淒涼的美，就如他的〈倒塌的歐謝爾古屋〉(The Fall of House of Usher)所形容的：「從杉木灰牆，從靜謐暗湖裏漂浮着一層濛濛的霧氣……」

愛倫坡一生都在寫安眠在墓園裏的絕色，不論是海倫・安娜貝爾麗，或尤娜露玖……都有一座陸沉的城市，陸沉的宮殿，像神龕般供奉他筆下的「絕色」。

是不是世間的男人都屬於古典型的浪漫？他們心目中的絕色，總是活在另一處空間與時間裏。

星際塵雲

近代的科學證實星際塵雲是矽酸鹽、鐵和其他金屬，可能還有石墨……所組成的，氣體中包括水、氨、甲醛，和一個氫原子與一個氧原子的結合物；羥基，也許還有甲烷……

當我們脫去塵世的外衣，肢體也在泥土中分解成各種元素，如果這些元素再一次回歸到星球與大氣之間，形成星際塵雲，是不是也是另一種物化？

來自塵土，

歸於塵土。

那是泥做的男人，根據《紅樓夢》的說法，我們這些女人都是水做的，都有流水飛花一般美的思維……

一九九二年四月十二日　聯合報副刊

美的情思

異鄉的春天

阿爾卑斯山的小鄉城，屋簷上依舊掛着冰霜，陽光一照就化成雨點，滴落在陽臺上，但清晨不再像冬天那麼灰黯，晨光來得比往常早，就是黃昏，白晝的光華遲遲逗留不去……

牛津，淇薇爾河面，在早春依舊結着浮冰，等到陽光炙暖河面，冰封的河面爆出輕微的「劈拍」一聲，浮冰迸裂，銀花四濺……

多少個異鄉的春天來了又去。

走在巴黎街頭，店樓的窗臺鱗次櫛比出現了鮮豔奪目的盆栽，那不是風吹柳花滿店香的情景，而是紫丁香牽動鄉愁的季節。在街口轉角，一位街頭老提琴手，在攤開的琴盒上貼滿了昔日登臺演奏的舊照片，「談過去的光榮」也許令人愴痛，當他扭緊弦開始演奏，卻吸引愈來愈多的街頭行人，他的演奏一點也不含糊，琴藝歷久彌新。

生命的春天是會風流雲散，
藝術的才藝卻有一千個春天。

永恆

每回去看博物館，我的內心並不輕鬆。在古堡的暗室中，看到古代的文物，就會想到那些古老的民族，他們修建華麗的陵墓，塑造死者的雕像，蜷伏在陰暗的斗室中，懷着憂傷而嚴謹的心情，想創造另一種「永恆」……

而一根石柱，是來自御宛宮城，經過歲月的長流，宮牆已傾圮，華殿已倒塌，卻在斷垣殘壁中，在齏粉泥塵中，找出這根石柱，在汩汩的流光裏，訴說過去的繁華，那兒似乎也鐫刻着另一種「永恆」。

木蘭花

木蘭花盛開了，每年春天，我都要到巴黎近郊的公園去看木蘭花，木蘭花是中國古典文學所謂的「瓊花玉樹」，它盛開時候色彩華麗，所以也讓人想到愛情；想到波斯詩人亞摩客耶，與本世紀以蘇格蘭方言寫詩的蘇格蘭詩人——蘇黎麥可寧筆下那種「至情」。

木蘭花與春天一樣短暫，人生也無法永遠翩躚在美的情境中，每年去看木蘭花就不再是一種浪漫的情思，而是懷着嚴肅的心情，也深深體悟美對現實有些近於冷酷與醜化的世界，也是一種精神治療，就如文學藝術對人類精神的功用。

木蘭花年年開花，年年凋謝，而我內心的體悟原比「花開花謝」更多了一層……

一九九〇年十二月十五日　歐洲日報副刊

美的印象

誰能像中國人在落梅時節，半醉斜坐在雕鞍上，騎過梅花紛飛的三月？

有一個夏季，單簧管吹出低沉柔美的音調，美得像是生命中最後一個夏季……

一座四面是玻璃的屋宇建在岩石上，星光像蠟炬那樣流淌……

1 水晶石屋前的香樅木

在英國牛津唸書期間，我曾造訪過庫克太太一幢鄉間的住宅，我稱它爲「水晶石屋」，因爲整幢房子全裝上落地窗玻璃，屋宇是白石砌成的，充分發揮攝光作用，屋內可以種植各種熱帶植物，但我更愛它水晶石屋前的香樅木……

那香樅木會隨季節變幻色彩，會凋零，當它立在白茫茫雪景中，你記憶裏有秋天的豔色，夏夜有風的時刻，風滑過樹梢那首韻律單純的歌……

「美好時光不久留」，這句話的另一面含意，是要我們懷着更溫柔的情懷去看這世界。

2 登高壯觀天地間

在阿爾卑斯山山腳下，溪湍迂廻，奔流一瀉千里，那幾乎也是一個冬天的積雪，在一個夏天消溶。

登高壯觀天地間，山巒蜿蜒起伏穿進雲海，一隻孤鷹也以縱覽天地的姿態，停在山崖上。

讓「我」也隨暮靄中的歸鳥，化成殘墨淡淡……

3 美的場景

美也是一種場景，經常變換；

在霜雪與花崗岸的山林間，紫杉林是另一幅不凋的景象。

灼灼如火一般的紅葉，在十月的季節裏燃燒……

溪邊開遍了野生的仙客來。飛燕草紫中帶藍的色澤和它名字一般浪漫。夏日大麗花在陽光下染上魔幻的色彩。福祿考是一片粉紅細碎的小花，它的法文名字是 Phlox……

造物主賜給我們最好的禮物，

除了人間的至情，還有大自然的美好。

4 李杜詩章

那天，我又翻讀李杜的詩章，就在葉落如雨的窗前，杜甫形容那位以布衣出入翰林間的詩仙——李白的詩，是「興酣落筆搖五岳」。

杜甫自己也曾記下吳越齊趙的壯遊，經歷了長安時代、安史之亂、巴蜀生涯……冬天的青丘打獵、呼鷹逐獸……但最感人是他寫下「支離東北風塵際，飄泊西南天地間」的感懷，寫下楚辭騷體，漢魏樂府的哀沉與華采。

5 天鵝之歌

天鵝的叫聲在拉丁文叫「獨楞塞」(Drensant)。

天鵝與烏鴉不同，牠是吉祥的象徵，是好兆頭，所以古代的船都畫上天鵝，若在航行中遇見天鵝出現在船頭就象徵「幸運」。

古希臘詩人奧維德〈變形記〉裏的美女 Galatte 被形容「比天鵝的羽毛還柔美」。古羅馬詩人賀拉斯說愛神的母親——美神維納斯是以天鵝拉車，人類所以偏愛天鵝，大概也根據優生學的看法，天鵝壽命極長可以活到一百二十五歲，天鵝外形優美、典雅，牠的甲胄就是翅膀，如果你見過鷹與天鵝對擊，你會爲鷹俯首稱臣而驚訝。

據古代的傳說，天鵝臨終前總會爲自己唱一首輓歌，在朝露沾衣，曦光初升的清晨，牠唱着這首輓歌直到聲嘶力竭而死，因此世人常將音樂大師最後的樂曲形容爲「天鵝之歌」。

「天鵝之歌」也是被人間妍麗的辭采所美化的藝術。

6 石

石是無知無覺的嗎？水晶石、寶石，造物主以匠心雕塑過的花紋大理石，還有青埂峯下那塊被女媧氏忘了補天的頑石……

岩石也像一部書是可以用來閱讀的，這部岩石記載的古籍被埋沒了不知多少世紀，公元前六世紀愛奧尼亞的希臘人已知道「化石」，公元前三世紀希臘托斯特納在亞歷山大城與人言論化石，還被記載在地理學上……

我也願意是一塊石，承受宇宙造化恣意琢磨，承受風鑴永蝕與大自然命運的箭矢……

「沉默」是石的廻響。

那天一位朋友說起一塊鵝卵石，以它引申出宇宙衆生，時間與宿命的哲學……在那淵博睿智的談話中，我是那麼有幸當起「亞里斯多德學園」裏一名旁聽生。

7 腳色

我們大部分的人都住在城市的公寓裏，聽慣了市聲，聽慣了左鄰右舍的喧嘩聲，如果透過另一角度去看周遭的環境，在市聲與鄰人喧嘩聲中也會聽出韻律：嬰兒的啼哭，孩子的歡笑，老鄰人的寒暄，母親在孩子出門前諄諄叮嚀，修鞋匠搖着推車，磨刀匠響起鈴鐺，挨家挨戶兜售生意的小推銷員……那都是莎士比亞這座人生大舞臺上的角色。

8 智慧之杯

我愛秋天，我從浩瀚的秋空，縱橫西東的流雲，秋收過後略帶蒼涼的野地，低嘎迸裂似的雁鳴，空階上流瀉的如霜月華……我啜飲着智慧之杯，於是驟然間揮灑的思潮凝成佳妙的詞句……

有時我走向秋的荒原，聽秋風像倦遊旅人的腳步拖着低沉的鳴聲，困頓奔馳而過。走在落着秋霧的河畔，看到河對岸的城樓像輕煙似遁入霧中。走在暮色籠罩的秋日黃昏下，去看每張臉，每張臉看起來都是一樣的，每張臉都是朦朧的，隱藏起憂與喜，隱藏起年歲與凋零，隱藏起人生狂飆巨浪中奔馳的痕跡，每張臉都寫着秋的寧靜，因此當我們說：

又是一個秋季靜靜地來，

靜靜地穿越過我的世界……

有些富於哲學意味的思想，強烈地震撼我們內心，我們正在經歷一種蛻變，正在脫胎換骨。

9 葡萄成熟的季節

法國普望斯在葡萄成熟的季節，在釀酒的季節，那種歡愉的景象是令人難忘的，就像古希臘紀念酒神的節慶。

酒神戴奧尼修斯是位私生子，他是由林中女仙扶育成人，長大後四處旅行，他所到之處就教人種葡萄，葡萄冬天凋萎，春天再生，傳說中的戴奧尼修斯也每年被碎割而死……希臘人悼念他，就在酒神節演唱「羊歌」，這就是希臘戲劇的胚芽。

普望斯人沒有演唱「羊歌」，但家人鄰居在月光下慶祝豐收，舉行餐宴，就充滿了淳樸與歡樂的農閒景象。

一九九二年二月十六日　中副

智慧迸裂的火花

維蘇威火山爆發，使龐培和海格利斯成了廢墟，但幸運的是公元一世紀的藝術依然有跡可尋……

據估計，世界植物的種類約有四百多萬種，能食用的種子就有數萬種，在美國科羅拉多州就有專門貯藏種子的「種子庫」。這些種子來自世界各地，如中國的大豆、墨西哥的玉米、緬甸的大米、埃塞俄比亞的小麥、秘魯的馬鈴薯……

劍橋有一俱樂部名爲——MENSA，就是讓那些ＩＱ超越常人的人能與衆多「知己」相聚。一般來說，他們在他們生活的世界經常感到孤單寂寞，與人格格不入……雖然這種以ＩＱ測驗爲入會的標準未免落俗，但「物以類聚」也是人類有權選擇的自由意願。

在北京一次有關「絲路」的研討會上，一位蘇聯科學院的學者，在烏茲別克斯坦以南的二十五座墓穴中發現絲綢的碎片，推斷爲公元前一千七百年到公元前一千五百年的產品，證明張騫通西域之前就有了這條古老的商道。

柏拉圖對那位嚴師——蘇格拉底懷着深厚的感情，所以將他寫進不朽的對話裏，但柏拉圖也有他個人獨立、優美的思想，柏拉圖是歷史的里程碑，是人類發展中的「新知」。

屈原的作品經常將「蘭蕙」和「椒桂」比喻爲「善」與「美」的象徵，而甚麼是二十世紀人狂熱追尋的「智慧」呢？智慧的源泉除了依據傳統，像保留公元前一世紀的藝術，貯藏種子庫般貯藏古代智慧的精華，或師徒的授受。也來自「知己」的智慧之聚，互相讀對方的大腦，學者交換研究的成果，與內心探討的過程……

有一個午間，子修先生與我爲了「歐洲華文作家協會」的事與黃景星共用午餐，黃景星曾任中央大學法文系系主任，對普魯斯特有深入的研究，他翻譯《追尋逝去時光》(*A La Recherche du Temps Perdu*) 中的〈史旺之愛〉(In Amour du Swann) 是相當高水準的譯著。午餐時他談了許多有關普魯斯特的軼事，並帶我們去看街角紀念普魯斯特的銅碑，「一部人類的聖經」是黃景星對這部被喻爲現代小說四大巨匠之一：普魯斯特《追尋逝去時光》的推崇。

對普魯斯特小說中那種深入的心靈剖析，描寫內心世界的活動，那優美、像詩一般冗長的複合語……我原有種莫名的喜愛，而那個午間的巴黎街頭，「時間」突然回溯到二十世紀初期……

母親的死而使普魯斯特失眠症與先天氣喘病加劇。

就將愛慕的對象——海曼，寫進他《追尋逝去時光》裏，創造了歐黛特……就以他的友人查理哈斯爲塑造史旺的藍本……

還有那些散發霉味古老公寓的古老房間，一片糕、一盅茶……普魯斯特又回來了，穿着二十世紀初期的晚禮服，剛結束他偉大作品的一些篇章，正興沖沖趕去參加一次晚宴……

我又獨自去了羅浮，參觀了羅浮，漫步在林園中，我思索是一個完全不同的主題：法國社會與政治的趨變，應該推展從十四世紀開始，沒落的貴族，優美的騎士精神逐漸喪失，貴族的品質也衰萎了，在僧侶中也出現腐化的現象，無形中就動搖人類的宗教信仰，這多少也可以用來影射今日的世界已來到世紀末的「低調」。不過十四世紀法國這種社會現象並不是絕望，它將人類從頹敗轉入另一階段，我們都相信光明之前那一段黑暗時期，這段過渡時期雖然不算短，一直到十六世紀才有外來的力量推動新的制度與文藝風尚，這就是「意大利的發現」(De Coverte de L'Italie)，也卽是一般所說的古代的發現（Decoverte de L'Antiq-uite)。

在《世界史綱》也是如此記載：錯誤緊隨着錯誤，充滿希望的開始一刹那間因失望而結束了，活水的泉源被人類盛水止渴的杯子染上毒素，活水的泉源斷絕了……

在中國歷史上，在南北朝時代，江南劉宋父子兄弟間經常有動干戈的事，宋孝武帝大明三年玄兄陵王起亂，並下令屠殺全城的人，這時候城市荒廢了，池畔的水葵，荒野的葛藤都佈滿了市街閭巷間……鮑照有感於「天道如何，吞恨者多」，就抽琴命操，寫了〈蕪城賦〉。

但荒廢的城市可以重建，人類在劫難過後又燃起希望，人類不斷追尋新的活水泉源，這才是人類的智慧。我特別喜愛祖慰〈水仙花〉一文中的幾句話：

凡生命最憐惜生命自身，
小狗舔傷用唾液自療……
小螞蟻惜生更為悲壯……
一個細胞一個細胞地復活
一條腿一條腿地復活……

祖慰以科學存疑的態度，並含着幾分蒙田（Montaigne）懷疑主義的色彩，去思索當前人類的危機，並以大自然動植物「惜生」的本能爲鑑，將人類從「自殘」中喚醒，智慧的火花就迸發在他個人思索的過程中。

蒙田書房的樑柱上貼着一句名言：「一切肯定之物仍無一肯定」，他像塞克斯（Sextus Empiricus)，像蘇格拉底那樣主張：「全部的知識是來自我一無所知。」這種存疑的求知態度就符合了古典箴言所採取反思的自我評判，也開啓了「智慧」之門。

一九八四年，我在意大利羅馬度個一個月的「長假」，我買的是公車期票，就爲不讓自己疏懶，逗留在旅館內虛擲大好時光。這個月中，與文藝復興時期的建築、繪畫、雕刻朝夕相伴，「藝術」成了我每日尋訪的「客」。恢復希臘、羅馬的古風是文藝復興時期的一大特色，譬如米開朗基羅在一四九七年雕塑的「丘比特像」就是仿古的作品，是承襲古希臘雕像所表現人體的「力」與「美」。採用古典神話故事也是藝術的創作方向，如波提切利所繪的「馬爾斯」與「維納斯」就是來自古代的神話作品，這些神話都是虛構的，人物擬神化，但經過文藝復興巨匠的手，都一一復活了……

除了對藝術美的驚嘆，也體會在文藝復興時代，智慧的火花也迸發在各門知識之中，譬如佛羅倫斯一幅大約一五七〇年的作品：「煉金術士」，就是現代化學實驗室的影模，在「數學家盧卡・巴卓里」一畫中，可以看到當時一般應用的數學儀器，達芬奇的「兵器略圖」，很有趣的提供當時兵家的知識，亞科波・貝里尼的「花卉寫生」，彼沙尼洛的「動物寫生」，除了繪畫，也表現動植物學的基礎與紋理，而達芬奇的「人體解剖圖」就不僅限於藝術而是醫學了……

甚麼是開啓人類心靈的一把鑰匙？

甚麼能引導人類邁向更光明的路途？

回答一定是智慧，那就請珍惜智慧迸裂的每一道火花……

一九九一年八月十八日　自立晚報副刊

幽默與諷刺

「幽默」換來莞爾一笑。

「諷刺」是在幽默俏皮的喜劇形式中加進誅伐。

我讀查爾斯・南姆的作品，就想起他的一張畫像，不，連畫像也稱不上，衹是一幅速寫，那絕不像拜倫、雪萊與濟慈，文采華茂又加上優美的風儀。那是一張有點古怪的臉，帶點諷嘲的神情，就如他寫玩紙牌、談骨董瓷器、談倫敦度過的日子、倫敦的街道劇院、倫敦的塵土泥濘……他談得逸興遄飛，一件微不足道的小事，一透過他的筆觸，就是那麼風趣，而又餘味無窮。

南姆擅長寫幽默文字，遺傳了英國人天生那分幽默感；由於他的幽默，我們看到一個風雅的社會。

在費爾汀的作品裏，我讀到已不是「幽默」；他擅長以喜劇的諷刺，去揭發社會的病態。費爾汀生於十七世紀，當時作家都是將作品獻給顯貴，祇有他將作品獻給大衆。費爾汀他自己生活的背景也很特別，他出身於一個沒落的貴族家庭，早年進伊頓——那是當時的貴族學校。他在伊頓求學時就對古典文學下過相當的工夫；他喜愛希臘、羅馬的古文學，尤其對希臘喜劇家亞理斯多芬、羅馬詩人賀拉斯的作品十分傾倒。他的外祖父是位法官，所以他也接觸到不少法律書籍……

在費爾汀早年的生活，他接觸的是英國上流社會；到了青年以後，他過着迥然不同的生活，家道的貧困，爲了謀生，他開始接觸下層社會，對下層社會的小人物有了更深切的感情。後來他改學法律，成爲一位富有正義感的法官。這種人生經驗不是每個人都有的。他下筆如執法。他諷刺的對象是英國社會陰暗的一面。他口誅筆伐，希望以喜劇的諷刺，去改造社會。

但費爾汀可不像南姆，總是閒情逸致地談談烤乳豬、談談倫敦的舊事；他喜劇中的喧笑辱罵都是一本正經的。譬如他創造「湯姆・瓊斯」這樣的人物，去描寫人性的善與惡、光明與黑暗、誠懇與虛僞……湯姆・瓊斯是位棄兒，是被社會所輕視的，但在人生苦難的外衣下，他內心崇高而善良。

費爾汀當然不是十全十美的作家，他創造的人物也不都像湯姆・瓊斯那樣偉大無私，有時他刻意將一些鄉紳人物加以醜化，這點曾有人批評他故意誹謗英國的紳士，但戲劇小說中的人物畢竟沒有指名道姓，費爾汀就算有點偏激，也絕不是人身攻擊，他祇是塑造他筆下的人物而已。

反觀今日我們的社會，動不動就是人身攻擊，處處籠罩着暴戾的氣氛，這絕不是正常的社會型態。一個社會的進步與否，由這社會人所表現的風度就可看出。「風度」不是可以掩飾或僞裝的，它紮根在這個社會的文化基礎上。如果大家都是善意改造社會，想讓我們生活的世界更美好，何不來點溫和作風，就是沒有查爾斯・南姆那麼斯文、蘊藉，最多也不過像費爾汀以喜劇的方式來表揚正義，將一枝改造社會的利戟隱藏在喜劇的幽默俏皮之中。

濟慈死後，他的墓碑寫的是：

這裏躺着一個人，
他的名字是水寫的。

費爾汀身後蕭條，於一七五四年客死異鄉里斯本，當時有位名演員還爲他留下的遺孤舉行義演募捐。他的墓也湮沒在荒草之中，直到經過漫長的一世紀，才爲一位散文家發現，而到了一八八〇年才由旅葡萄牙的英僑爲他立了一塊墓碑，上面這樣寫着：

沒有人像他那樣敢於揭開

人性的隱秘，

他活着是為人，

而不是為自己。

我不知道查爾斯・南姆的墓碑上寫了些甚麼，如果他的墓碑是空白的，要替他寫碑文可也得費一番心思，也許喜愛他文章的讀者也會來點雅謔，將他寫給烤乳豬的詩，寫一段來紀念他的幽默。但死畢竟是件莊嚴的事，我更喜愛是他寫倫敦的一句話：

如果你是清醒的，

倫敦整夜將燈火輝煌。

（London awake, if you awake, at all hours of the night.）

我們也許在這句話的後面多加幾個字：

雖然你安息了，你的妙文使倫敦不朽！

一九八九年六月三十日　世界日報副刊

詼諧文章

「詼諧文章」在那個時代都是備受讀者喜愛的，在冗長、刻板、枯悶的生活當中，來點不傷大雅的喧笑聲，就像結束鬱悶的漫長冬天，窗外突然有了春風鳥囀，那不也是生命中的吉光片羽嗎？

笑聲與熱淚是生命中的形與影，熱淚使生命崇高，笑聲使生命富足。莎士比亞擅長寫氣魄驚人、震撼人心的悲劇，同樣也精於趣味高雅、耐人尋味的喜劇。喬索（Geoffrey Cheucer）是第一位英國作家被葬在西敏寺的「詩人角」（The Poets Corner），他生於英法百年戰爭的第十四年，那時正是兩國兵刃交接，連年戰亂的時期。但喬索是位幸運人物，他既是國中的政壇人物，也是名聞遐邇的作家。他寫的〈阮囊〉、〈羣鳥議會〉都是詼諧文字，〈羣鳥議會〉幽了英國理查二世一默，他以大自然女神召見林中禽鳥爲隱喻，寫理查二世與歐洲大陸另二位情敵同時追求安的故事，安後來成爲理查二世之后。他生前未完成的〈坎布里故事〉是喬索的巔峯之著，在這裏他刻劃了三敎九流的人物，個個生動極了。譬如他寫牛津學者——衣衫襤褸而神態自若，飽讀亞理斯多德，也懂鍊金術，卻阮囊羞澀……寫來亦莊亦諧。在大英博物館至今還收藏了一幅〈坎布里朝聖圖〉。

生於一六三一年的達雷鄧（John Dryden）很早就在他的詩中引用 Conceits——離奇的比喻。有人就批評他擅長寫兒戲文章，但就算兒戲文章，寫來不易！必須具備犀利的筆鋒，機智的頭腦。達雷鄧最有名的一句詩是諷刺其勁敵蕭德威（Shadwell），他形容蕭氏爲「鈍根師爺」（King of Dullness）的繼承人。

蕭德威是「我」的翻版（注：此處「我」即指鈍根師爺），少年時期是鈍根。

珍・奧斯婷的文筆也多詼諧，例如她筆下的「夏綠蒂」這類誇張的人物，就近於達雷鄧的 Conceits；夏綠蒂逛暖花房，有一些她心愛的花木被擱在外面，被經久不溶的嚴霜凍傷了，損失這些花木，她大笑……

在《愛瑪》一書，奧斯婷刻劃一位艾爾頓太太，她說：「艾爾頓太太，所有能用的東西全用上了，戴着她的寬邊大帽，提着籃子，正要出發去採草莓……」短短數語，活靈活現。如《曼斯菲爾德莊園》中的勞萊斯太太，怎麼懂得指揮別人慷慨解囊，自己卻是守財奴。這些人物都像漫畫人物一樣引人發笑。

一般擅長寫詼諧文章的作家，也經常將自己列入嘲諷的對象，即所謂「自嘲」。如約翰生編字典與當時一位貴族卻斯特費爾勳爵（Lord Chesterfield）的一段過節，卻斯特費爾一向對文人極爲慷慨，惟獨對約翰生編字典卻不聞不問，約翰生懷怨在心，在字典編成之後就寫下聞名的〈致卻斯特信函〉；其內容大約是說自己曾經徘徊於勳爵的華屋門外，而未獲勳爵的援助，或精神上的鼓勵，經過漫長的七年，字典已經編成，勳爵才像 Virgil 詩中的愛神，垂青這位早已奄奄一息的牧童……這裏面的自嘲雖不乏詼諧，但也包容了文人的風骨與意志，所以寫來諷嘲中含有嚴肅的主題。

在元朝雜劇中有極嚴肅的悲劇，也有生動的喜劇，如〈李逵負荊〉、〈秋胡戲妻〉、〈貨郎旦〉、〈合汗衫〉、〈張生煮海〉等。康進之的〈李逵負荊〉取材自《水滸傳》第七十三回，他忠於原著，就如莎士比亞戲劇題材也多源自古代的歷史故事，但莎翁將人物加進了偉大的精神，加進了氣魄、性格、生命、熱情……他是將塵封、古舊的歷史給寫活了。康進之在這齣〈李逵負荊〉劇中，以生動、活潑、詼諧的詞曲、賓白，也將《水滸傳》的人物給寫活了。劇中刻劃李逵一角，寫來趣味無窮。

被喻爲音樂神童的莫札特，也擅長寫詼諧類型的歌劇，如〈斐佳洛的婚禮〉一劇既風趣又不失高雅，每次演出，都能製造新的笑料。

英國人的幽默是舉世聞名的，他們道貌岸然的紳士淑女風度，與他們的詼諧戲謔毫不衝突。如果你是位男士，想請英國美女喝一杯，她內心一定是分斤劈兩，仔細地衡量你這個人，但表面上一定不會給你難堪，她一定將那個「不」字說得你不慍不火：

「爲甚麼不呢？(Why not) 可惜正趕上我事兒忙，下回吧！」

「爲甚麼不呢？可惜我和朋友約好看戲，下回吧！」

「爲甚麼不呢？在這樣冷的天氣喝一杯該多溫暖，可惜不巧，今天正是十三號，下回吧！別忘了選個黃道吉日！」

當然，你心裏有數，那是一個幽默而溫馨的「不」字。同樣，他們遇到火爆的事兒也絕不會氣得像鯽魚跳，最多也不過不慍不火回你一句：「可別牽着我這隻騾子上板橋啊！」

想來，騾子上板橋，免不了要現出騾子脾氣！

一九八九年四月五日　中華副刊

說「典」

我愛書，也愛典故。

有些典文字美妙，而且寫下一種意境。

有些典背後都有一個動人的故事。

有些典涉及一門精深的學問……

蘇格蘭最偉大的詩人——勞勃・彭斯（Robert Burns），他的詩最具有民歌的風格，民歌（Folk-Song）是來自民間的歌曲，德國詩篇的創作深受民歌的影響，而像「所羅門王之歌」那類歌中之歌，在莎士比亞時代已與民謠（Folk-Ballad）混爲一談。

彭斯詩歌的題材來自蘇格蘭北部高原的歌曲，以及各地的老歌，與蘇格蘭當地的方言俚語，和那位善歌的姑姑——白蒂・黛維遜的故事……若有人問彭斯詩歌「典」的出處，這就是答案。

中國古樂中有一首名爲〈一斛珠〉，又是怎樣的一個典故？那是唐玄宗與梅妃的一段故事，梅妃是位有詩才的幽淑女，玄宗很喜歡她，但自從有了楊貴妃，玄宗就疏遠她，她就在深宮中度過她寂寞的歲月。但玄宗始終沒忘情於她，有一回，外邦的使節送來稀世的珍珠，玄宗就派人偷偷送了一斛給梅妃，梅妃沒有收下這分禮，卻回了這樣的一首詩：

柳葉雙眉久不描，
殘妝和淚汚紅綃。
長門自是無梳洗，
何必珍珠慰寂寥。

玄宗讀了這首詩，內心很傷痛，就讓樂師譜入曲中，當玄宗在冷清清的深宮長苑聽樂師演奏「一斛珠」，想到那樣的一張臉；淚水與殘餘的脂粉混在一起，汚染了束髮的紅綃，心裏也一定是愴然的。後來在戰亂中，梅妃沒能與玄宗一起避難，就死在兵荒馬亂之中。每當想起這首詩，這首詩背後的一個故事，我心裏常常是很難過的。

中國人是很懂得用典的，譬如以「萱花椿樹」比喻父母，萱花是母，椿樹指父。譬如以「蟠桃」比喻晚來得子，這原是來自神話傳說，因爲神話中的仙桃傳說每三千年才結子一次。譬如以「流霞」代替「酒」字，這流霞原是神話中的仙酒，據說喝了一杯就不飢渴。

「秦家使君」這個典，是來自一位美貌婦人——羅敷的故事，也卽樂府〈陌上桑〉的典。後來唐代的〈秋胡變文〉與元朝石君寶的雜劇〈秋胡戲妻〉寫的就是同一個故事，引樂府〈陌上桑〉如下：

「日出東南隅，照我秦氏樓。秦氏有好女，自名為羅敷。羅敷善採桑，採桑城南隅。青絲為籠系，桂枝為籠鉤。頭上倭墮髻，耳中明月珠，綠綺為下裳，紫綺為上襦。行者見羅敷，下擔捋髭鬚；少年見羅敷，脫巾着梢頭；耕者忘其耕，鋤者忘其鋤；來歸相怨怒，但坐觀羅敷……」

「龍陽泣魚，班姬題扇」是臣子怨婦的心聲，「龍陽泣魚」是寫戰國時代龍陽君釣魚時忽然有感而泣，他對國王說：「天下人都想得到國王的寵幸，君王寵幸我就如釣魚，我剛開始釣到魚很高興，後來釣得多了，就將早先釣的魚給扔掉了，我擔心有一天不蒙國王喜悅也必走上魚的命運。」「班姬題扇」就是來自班婕妤所寫的〈怨歌行〉，她有文才爲漢成帝所重，後來成帝聽了讒言不再寵幸她，她就寫下〈怨歌行〉比喻自己是被棄的秋扇。

有的典寫的是十年寒窗的學子，譬如「鑿壁懸樑」，鑿壁的典是寫漢朝匡衡因家裏窮苦，沒錢點燈，就在牆壁上鑿了一個洞，借隔壁照進來的燈火讀書。懸樑的故事是寫漢朝的孫敬，他讀書時怕打瞌睡，就用一條繩子繫住髮髻，掛在樑上，每打瞌睡就被繩子拉醒。

有的典是寫忠犬義騧，譬如「狗有展草之恩，馬有垂韁之報」，前者是三國時代的傳說，有一名李信純的人很愛一條名黑龍的狗，李因喝醉了酒睡臥在草地上，草地着火燃燒，忠犬黑龍跳進水裏將身子沾濕，然後把水灑在草上，將火撲滅，李才幸免於難，但黑龍則因來回奔跑而累死了。後者是指前秦苻堅與慕容冲對陣，苻堅敗而逃亡，騎在馬上不慎落水，義騧就跪在水邊讓苻堅抓住韁繩上岸。

屈原的賦與莊子用的典涉及天文、地理、古史、神話、動植物奇觀……涉及的範圍極廣，論說的幅度極深，譬如莊子〈德充符〉篇用了「登假」一典，用的是楚辭〈遠遊〉：「載營魄而登霞」，這「假」卽是「霞」的借字，登假也就是造於高遠之處。「鏌鋣」一典出自莊子的〈大宗師〉，原是古代的寶劍名。在〈刻意〉篇，他用了「枯槁赴淵者」，枯槁典出於《韓詩外傳》，話說春秋晉國——介子推適隨晉文公逃亡十九年，文公回國繼位，一時忘了他，他就遁隱不出，文公焚山逼他出來，介子推就抱木被焚身亡，但《列子傳》說法與此處不同。「赴淵」是指湯代賢士申徒狄（亦卽司徒狄）不受天下之位，投河身死。

屈賦裏的「感天抑墜」，意思是驚天動地，是來自《史記・晉世家》，晉獻公寵幸驪妃，驪妃誣告太子申生下毒，申生自縊身死，二公子重耳及夷吾因此出走的故事。「驚女采薇」是屈原用了民間故事的典，故事是說一女子採野菜受驚而逃，在一水灣得一鹿回家，從此家道漸輿，此鹿卽爲仙鹿。又有另一說法，是指鹿乳伯夷、叔齊。

不但中國的文學作品喜歡用典，西洋文學作品亦然，譬如西洋文學經常用到繆斯（The Muses），是多數，並非指一位女神，而是指專司文藝、美術的九位女神，如德國詩人阿爾德寧（J.C.F. Holderlin）有首詩——〈給命運的女神〉，列舉如下：

命運的女神，
請給我一個夏季，
一個秋季，
讓我的詩章成熟。
那樣，我的心靈滿足於
這美的遊戲，
就得以瞑目了……

詩中的「命運女神」似乎語帶雙關，表面上是向命運女神祈求一個夏季與秋季，事實上是向繆斯祈求詩作的靈感，因爲阿爾德寧當時正在從事他的詩劇〈恩悲德克利斯〉的創作。

西洋文學引用希臘神話的典故也不限於 The Muses，凡希臘神話的典故都曾廣泛被採用，如 Faun 是半人半羊的牧神，如 Nymph 是居於山林澤畔的女神，又如史谷脫（Sir

Walter Scott）的〈皇家獵宮〉就用了這麼一句：「這位 Woodstock 的希比（Hebe）……」史是指此小說中的侍女菲比，而「希比」原典出自希臘神話，是希臘神話中的青春女神，專爲希臘諸神斟酒的。西洋文學也以「清教徒」比喻古板拘泥的人，稱魔鬼爲「老哈利」，以棕櫚樹的枝與葉象徵勝利與光榮。

「納雪賽斯」是水仙，也是一個典，納雪賽斯是希臘神話的美少年，他愛上水中自己的影子，最後跌入水中，化成一片水仙，巴爾札克在他《人間喜劇》就引用這個典，諷刺一位詩人。巴爾札克用典是不兜圈子的，就在《人間喜劇》直接用了這樣一句：「可是這位忠心耿耿的史卡賓……」如果沒有讀過莫里哀的喜劇，還眞不知道史卡賓是何許人物，他就是莫里哀筆下一位機智的僕人。

屠格涅夫因長年住在法國巴黎，他將法國俚語方言直接引用在作品裏，而且還是以法文原文寫出，不加翻譯。而德國的烏蘭德（J.L. Uhland）就以一個典故寫了一首詩——〈艾登豪的幸運〉，艾登豪是英國一個城，住着一家世襲的貴族，他們有一件傳家之寶，是一隻高腳水晶杯，就叫「艾登豪的幸運」，杯上刻着兩句詩：

假如這杯子跌碎了，
艾登豪的幸運就要向你道別。

勞倫斯（D.H. Lawrance）喜歡用素描的筆法，不管是景物描寫與心理描寫都是很有深度，但並非說他不用典，譬如〈兩隻藍山雀〉中「我不能在五分鐘裏變成一根鹽柱……」，「鹽柱」的典出自《聖經・創世紀》十九章二十四節至二十六節。

「當時耶和華將硫磺與火，從天上耶和華那裏，降於所多瑪和娥摩拉，把那些城和平原，城裏的居民，連地上生長的都毀滅了。羅得的妻子在後邊回頭一看，就變成一根鹽柱。」

但在《兩隻藍山雀》中，勞倫斯是以鹽柱形容冷漠的女人。接着勞倫斯又用到「淚溪」，這原是指苦難的塵世，勞倫斯用它隱喻煩惱的泉源。又如以「西蒙彼雷」來形容火的關口，也卽重要關口，它原是指古希臘一險要關口，在這裏發生了一樁悲壯的歷史故事，公元前四百八十年斯巴達王——恩尼達斯率領一百多名壯士死守此關口，抵抗波斯大軍的侵入，結果全軍壯烈犧牲，這個城，這個典，與這個感人的故事就代代相傳下來。

說典，也像說書，是說不完的，

此文的結束，換句話說，是有待下回分解。

一九八九年九月七日　中華副刊

「夢」畫

在遠古時代，人類的思想是怎麼開始的？根據歷史家的評斷，人類思想的開始很少想到身外的事物，也就是說這思想是限定與自己貼身關係，譬如一隻野獸出現了，我該怎麼對付牠。他們以手勢當爲語言的表達，而手勢的運用必然是十分靈活，一投手、一頓足都有一定的意思，他們的智力也許就如今天四、五歲的小孩子，在孩子的世界，禽鳥、生物、白天夜晚、山與樹、太陽與星星都是世界的一部分。

但人類會做夢，看到逝世的親人又在夢中出現，就會想親人也許還活在「另一個地方」，所以遠古人類就已經重視喪葬的儀式。根據歷史記載，「新生代」是花卉、鳥類、哺乳類繁殖的時代，也是腦子進化的時代。

人類的腦子必然是隨着進化而變得愈來愈聰明，所以古代對天才與聖人的遺體都妥爲保存，除了尊敬，我想也是人類對「智慧」的渴慕。智慧積存腦中，「夢」記載了夜間人類腦的活動，所以對「夢」就不等閒視之，心理學大師佛洛依德更以夢來解釋他心理學上的立論。「解夢」、「釋夢」都不再是新奇的，透過夢這座水晶球，人看到一個十分複雜的內心世界。

我很喜愛清代詞人龔自珍的一首詞，他說：「好夢最難留，吹過仙洲。尋思依樣到心頭。去也無蹤尋也慣，一桁紅樓。中有話綢繆，燈火簾鉤，是仙，是幻，是溫柔。獨自淒涼還自遣，自製離愁。」他是將夢給寫活了，人生沒有完美，所以潛意識裏，人總在夢境中追求完美，夢中的美景必然像仙境，夢中的情人必然美玉無瑕，夢中的情感必然綿綿情長……但夢終歸是夢，再美好的夢醒來後也是「獨自淒涼還自遣」。

人畢竟是智慧的動物，人漸漸自春去秋來，葉落花紅，季節的轉換，時序的輪廻中體悟人生是十分短暫的，人生就是一場夢境。但過分相信夢境，就容易陷入夢的陷阱裏，由於世間有許多不平的遭遇，人就逐漸有了「宿命論」的想法，甚至相信「預兆」和「圓夢」這類事。古代的占星術是以星辰之間對黃道帶十二宮的關係，來推論生命的歷程，在十六世紀羅馬皇帝佛利德理斯二世還帶着占星家堤奧都魯斯到處旅行。既然皇帝也相信占星術，占星術就在各個城市逐漸盛行，幸好有聖賢淵博的奧古斯汀極力駁斥這類迷信，否認人間的禍福吉凶與星宿的關係。

據我個人的經驗，如果白天讀《聊齋誌異》、克麗絲汀的推理小說、愛倫坡的作品……夜裏就容易有撲朔迷離，令人膽戰心驚的夢。睡的姿勢，臥室中空氣的調節，被褥的冷暖適中……對睡眠健康都是重要的，也間接影響到做夢。

像我們這些異鄉遊子，離國離家十幾載，想念家人、故土的心境就經常會在夢中一再映現。有一晚我夢到要赴家人的天倫之聚，興沖沖趕到一個地點，卻發現找錯了地址，與母親通電話，電話亭嘈雜不堪，怎麼也無法聽清楚母親講甚麼，直到醒來，還未償與家人團敍的宿願，禁不住淚濕枕邊。有幾個晚上，我夢到與家人共聚一堂，閒話別後，醒來後發覺祇是一場夢，心境仍然是淒涼的。

但有些夢是那麼美，那麼深刻，雖是南柯一夢，依然讓人終生難忘。我也經常夢到口齒噙香，毫端蘊秀的絕句，或一些極美的思維，醒來記憶已模糊。女兒五歲時，有一個晚上自夢中呵呵笑醒，我問她夢到甚麼，她說夢到蘇格蘭的海怪走到陸地上來跟她做朋友……

人夜夜做夢，有些夢是沒有意義的，幾乎是白天機械化生活的再現，有些夢是有啓發性的，有深度的，埃及木乃伊的石棺中發現黃金的珠寶，一位飛行人長着雙翼，人類古代神話的人物是會飛翔的，如浦塞波里斯豎立西元六百年的四翼人像，希臘神話艾爾莎歐尼（Alcyone）化爲海上的翠鳥，追尋愛侶的蹤影，印度英雄故事中的拉瑪和比瑪也能漫遊於山頂的雲靄之間……人並沒有雙翼，祇有夢才有雙翼，才能飛翔，「塑夢」，將人類精神的世界拓廣了，也豐富了人類內在的領域。

江淹做夢，夢到交還彩筆，因而江郎才盡……但我讀他的〈別賦〉，讀到優美的典故與詞藻，深深覺得江郎也曾在文學上下過相當的功力，他歷仕宋齊梁三代，在政治生涯中，再難有專心致力於文學創作的時間，實與「才盡」的夢無關。就算江郎已才盡，〈別賦〉卻代代流傳下來，當我們再吟詠：「或春苔兮始生，乍秋風兮暫起。是以行子腸斷，百感悽惻。」就會覺得江淹這樣的才華，埋沒在政治生涯中是不值得的。

不知是否有人願意以專題來研究夢與文學創作的關聯？像元人雜劇，鄭德輝的〈倩女離魂〉寫的就是一對指腹爲婚的小兒女，因男方家道沒落，雖有滿腹文章，女方家長就有意斷了這門親事。但倩女不在乎王生的功名，願意荊釵布裙，同甘共苦，因而化成魂魄，千里追隨王生……

「離魂」就是夢的延續，在思想封閉的年代，這段指腹爲婚的事必然是演成悲劇，一位閨秀女子不可能千里迢迢追隨情人，祇有化成「魂魄」，化成「夢境」。如以另一個角度看來，世事原來就沒有「圓滿」，圓滿祇是夢境的再現。

湯顯祖的《牡丹亭》是他創作的巔峯，是藝術最高的成就，所有他的作品如《紫簫記》、

《紫釵記》、《南柯記》、《邯鄲記》……都沒有《牡丹亭》這樣光輝的成就。《牡丹亭》是純文學的創作，其中用了很多文學上的典故，詞曲也十分豔麗，在當時的文壇也一樣家喻戶曉，幾乎遠勝過《西廂記》。

《牡丹亭》就是一齣「夢境」，情節與《倩女離魂》大同小異，而文思、造境、詞采就完全不同。當時的社會，女孩兒遊後花園在梅樹下做了一場豔麗的夢都不算合乎「教化」，而像杜麗娘將愛憎生死完全操縱在自己意識之中，除了夢的表達，湯顯祖一定找不到更好的文學表達方式。所以他將藝術文學最高的境界用在《牡丹亭》這齣「夢」的戲劇中，表現得盡善盡美。

一九九一年七月三日　中華副刊

不速之客

歐陽脩〈醉翁亭記〉寫一位崇尚山水林泉的太守，在觥籌交錯，在泉香酒冽中酣然而醉。他醉不在酒，而在林壑之美、山間秀色……最後點明太守就是廬陵的歐陽脩。

劉基的〈賣柑者言〉是以一位賣柑者憤世嫉俗而諷世。

據專家的研究，能躲開生物滅種危機，都是一些機會主義者。

對經常蒞臨敝宅的不速之客，我不知該怎麼形容他們，我不願以賣柑者的欺世，或機會主義來形容他們，但總覺得有點像葫蘆裏賣的自己加以渲染的膏藥那種味兒，他們大都是沿門兜售的保險經紀人、售貨員、股票掮客、一種新宗教的傳教士……

有的家庭主婦煩不勝煩，就以針鋒相對來拒絕這些不速之客，有的就乾脆來個閉門羹，不加理睬，每當門鈴響起，我就驀然心驚，心裏暗想八、九成又是不速之客，而十次中有八、九次都猜中了。

「孩子是未來世界的主人，在孩子思想的明日之屋內，知識就是最好的裝飾，看，這些書，有來自高山，來自海洋，來自歷史、人文、動物、植物各方面的知識，它們是孩子的百科全書，當然這套書買下來不是小數目，但我們可以分期付款，你祇要付第一期的費用，這套書就是你的了……」那套書的確是吸引人，這位兜售書本的售貨員也眞能將話說進人的心坎裏，何況培養孩子讀書的興趣是父母最好的教育方法，漸漸地，還沒等這位售貨員將話說完，你就心動了。

「看看，這麼一對美麗的妻女，如果因爲你病了，或人生變故，那該是多麼悲慘的一件事，人壽保險與醫藥保險一樣重要……雖然你現在還年輕，身體也健康，但天有不測風雲……」那是一位美麗的保險經紀人，她的口才與她的美貌一樣出色，她也能將一個美好的早晨說成愁雲慘霧。當然，她的話是對男主人說的，雖說現在一般女主人都有獨立生存的條件，她可沒讓你有分辯的機會，因爲你永遠說不過她。

「我們公司出品的吸塵器物美價廉，你看，這外型多麼輕巧美觀，但你別誤會，這絕對不會是金玉其表，敗絮其中，這表與裏絕對是一致的……我們有一年的保證書……」那吸塵器果然是「價廉」，但並不「物美」，用了不到一個月已經發生故障，幸好這家公司也還守信用，免費給予修理。

「這是純粹的東方純毛地毯，是道地的阿拉伯地毯，我知道中國的地毯是世界聞名的，但中國地毯價格太高……」那是一位沿門兜售地毯的阿拉伯青年，濃眉大眼，相貌堂堂，但又表現得那麼卑微與謙恭，他肩上擡着沉重的地毯，就像壓着沉重的生活擔子，何況他又恭維了「中國」的產品。

「我是流浪人，我無家可歸……」他已擊中我們人性中極弱的一環——憐憫。你當然也等不及與他討價還價就買下那塊阿拉伯地毯。

「如果你家中安置一座迷你通小型電腦，毫無疑問的，你已請到一位天上下凡的文曲星住進你的家裏，當然它肚子裏絕對裝的是百寶智囊，我家裏也有一座……」這回，這位電腦售貨員就有點像〈醉翁亭記〉那位太守，不敢獨樂山水，而述之爲文，讓天下有心人共賞之。可惜孩子畢竟還小，而價格又不便宜，你祇有狠下心來，給予拒絕。

有一回，一位保護動物協會的會員登門造訪，他還問起你是否養了貓狗？牠們的起居飲食如何？你是否苛待牠們？緊接着他會告訴你，我們今天正面臨生態的危機，許多動物已經絕種。他引經據典，說出生態平衡的重要，他又一一爲你舉例說明：譬如在印度茅里裘斯島上的渡渡鳥滅種後，這島上一種百齡有價值的樹也跟着絕種……大量捕殺鱷魚之後，造成漁人重大的損失……DDT怎麼毒殺生物……我靜待一旁，恭敬聆聽，好像在上一門生物課。上完這門課之後，他會將他們機構的地址給你，當然，你也會必恭必敬奉上你的「鐘點費」，而且會覺得這種樂捐是多麼偉大，因爲我們都有責任與義務來拯救我們生活的世界。

大多數的家庭主婦對這些不速之客都不十分歡迎，但我鄰居中有位老太太卻持相反的看法，她形容這些不速之客是批有趣的人物，也是她寂寞單調中的訪客。

「他們總是那麼有禮貌，那麼客氣，雖然說他們是有求而來，就以一位售貨員來說，你一定讀過密勒的〈售貨員之死〉，那是一齣悲劇，是一位小市民的心聲……」

「有時他們來訪，與我共同吃杯茶，聊聊天氣，雖然他們總是會回到他們的主題，也不會忘記他們登門的目的，但又有甚麼關係，他們帶來一點外面世界的訊息，就說是陽光、春風，或一場小雪、一場秋雨……他們的來訪，讓我感到溫暖。」

談到阿瑟・密勒（Arthur Miller）的〈售貨員之死〉（Death of a Salesman）一劇，我突然感到一陣悲慨。懷念過去事業的巔峯，面對未來黯淡的前程是這位老售貨員——威利的心聲，他就懷着一份偉大的父愛，懷着一份過去歲月的自尊而死去。「死」保留了他的幻想，不至於讓他的「夢」走向幻滅。這是密勒最成功的一齣戲劇，感人至深。

再過一陣子，就有推銷盆景的售貨員上門，他們會將大地的色彩、大地的芳醇挨家挨戶去兜售。

一九八九年八月十一日　臺灣新生報副刊

牛津迎接英女王

那天，我下午正好沒課，就想去向房東庫克太太借幾分英國報刊雜誌看，一走進庫克太太的房間，就令人想到《紅樓夢》中當初黛玉初臨賈家，老嬤嬤引黛玉去見王夫人所見到的情景：「臨窗大炕上鋪着猩紅洋罽（毛毯），正面設着大紅金錢蟒靠背，石青金錢蟒引枕（倚枕），秋香色金錢蟒大條褥，兩邊設一對梅花式洋漆小几……地下面西一溜四張椅子，都搭着銀紅撒花椅搭（繡花飾物）……」庫克太太房中的沙發上也全搭上純粹出自愛爾蘭手工藝品的刺繡長方型椅搭，雖沒有文王鼎匙箸香盒，或宋代河南汝州窯燒製的美人觚一類名貴的擺設，可也是琳瑯滿目，地面上全鋪上紅色的中國地毯……平日總見她將房子整理得一塵不染，今日卻見她翻箱倒櫃，房間裏堆滿了五色的華衣。

「明天是個大日子，女王陛下就要來牛津，我們都要去迎接她，你來幫我挑選件比較合適的衣服，當然是要典雅而又帶點傳統的樣式，女王最喜歡這類服飾……」庫克太太興奮地說，我挑了一套深藍色的套裝，外配一件鏤花的蘇格蘭古典樣式高領的白襯衫，她看了頗爲滿意。

「迎接女王當然是椿大事，我們這些鄰居準備好好慶祝一番，我們要聚餐，就在今天晚上，客人中是少不了阿爾伯特爵士的，因爲他就住在我對面……」提起這位「爵爺」，可是出自鐘鳴鼎食之家，翰墨詩書之族，這類人物也特別講究家規禮節。

「晚餐的酒，甜點是少不了的，這是英國人的老規矩……」我曾在雜記、小品、小說中讀過，餐桌上是不能沒有酒與甜點。酒是一大桶一大桶擱在地窖裏，有些貴族其實並不富有，那懂得爲自己主人省錢的女僕也常去採醋栗、茶藨子來做甜食。當然，蘋果餅也是價廉物美、四季盛行的。英國人的老規矩有時也沒甚麼道理，但當初定下這些規矩的老祖先都已羽化登仙去了，也就沒法通融了。

我陪庫克太太下樓進入客廳，偌大的客廳也擠滿了人，談話離不了迎接女王這個主題，好像這椿大事全爲庫克太太和她的鄰居們一手包辦了。今天一切看來就是不一樣；庫克一向不善辭令，也臨陣磨槍，搜索枯腸，準備了一份講稿，就打算明天這個大日子向女王陛下致賀詞，他將外子當成臨時聽衆，正在清嗓子、擤鼻子背誦他的講稿。約翰是在人生挫折中翻過筋斗的人，所以遇事一向特別冷靜、果斷，一時也變得優柔寡斷，患上「漢姆雷特」的情意結。詹姆斯太太素來與庫克太太冰炭不投，兩人小心翼翼，怕說出帶刺的話，戳了對方，所以總保持相當的距離，今天卻熱絡得像對親姐妹。連一向閒散的詹姆士，突然也變得腳底生風，主動為庫克太太充當「打雜」……阿爾伯特爵士也在賓客中，還有那位老小姐金妮，金妮腹中可是藏不住話的，她一根腸子通到底，雖然庫克太太常用肘子輕輕推她，要她講話小心，她照樣話匣子打開就沒完沒了。

「爵爺是一定要去迎接女王的，說不定他祖先與英國皇室還沾點親呢……」那天金妮就朝着阿爾伯特爵士這麼對衆人說，平常他如聽到別人對他不恭不敬的話，會當下就將臉刷地鐵青，偏偏對金妮就沒有脾氣。

晚餐過後已是夜深，賓客星散，我回到頂樓的房間，想想自己一向不是緊張的人，今天也被幾位古道熱腸的鄰居搞得方寸大亂，竟將庫克太太的蘋果餅燒成黑炭，將一鍋洋葱濃湯燒成焦糊，也禁不住啞然失笑了。我佇立窗前，窗外的月光也踮起輕巧的腳步，靜靜地穿堂入室，我發現月光留在我玻璃花瓶中，像瓢銀河的水，紋絲不動……月光下，庫克太太正在採擷園中的玫瑰，準備獻給女王，那幅畫面正是桑德堡（C. Sandbury）〈秋月〉一詩的場景：

靜園夜深，

流淌的銀汁，

閃光點點，

就在這秋月下……

我就在桑德堡哀傷的字句之前吟了一個休止符，雖然在莎士比亞筆下人生的場景是會不斷變換，歡樂不久留，但今晚我感到溫馨溫暖，就讓這美好的情緒留在心頭。

那是一個晴朗的日子，伊麗莎白二世就走在牛津那條美麗的屋德斯多大道上……那條大道曾是我尋詩尋夢的地方，記得一場春雨過後，屋德斯多街璀璨似錦的花時就到來了，枝頭間披着紫胭色、玉白色、緋紅色的華衣……晚春的落英時節，風中飄散着花雨……在仲夏午後，我夢想這裏也有臺灣的蟬鳴，蟬的哀吟組成另一首懷鄉曲，響在垂掛着「濃綠」的林蔭下……還有秋日染紅的華林，冬日的雪樹銀花……此刻，這位象徵過去光榮的業績，大有先祖遺風，典雅高貴的伊麗莎白二世就走在這條路上，接受羣衆的歡呼，老人、婦女、孩子們的獻花……女王捧着花束，她的衞士也全抱着花束，她近在咫尺，我們全斂聲屏氣，但她朝着我微笑，祇一刹那，又忙着接受一位小女童的獻花。她比電視上照片上看起來年輕漂亮，她的膚色很好，身段優雅而適中，在尊貴、嚴肅中透露出慈祥與溫和……

在人羣中我看到庫克太太熱淚盈眶，我暗想：將來英國的野史軼事一定不會留下這麼一段小情節：「某年某月某日牛津的居民與高采烈地迎接伊麗莎白二世……」女王陛下也永遠不會知道，她與她的衞士所捧的花束中，有一束是庫克太太在月光下採擷的玫瑰，爲了採玫瑰還讓玫瑰刺兒戳破她的纖纖細手……

一九九〇年一月三十日　中副

英國人的休閒生活

西洋歷史上，在普拉太亞和彌卡爾戰爭之後四十年，是一段安寧承平的年代，生活悠閒，於是文學、藝術、人文科學就輝煌鼎盛……

我喜愛休閒生活，尤其是英國人的休閒生活，是不是休閒生活也是一種求知？

「人就像隻蝸牛，背着塵世的軀殼，到處旅行……」

「在古生代初期，岩石上沒有苔蘚，也沒有地衣，據說地上最早的鳥是始祖鳥（Archaeopterys），沒有喙，翼前有三隻爪，有尾骨，兩側各生有羽毛，那時鳥是不能飛行的，就像母鷄一般……」

「石匠的兒子蘇格拉底，他拙樸不修邊幅，時常赤腳出現在渴慕聽他演講的羣衆前，他的演講是哲學與智慧的結晶。當他被判死刑，飲毒芹酒而死，他的弟子卻寫下了動人的〈斐多篇〉，如果蘇格拉底是木鐸，柏拉圖就青出於藍……」

「誰說陶淵明不過情關，昭明太子蕭統讀了〈閒情賦〉，就認爲不可思議，就不把這篇談情的文章列入《文選》，其實他文中那種在晝爲影，在夜爲燭的至情，是繼張衡的〈定情賦〉、蔡邕的〈靜情賦〉後的曠世之作……」

如果讀者諸君聽到這類動人的話題也出現在英國人的休閒生活中，就不會笑我「錦貂裘早改盡了漢宮妝」，在洋人圈子中生活久了，就處處沾點洋味，也愛起洋人的休閒生活了。

我曾造訪過一位英國世家，那是我所見過最別致的一座莊園，古老的房子爬滿了藤蔓，花園是D字型，直線緊靠着房子，半圓徑四周依湖而建，四季不同的麗景，盡現眼前；春來滿湖煙雨，多天湖面結成薄冰，鷗鳥逗留湖面，展開美妙的滑水姿態，夏日蓮葉所舖成的一湖漪翠，秋夜裏的沉璧靜影……年老的男爵夫婦就在此度過他們悠悠歲月。

美國詩人傑佛斯（R. Jeffers）遠隱於加利福尼亞太平洋濱海之地，住在位於巉岩上花崗石所造的房子裏，在斷崖千丈上，過着他歌詠大自然的歲月。

但就算沒有深門大宅與濱海的石屋，英國人過起休閒生活一樣詩情畫意。倫敦類似有「印象派文學家」之稱的維珍妮亞・吳爾芙筆下的「邱園」(Kew Gardens)就有好幾座，林園裏在暖春、晚夏與早秋時節，就反映出印象派大師畫中朦朧與渲染的意致，走進這些林園，就如再次細嚼維珍妮亞・吳爾芙文中的佳句。就是到了冬天，百卉凋零，英國人也不必效蕭子暉吟起〈冬草賦〉說：「衆芳摧而萎絕，百卉颯以徂盡……」一座座玻璃搭成的暖花室就是冬季花園。有一回利物浦下大雪，在一座暖花室裏，一樣花木葳蕤，正是暖春時節。

休閒生活也不限於林園內的躑躅漫步，年老退休的老人特別喜愛釣魚，在雨天，他們雅興不改，披簑戴笠，照樣不忘垂釣之樂，簑笠漁翁！儼然是國畫中的「垂釣圖」。當他踏着晚來雨後的新霽歸去，邀約三兩老友共享醇酒鱸香的晚餐，情調依然那麼中國。

劍橋人度起休閒生活，一定離不開「康河」，那條河一路流過了古老典雅的學院建築，像童話世界的屋宇農舍，草原綠坡……而藤陰翠晚，一院塵香，暮春的落花時節，或褪盡色彩的冬景……都一再寫進康河柔波斂灩裏。

記得一個綺麗的暮春下午，撐舟遊康河，河畔花林撇下滿天花絮、花香，而同舟遊河的英國老太太猶不忘她的下午茶時間，她自野餐籃子裏取出紙碟子、紙杯、裝奶茶的熱水瓶，與自己焙烤的點心，和同舟人共飲下午茶。北威爾斯的山容水態也是英國人度休閒生活的好地方，古堡前遊廊曲橋，是幾世紀前的建築，初夏大自然的筆所勾廓出的一幅淡墨山水。掌燈時分，走過海鄉海城，感覺大城小鄉全浮在霧濛濛的海上，漁火與燈光交相輝映……而秋來約克郡的寸寸山痕都染上絳紫……

中國人喜愛大自然的生活，在詩裏表現出一種「竹簟秋意」的格調，走入山林，遇到山中僧侶，共話煙霞，聽到斷鐘碎梵，了悟浮生……中國人喜愛大自然生活也是另一種「修鍊」，《莊子・達生》篇裏寫匠人梓慶精於削木，做成鐘磬樂器的木架子——「鐻」，他的手藝堪稱鬼斧神工，他在做木工前一定要求自己內心凝神專注，一定要到山林裏去觀察樹木的天然姿態，看到形體合乎他的造「鐻」，才動手採製……英國人的哲學是承繼他們湖畔詩人的華玆華斯恬淡、雋永的醴味，是將山川景色與人生溶爲一體……

當穿戴整齊的英國紳士淑女在園林草坪上席地而坐，來一次愉快的野餐，或驅車到遠處溫德彌湖，去欣賞湖山麗景，他們純粹是爲了「休閒」。暫時將「圓頂禮帽」與「領帶俱樂部」擱在一旁，暫時將「紳士」的頭銜留在倫敦家裏，暫時忘記法國人的美喻——圓頂禮帽和領帶俱樂部，一紳士也（Chapeau melon et Cravte club-un gentleman）。我們換上登山服、登山便鞋，顧不得藤刺牽衣，爲了去欣賞綿延不盡的嵯峨，去聽山風譜成悲亢的長歌，去看大自然寬大斗篷披着一肩秋色……

在英國人的休閒生活中，除了大自然，最吸引人就數「話題」了，參加英國人的晚宴，餐後不是聽音樂、跳舞，而是「閒談」，話題總是先標明不談政治，話題總也離不了他們的維多利亞女王、亨利八世、伊麗莎白一世或近代的政壇人物邱吉爾……當然，溫莎公爵、黛安娜皇太子妃、查理斯王子與安妮公主也是他們茶餘酒後閒談的資料，有一回他們談起安妮公主賽馬落選，一氣之下還輕踢了馬一腳……中國人喜愛猜燈謎遊戲，英國人喜愛圖形文字猜謎，譬如在畫面出現兩扇門（gates）和一個頭（head）謎底就是英國地名——Gateshead，如畫了一條小河（beck），一位國王（king）和一根火腿（ham）就連成了 Beckingham（白金漢）……

這類圖解文字相當有趣，能啓發孩子學習語文的興趣，我想這類圖解文字的靈感也許來自中國的象形文字。有一回，在玩圖形文字猜謎時，一位教語文的教授還特別介紹了美洲印第安人的象形文字，這幅圖是繪在蘇必列湖岸的岩石上，記載獨木舟遠航蘇必列湖，畫中有五條獨木舟，一隻翠鳥則象徵「導航人」，弓形圖表示「天」，弓形圖下的三個圓圈表示「太陽」，烏龜象徵「陸地」，也卽安全到達……話題中當然也少不了生活中瑣碎的竅門，譬如以RHUM加檸檬、熱開水來治感冒，以浸過醋的方糖含在嘴裏止打嗝……中國人一向明哲保身，不做「調人」，英國人可不這麼想，夫妻吵架，他們會教導妻子，如何運用法國人那套對付行政機構的方法，法國人一逢到與行政機構有糾紛不得解決，他們就會搬出「調解人」（Le Mediateur）出來調解，英國人心目中這位威風十足的調解人就是岳母大人。

喝杯雪莉酒、馬丁尼酒、櫻桃甜酒……也是英國人生活中少不了的，英國人愛酒，如果英國人讀了揚雄的賦〈酒箴〉一定會很喜愛，〈酒箴〉一定能將他們查爾斯・南姆的〈祭乳豬〉比下去，〈祭乳豬〉走筆行文不乏幽默，但寓意卻不如〈酒箴〉深刻，「子猶瓶矣！」揚雄借器喻人，以極短的篇幅來嘲諷世俗：「身提黃泉，骨肉爲泥。」是君子的下場，也是揚雄的感嘆。

英國人的閒談不忘幽默，爐火旁、搖椅上，露西婆婆正在談她病中的情況：「那可眞像《舊約聖經》裏的約拿在鯨魚肚中躺了三天三夜……」老約翰自稱Gascon（本是法國西南部地名，一般用來形容吹牛的人），所以他總在開場白裏先表明，自己祇是瞎吹，在座諸君可不能將他的話兒當眞，接着他開始敍述，他怎麼和一對幽靈夫婦共住在鄉間偌大的住宅中……

我已離開英國多年，如果我再參與他們不談政治的話題，相信他們一定不再談鐵娘子柴契爾夫人，而轉爲梅傑拜相後的種種……

一九九二年一月三日　中副

羅浮精神

我讀過一篇文章，我還記得那位作家大概這麼說：如果他住在有鐵欄杆的陽臺與灰磚牆的大街上，他也許會成爲狂熱的工黨分子，但如果他坐在漢姆頓皇宮花園的一株老橡樹下，他一定會受到莊嚴的迷惑，而不得不承認古老事物的價值，傳統的和諧完美，而對那些經得起時間考驗的東西肅然起敬。

「羅浮博物館」就是這樣一株象徵莊嚴與古老事物的價值，象徵傳統和諧完美，與經得起時間考驗的老橡樹……

中世紀的「羅浮」是一座皇宮，內部大概也不是燈火輝煌，它的位置正說明我們中國人講求的「地靈」，它靠近風光都麗的塞納河畔，面朝着渲染傳統藝術的協和廣場，那一帶全是巴黎的精華，而羅浮又是巴黎精華中的精華。

面對羅浮這座人類歷史、藝術的華殿，人類再也不是使畜負山，商蚷馳河……人類的精神與力量發揮到巔峯，拓展到海天遼闊的境界。

法蘭西這個民族生來就有一種天才，那就是愛美，愛美其實祇能算癖好，不能算天才，但由於愛美，他們愛文學、音樂、藝術、建築……而這些都是來自天才。法蘭西人單靠天才是不夠的，而是經過源遠流長的努力，他們的祖先原是高盧人（Gaulois），在西元前一世紀爲羅馬人所征服，因此法蘭西這片土地變成羅馬帝國的一省，在這段時期他們經過羅馬文化的洗禮。後來羅馬帝國勢力逐漸衰弱，日耳曼民族中的法蘭克（Francs）民族戰勝了羅馬，拓擴它的領域，這就是法蘭西民族的祖先。翻讀法蘭西的歷史，或去參觀原始的村落，高盧文化拙樸的遺風仍在，但法蘭西人從羅馬統治時代就已不斷學習吸收外來的精華，譬如拉丁語文，也許當時還講不出優美、文雅的拉丁文，卻已開始懂得咬文嚼字，如今女兒的老師每逢學生造句、講話不合文法，就會幽默地說：「這是原始人的語言，我們現在是不用這類的語言……」

每個民族都在不斷學習，不斷進步，不單祇有一個法蘭西民族，而法蘭西民族畢竟是愛美的天才，在中古時期他們承繼了高盧文化，在十六世紀他們接受欣賞希臘羅馬的古代藝術，到了路易十四時代，他的愛好藝術，更將法國人愛美的精神發揮到登峯造極，而影響了整個歐洲，成爲一時風尚，他的執政也許功過都有，但不可否認這個時期已來到文藝的黃金時代……

法蘭西人有很多可以驕傲的事物，譬如他們的香水，葡萄美酒，他們站在世界尖端的服裝，他們城市建築之美，印象派大師流傳下來那些價值連城的畫……但還有一些無形的事物，那就是法蘭西人的精神遺產；他們的大思想家伏爾泰、盧梭、孟德斯鳩，他們的大詩人拉馬丁、維尼、雨果、繆塞……他們的大戲劇家拉辛、高乃依、莫里哀……偉大小說家史坦達爾、福樓拜、喬治桑、巴爾札克、左拉、莫泊桑……我冗繁地談到這些原也是與羅浮有密切關係，對法蘭西這個感情與理性的民族，這個崇尚古典與愛美的民族來說，羅浮就是一座象徵精神世界的金字塔，而貝聿銘先生給羅浮構想一座創新的玻璃金字塔，又是何等微妙地發揚了古典傳統的精神，加入新的意義。

我參觀羅浮不止一次，這次卻是爲了新落成的玻璃金字塔。我們到達的時候，等着參觀的人已排成一條長龍，我們排了半小時隊才買到入場劵，一位殘廢的老太太，由人推着輪椅也在參觀行列中，小學生由老師帶隊，年輕人則三兩結伴同行，長龍中有各色人種，人人喜愛羅浮，人人嚮往羅浮的丰采，就是排長龍買票，也沒有人打退堂鼓。

羅浮參觀的範圍極廣，有人進來就打算消磨一整天，專門研究考古的學生還帶了筆記本，記下每件展出作品的年代、背景、特色……想走馬看花似看羅浮，一定祇能捕捉一些浮光掠影的印象，所以羅浮內部設有餐飲店，讓人逛累了可以歇歇腳，再繼續這段長長的藝術巡禮。

一步進羅浮第一個印象是：這不再是中世紀一座燈火昏暗的皇宮，這裏天遙地闊，將人類歷史文明的曙光回溯到極早的遠古時代，西元前一千八百年至西元前二千年前達希王朝弓射手的浮雕拙樸而生動，巴比倫王漢摩拉比法典，與波斯阿契美尼德王宮大殿裏哥德式建築的大柱頭，也在此展出。西元前二千年左右「母與子」的石雕，已表現現代雕塑自由與抽象的風格，中世紀「持祭品的女郎」體型優雅，神采盡現……

展出石棺的地下室，像一座冷森森的山洞，在幽暗的燈火中，恍惚迷離，幽深得令人窒息，每一座石棺都是一件華麗的藝術品。看到古代的兵器，心中駭然一驚，似乎出現一片古戰場，想到血肉相搏，穿骨利鏃，戰鼓震動山川的場面，想到漠漠黃沙，日炙苦寒，或地處極北，霜雪沒脛，征馬踟躕的場面，那眞是天地爲愁。

而光榮屬於希臘，

偉大屬於羅馬。

希臘羅馬是象徵過去光輝的一頁，羅馬文化有着濃厚的巴洛克色彩，尤其在文藝復興時期，拉斐爾是泰斗型的人物，驚人天才是米開蘭基羅，拉斐爾的老師斐魯奇與米開蘭基羅的老師奇藍達都是聞名的畫師。法蘭基斯可的畫風嚴肅、細膩、含蓄、優美，而徹馬布艾的畫中已不含拜占庭風格，頗蘭的浮雕，尼古拉的雕塑同樣出自絕出之刀筆，斐魯奇畫中那片葱鬱的原野、丘陵與波提切利畫中以藍色光調寫出青春，令人入迷，還有古典而又拙樸的圓柱，精巧的拱廊……在羅浮展出的斷垣殘壁，經過久遠的年代，有的已經是齜牙咧嘴，殘破不堪，但仍然有一種古典飄逸的神采，隱藏在古蹟的精髓之中。

來羅浮的人也絕不會忘記他們窺寶的目的，那就是欣賞蒙娜麗莎的微笑，與維納斯的雕像，關於維納斯還有這麼一段軼事：早年就旅居巴黎的海湼，在一八四八年五月間自知不久於人世，他默默地來到羅浮向維納斯這座美的女神雕像伏地頂禮，傷心痛哭，這就是文壇上海湼哭維納斯的一段佳話。

看到希臘羅馬光榮的過去，我又想起達芬奇自己的藝術觀點：他認爲畫家應該去研究一般自然的現象，去思想所看到的事物，將每一件事物美的部位加以組合，以這種方法，畫家的內心就會像一面鏡子眞實地反映出第二層次的自然……達芬奇是有感而發，他看到羅馬後來的畫家不斷互相摹仿，畫風一代不如一代……

希臘與羅馬的光榮是否可以不斷維持下去，那就得期待一道陳新遞古的偉大藝術曙光，看了羅浮，令人深思。

與我們同行的克麗斯汀是位大學講師，也是專門研究伏爾泰思想的學者，在茶座上，她意味深長地說：「伏爾泰也是一座羅浮，並不比大羅浮小……」我聽了一楞，以伏爾泰比羅浮畢竟是驚人之論。

「伏爾泰是一部百科全書，他寫詩，寫散文，寫悲劇、喜劇、史詩……他的創作包羅萬象，他好學不倦，對任何知識都有一份狂熱，他是哲學家、史學家、偉大的作家，他寫查理十二史蹟、路易十四時代，他寫西撒之死，寫穆罕默德……伏爾泰在我心中代表了羅浮精神……」克麗斯汀說。

伏爾泰一生就是一部傳奇，他一生四處流亡，在路易十六登位後，伏爾泰回到他日夜牽念的巴黎，受到空前熱烈的歡迎場面；

人人景仰這位大思想家，

人人想一睹他的丰采，

但見不到是他流亡生涯的心境，是他旅途中堅強的毅力與不斷求知的勇氣，他醞釀了十八世紀法蘭西崇尚自由民主的思潮，他開創了一個新的時代。

羅浮不是一天造成的。

一個成功的人 背後也是血汗累積而成的一座金字塔，所以克麗斯汀 以伏爾泰來比喻羅浮。

走出羅浮，仰看落在玻璃金字塔上空的一抹金色晚霞，羅浮所珍藏的不再是缺甃斷壁的記憶，而是人類歷史藝術的精華。我懷着虔敬的心情，去參與這次藝術的巡禮，如閱讀一部驚世之著，最後在讚嘆之中掩卷而別，我不知道現代的法蘭西，將在未來的歷史、文學、藝術史上留下甚麼？是否也繼續保留他們祖先的光榮，或有更多的突破？千秋萬世以後的事，又豈是我們可輕易預言的……

一九九〇年八月四日　中副

瑞士人住在神仙的故鄉

低地國荷蘭塡海建築他們的城鄉，在這片有着大海殘留的細砂，河流淤泥所形成的肥沃土地上，荷蘭人發展他們的牧業。世界各個角落各個市場，鮮有不賣荷蘭的乾酪，還有荷蘭的鮮花，也不斷供應世界的鮮花市場。若說荷蘭是人與水的故事，瑞士就是人與山城的故事。

瑞士，這山城小國，經過年深日久的努力，形成蜚聲全球，堅不可摧的經濟強國。被認爲德國最偉大的戲劇家和詩人之一的席勒，他的戲劇代表者〈威廉退爾〉就是描寫瑞士反抗異國統治的英雄，早在十三世紀住在湖山地區的瑞士農民反抗赫布斯堡家族，一二四五年斯惟茨人民摧毀了新赫布斯堡，一二九一年他們組成永久的聯邦政府，到一四九九年就變成共和國體。

不久，講德國羅曼斯語、意大利語和法語的邊境地區也加入這個英勇的小共和國。從此日內瓦紅十字旗就形成國際間人道主義的象徵，如詩如畫的湖山地區成了人們躲避暴政的避難所。

不祇在政治上他們有過艱難的歲月，就是民生方面，他們也大量缺乏能源。如果說瑞士人是節儉的，一定令人瞠目，瑞士目前是富甲天下的小國，但由於能源缺乏，聯邦政府就呼籲國人要節約，到了瑞士看到人人開的是小車，一點也不擺闊老的姿態，老舊不堪的電車依舊在大城小鄉暢行無阻……但「勞力士」名錶的招牌高高掛在大廈的上空，美奐美侖的鐘錶手飾店裝潢得像一座專門擱置珠寶的皇宮。五星級的大旅館氣派非凡，大門前的侍者穿得像古代皇宮前的衞士……

精雕細琢也是藝術，瑞士人的「繡」也是聞名的，女兒一踏上瑞士國土就愛上那些小手帕、小織物、小香包……瑞士的名錶是富人的「寵物」，但這類精巧的手工織物人人都買得起，無形中也充實了瑞士的國庫。

遊客到瑞士大概都不會錯過去蒙特（Montreux）觀覽聞名的棲龍古堡，它位於蕾夢湖畔，四周是瑰麗的山景。在古老的牆垣，堡壘的城垛雉堞中，在戰時或承平的歲月一定不乏英勇、感人的事蹟，這些史料經過墨客的潤筆而留下華彩。

除了英勇的事蹟，與瑰麗的河湖山景，也別忘了在這兒人類曾經以最殘酷的態度來對付囚犯；西元一八四四年棲龍古堡正式成爲關政治犯的牢獄，堡壘巨塔就成了一座活的地獄，囚犯的脚上鎖着一百磅重的鐵鍊鐐銬……在那一壁古堡城牆後面，多少無辜的靈魂，多少痛苦的呻吟在那兒迴轉，在比鄰着日內瓦湖的牆垣裏，在一千尺深的水底，雙重的地牢與浪花間就形成了一座活人的墳墓……

我的髮已呈灰白，不是因為消逝的歲華，
不是一夜之間染上霜白，
是由於遽然間的驚懼。
我的肢體傴僂變形，
不是因為勞苦工作，
而是銹在寂靜惡臭的地下暗牢裏……

拜倫以他偉大的詩篇〈棲龍的囚犯〉（The Prisoner of Chillon）寫出人類最痛苦的呼聲。而「棲龍古堡」這座沉默的證人，一定依然挺身而出，爲令人毛骨悚然的事蹟作證；所以蕾夢湖千古悠悠的長流，儘管岸邊繁花燦然，流水卻有着無形的腐蝕與惡臭。在冰霜凜冽的季節，疾風淒厲，秋濤也是一闋輓歌，浪花也從沒有停止嘯鳴，「沉默的證人」其實並不沉默……

觀覽棲龍古堡之後，我心情一直十分沉重，午餐難以下嚥，第二天就病倒了。我一向不迷信鬼魂，雖然十幾歲在燈下讀《聊齋誌異》就爲蒲松齡筆下的花妖、水怪、女鬼、劍仙……所懾迷，愛上戲劇後讀關漢卿的雜劇〈竇娥冤〉又深爲竇娥不平的遭遇而激憤，直讀到竇娥的血飛在丈二白練上，飛霜六月，就如戰國時代的鄒衍，對燕惠王忠心耿耿，被誣下獄，他對蒼天嚎哭，夏天竟然飄起霜雪……這時我才感到天地有情，六月天下雪不祇象徵着素車白馬來弔喪，也隱含爲竇娥伸寃的意味。

瑞士以湖光山色聞名於世，日內瓦湖（也即蕾夢湖）流經瑞士大城小鄉，在日內瓦面對是這片氣象萬千的湖，在盧山近郊一座佔地極廣的公園也位於湖濱。中國在四月二十六日稱爲交芒種節，依古來的風俗，在這天要擺設禮物，祭花種。當芒種一過就是「夏時」，這時就要與百花餞行，中國閨中仕女最時行這種風俗，想來與女人愛花有關。日內瓦公園裏的奇花異卉，讓人嘆爲觀止，大大小小的玻璃暖花房養着熱帶的珍奇植物，名爲「冬季花園」裏更是羣芳吐蕊，那情景就讓人緬懷交芒種節祭花、餞花的盛況。

歐洲許多城市，鄉村都還保留古代那種又矮又淺不成格局的屋宇，有古樓，有像英國徹斯特古城那種有天窗，房屋是黑白交叉的花紋，像童話世界積木所疊成的建築，而且還有 Rows 這類的走廊。

一般歐洲風景名勝區那些古城古鄉，那類小胡同、小市集，可眞像書上所描寫早年中國都城的一面，雖然沒有唱曲兒的、說相聲的、說書的、跑江湖賣膏藥的、剃頭擔子、拉洋車的……但卻有街頭歌手、擺地攤、賣花的、食品小販、賣古玩的……瑞士也有類似的小胡同小市集，但瑞士人愛整潔的習慣也是與它的湖光山色同樣備受讚譽，說瑞士大城小鄉一塵不染並不誇大。

捷克斯拉夫作家恰貝克形容他看到第一位紳士帶着一頂大禮帽，漫步在英國漢姆頓皇宮的園林裏，他以爲是神仙國裏闖進來的人物，他幽默地說，這類人物必然會騎鹿進入金斯敦……雖然沒有人騎鹿進瑞士，但走在這片仙境似的國土，就應該把腳步放慢點兒，細細鑑賞一幅幅圖案似的美景。寧靜的鄉村，點綴着典雅的屋宇，黃色的油菜花像地毯舖蓋在大地上，牛羊在草場打着盹兒，空氣清新得可以嗅到花草的香氣，就是在城市裏，也處處可以看到司馬相如〈上林賦〉裏的華風枰櫨……

有兩個晚上我們在瑞士山城一個家庭旅館落腳，很特別是這家人個個有音樂素養，幾乎可以組成小型的交響樂團。想想，有一個民族住在嵯峨壯麗的高原上，他們以草根製弦琴，以厚竹片當琴杆，以竹筒做共鳴箱，竹葉當琴面，而能彈奏出動人的音樂，這就是阿佤山上的佤族人。佤族人天生愛好音樂，那些即興的樂曲歌詠的就是山川景麗與純樸的感情……

這瑞士山城的一家人，大姐是學鋼琴的，小弟會吹黑管，父親是交響樂團的提琴手，母親目前是旅館的女老闆，但年輕時也曾登臺演唱過佛第的「茶花女」。初臨他們家那個晚上，她還特別唱了「茶花女」歌劇中的揷曲：「夢中人」歡迎我們。

離開瑞士前，我又再次到日內瓦湖畔徘徊，陽光下那擎天水柱像金色的泉流，似乎是從地底下流淌而出，其實這都是瑞士人巧奪天工的匠心。希臘神話有一段很淒美的故事，那就是河流女神琵瑞妮因兒子的死而悲傷不已，慈母的淚潸潸不斷地自地底奔出，琵瑞妮的淚就成了泉水的源頭……瑞士人一定不採信神話，他們相信人定勝天，就靠這樣的毅力，他們在千巖萬壑間，在湖山麗景間，建立了神仙似的國土。

一九九一年五月二十四日　中副

附錄

被美迷住

趙淑俠

我愛喝茶。最愛把新焙的龍井裏，加上幾朶風乾的白菊，沖出的茶液泛着淺淺的青綠色，散着撲鼻的幽香，很是引人食慾。慢慢的一邊品啜、一邊翻讀一本好書，那種沁爽恬澹的舒適，直讓我產生錯覺，依稀自己變成了遠離塵囂的隱士，是多麼的與世無爭，不沾俗緣，心安如水。

呂大明寄來她的新書，名字別致，叫《來我家喝杯茶》。於是，我挑了個晴朗的午後，卻把陽光和好花攔在窗外，祇留一杯龍井爲伴，靜靜的飲着大明寄來的那杯茶。

一向愛讀大明的散文。她的散文有時下越來越式微的唯美清純，和濃厚的書卷氣，頗具性格。爲文之間，旁擊側敲，引經據典，隨時流露出她在文學方面深厚的修養，帶給讀者一些新知識。而她講求文字的精緻，用詞雋美，思路深遠，絕不油腔滑調。婉約含蓄的意境裏有嗅得出的哲理氣味，使人讀之如飲甘泉，如聽仙樂，會情不自禁的沉醉其中，愛不釋手。《來我家喝杯茶》內包括〈人生四重奏〉、〈思維的葉片〉、〈絕美三帖〉、〈塵世的火燭〉、〈散步，在美的領域中〉等十七篇散文，因我不是文評家，也無意寫書評，故不逐句逐字的分析，但祇憑一向的囫圇吞棗式的閱讀習慣，已能深深的領會到那種意猶未盡的，嚼橄欖般的甘醇。

我常說，在歐洲久住的作家，筆下出的作品總有些「歐洲風」。甚麼是歐洲風？從呂大明的散文便可窺出幾許端倪。那是一種由中國文化裏儒家思想，和歐洲傳統的基督教文明，交互相融後產生的一種新品質。特徵是溫柔敦厚，有容乃大，對世界對衆生，都採原諒與寬容的態度，即或對自己所不同意的人和事，也不疾言厲色，總是那麼從容不迫，心平氣和，用眞誠婉約的詞藻，唱出那些源自心底的音符。

《來我家喝杯茶》，典雅卻不掩蓋浪漫的諧趣，像似深山裏一朶向風的野菊，不管塵世的空氣多麼污濁，仍自由自在的吐露芬芳，讓花香四溢，人間有美。

大明的散文清靈纖巧，但並非狹窄的「閨秀派」的那種強說愁的格局。她喜歡探討人生，行文流水間，處處流露出對生命，對自然，尤其是對美的熱愛，在她的描繪解析中，一草一木，古調今音，好書妙文，無一不美。使人讀着讀着便渾然忘我，心中雲清月明，雜念全消。

當我讀完《來我家喝杯茶》時，詘然發現那杯新沏的龍井已冷，夕陽也在下沉。原來我被美迷住，祇顧喝大明請的那杯色香味俱全的茶，忘了一向喜愛的龍井加白菊花。

一九九一年十月十六日　歐洲日報副刊

三民叢刊書目

三民叢刊33

猶記風吹水上鱗

余英時 著

本書以紀念錢賓四先生的文字爲主，賓四先生爲一代通儒，畢生著作無不以重發中華文化之幽光爲志。透過作者的描述，我們不僅能對賓四先生之志節與學術有深入的認識，並對民國以來學術史之發展有一概念。

三民叢刊34

形象與言語

李明明 著

藝術是以形象代替作者的言語，而在形象與言語之外，仍還有其他種種相關的問題。本書作者從藝術與時代、形式與風格、藝術與前衛、藝術與文化五個方面剖析西方現代藝術，使讀者能對藝術品本身及其相關論題有一完整的認識。

三民叢刊35

紅學論集

潘重規 著

本書爲「紅學論集」的第四本。作者向來主張《紅樓夢》一書爲發揚民族大義之書，數十年來與各方學者論辯，更堅定其主張。本書爲作者歷年來關於紅學討論文字的總結之作，也是精華之所在。

三民叢刊36

憂鬱與狂熱

孫瑋芒 著

輕狂的年少，懷憂的中年，從鄉下的眷村到大都會的臺北，從愛情到知識，作者以詩意的筆調，鋪陳豐饒的意象，表現生命進程中的憂鬱與狂熱。以純藝術表現出發，而兼及反應社會脈動，不但樹立了獨特的個人風格，也爲散文藝術開拓了新境界。

三民叢刊37

黃昏過客

沙究　著

「爲樸素心靈尋找一些普通相的句子」沙究在獲得時報短篇小說推薦獎時曾對他的寫作有如是的感言，他的作品就是最好的實踐。本書將帶領您從浮生眾相中探索人類心靈的面貌。

三民叢刊38

帶詩蹺課去

徐望雲　著

我們都或多或少的讀過現代詩，但對現代詩的了解卻很少，於是許多譁眾取寵的文字便假借現代詩的名義出現，讓「詩人」成爲一種笑話。本書以輕鬆的筆調、嚴肅的心情，引導讀者更接近、更了解現代詩。

三民叢刊39

走出銅像國

龔鵬程　著

「有筆有書有肝膽，亦狂亦俠亦溫文」，身處時代之中的讀書人，傾聽時代之聲，即使漠然獨立，又豈眞無關切奮激之情？看龔鵬程如何以慷慨纏綿之筆，爲當今的社會文化現象把脈，提出處斷的良方。

三民叢刊40

伴我半世紀的那把琴

鄧昌國　著

本書爲作者歷年來對工作及生活的感懷之作。作者以深厚的音樂素養和經歷，娓娓細訴生命中的點點滴滴。一把琴，陪伴走過半世紀的歲月滄桑，樂音寄託壯志，也撫平了激越胸懷。

三民叢刊41

深層思考與思考深層

劉必榮　著

本書收錄作者過去三年多在中國時報所發表的社論、專欄，以及國際現場採訪報導。不僅是世紀末的歷史見證，也代表了臺灣新一代知識分子，對國際局勢的某種思考與詮釋。

三民叢刊42

瞬　間

周志文　著

在本書蒐集的短論中，作者以敏銳的觀察來分析這個急遽變化的世界，試圖找尋一些既存於人類心靈的永恒價值，這些價值並不因現象世界的崩解而全然消失，反而藉著不斷的試煉、考驗而更具體地存在。

三民叢刊43

兩岸迷宮遊戲

楊　渡　著

本書收錄作者對兩岸關係一系列的分析報導。作者以新聞記者敏銳的觀察力，探索臺灣命運與前途，並試圖帶領大家由「統獨」「兩岸關係」的迷宮中走出來。

三民叢刊44

德國問題與歐洲秩序

彭滂沱　著

近一世紀來，德國的興衰分合不僅影響了歐洲的政治秩序，也牽動了整個世局。本書以「德國問題」的本質爲經，以歐洲秩序的變化爲緯，探索一八七一年至一九九一年間德國與歐洲安全體系的關係。

三民叢刊45

文學關懷

李瑞騰　著

本書作者長期關懷文學的存在現象與發展趨向，十年來除學術性論述以外，更不時以短文形式直指文學現實。其所爲文，或論本質、或析現象、或記實踐，上下古今，縱橫馳騁。作者筆意凝練，文風篤實，本書六十幾篇短文皆有可觀者。

三民叢刊46

未能忘情

劉紹銘　著

充實的人生，不必帶有什麼英雄色彩或建立什麼豐功偉績。如果我們遇到難以忘情的機緣時，能夠認識其滋潤生命的價值，人生就不會白活。本書作者即以此爲觀點，記錄人生種種未能忘情的機緣巧遇，文字流暢而富感情，讀來著實令人著迷。

三民叢刊47

發展路上艱難多

孫　震　著

本書回顧了過去五、六年間臺灣經歷的經濟、政治、社會等種種變局。作者衷心期望臺灣在經濟發展、社會富有之後，能建立一個富而好禮的社會，而不是熱中私利、踐踏他人尊嚴的貪婪社會。

三民叢刊48

胡適叢論

周質平　著

本書是作者最近三年來有關胡適研究的論文集。文中以胡適爲中心，對五四以來科學與民主思潮的內涵進行分析；對整理國故、民主與獨裁等論爭加以探討；並將胡適與馮友蘭、趙元任、魯迅做比較研究。期能爲研究胡適的學者提供一些方便。

三民叢刊49

水與水神

王孝廉　著

從泰國北部的森林到雲貴高原的村落……從漢民族到少數民族，從神話傳說到民俗信仰……行萬里路固然是爲了好玩和興趣，也爲了保存民族文化的精髓。本書爲作者近年來關於中國民族和人文的文字總集，深情與關懷俱在其中，值得細細品嘗。

國立中央圖書館出版品預行編目資料

南十字星座／呂大明著. --初版. --臺北市：三民，民82

面；　公分. --(三民叢刊;56)

ISBN 957-14-1968-0（平裝）

855　　　　　81006778

© 南十字星座

著作人　呂大明
發行人　劉振強
著作財產權人　三民書局股份有限公司
印刷所　三民書局股份有限公司
地址／臺北市重慶南路一段六十一號
郵撥／〇〇〇九九九八──五號
初版　中華民國八十二年一月
編號　S 85235
基本定價　肆元肆角肆分
行政院新聞局登記證局版臺業字第〇二〇〇號

ISBN 957-14-1968-0（平裝）